敗北魔王、勇者の末裔と500年後の社会復帰

あかつき雨垂

Illustration
相葉キョウコ

Utari Akatsuki
Kyoko Aiba

haibokumao,
yusha no matsuei to
500nengo no
shakaifukki

この物語はフィクションであり、
実際の人物・団体・事件等とは、いっさい関係ありません。

contents

アドル

Adol

勇者に敗れ、500年の石化刑に処された魔王。
今は本来の魔力を使うことが出来ない。
現代社会で生活するために、オズと暮らすことになる。
傲慢で俺様だが、優しい一面もある。

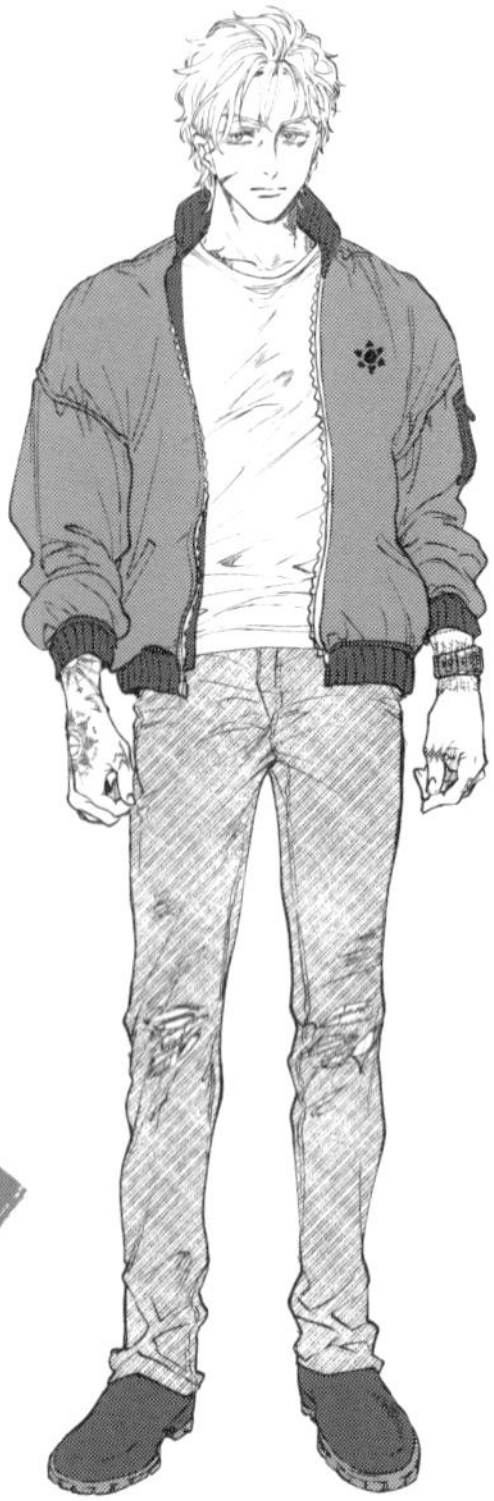

オズ

Oz

勇者ブランウェルの末裔で元軍人。
戦いで左脚を失い酒に溺れるようになるが、
アドルの監視役になり生きがいを取り戻していく。
ガラが悪くやさぐれているが、面倒見は良い。

character

ネヴィル

Neville

国家安全情報局の局員。
オズにアドルの
監視役を依頼する。

ルマルク

Lemarque

魔族でアドルの元参謀。
非常に頭が良い。
魔王再臨を信じる過激派組織
「キルマゴグ自由連盟」のリーダー。

スタン

Stun

オズの軍人時代の相棒で魔族。
オズの良き相談相手でもある。

敗北魔王、勇者の末裔と500年後の社会復帰

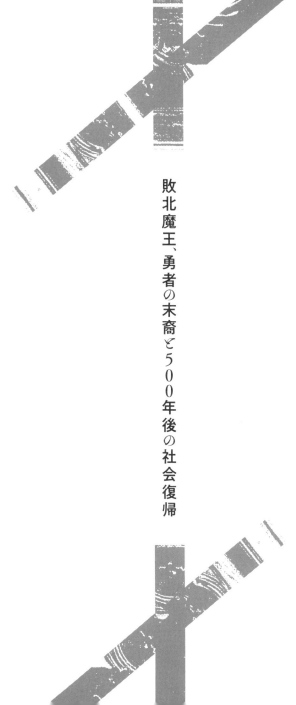

1　雨の送葬《そうそう》

石像が血を飲むところを見るのは初めてだった。その奇妙な光景に、オズは目を瞠《みは》った。

禍々《まがまが》しい意匠の鎧《よろい》がはち切れんばかりの逞《たくま》しい体軀《たいく》。獣じみた怖《おそ》ろしげな形相《ぎょうそう》は、魔族の中の魔族、悪の中の悪と呼ばれるのにふさわしい。牙を剝《む》きだし、今にも咆哮《ほうこう》しそうに歪《ゆが》められた口元。その身を石に変えられるまで、勇者に呪詛《じゅそ》の言葉を吐《は》き続けていたのだろう。

それは魔王の石像。魔王そのひとが、石と化《か》したものだ。

オズの掌《てのひら》から溢《あふ》れる鮮血が、魔王の石像にしたたり落ちる。

大理石の床に爪を立てて蹲《うずくま》る彼の、額《ひたい》から口角まで伝った血が、その時、スッと消えた。まるで、石像が血を飲んだみたいに。

次の瞬間――血の軌跡を辿《たど》って、石像にひびが入り始める。目を灼《や》くような金色の光を溢《あふ》れさせながら、亀裂は石像全体に広がってゆく。

次に起こることを、その場に居る全員が待っていた。息を殺して。

鎧兜《よろいかぶと》から突き出た角の先端から、小さな欠片《かけら》がぱらりと落ちる。それを合図としたかのように、巨大な石像は崩壊を始めた。

周囲の人間が慌《あわ》ただしく動き出す。

現場を取り囲む結界がにわかに揺らぎ、厚みを増した。

空気中に漂《ただよ》う魔法粒子《マジカ》が一斉に歌い始める。喜びの歌を。帰還の歌を。

土煙と古びた埃《ほこり》の匂いが立ち上る中、オズはその場に立ち尽くしていた。

現れたのは、石に刻まれていた姿とは似ても似つかない、美しい男だった。彼は鎧を纏《まと》った姿で床の上に蹲り、溺《おぼ》れかけたようにぜえぜえと喘《あえ》いでいた。

長く伸びた純白の髪がベールのように顔を覆っていて、表情はよく見えない。青白い肌をしたしなやかな肉体は、石像だったときよりも一回り小さく見える。彼の全身は強《こわ》ばり、息をする度《たび》にぶるぶると痙攣《けいれん》していた。

魔族の特徴である角は片方折られていた。それは敗北の証《あか》しだ。

五百年前、勇者に打ち倒された証し。

魔王は大きく息をつくと、顔を上げた。

ギラリと輝く虹彩《こうさい》は煮え立つような黄金。強膜《しろめ》は漆黒《しっこく》の色。

彼は、目の前に立つオズの姿を見て、くっと目を細めた。鋭い牙が並んだ口元に、凶暴な笑みが浮かんでいる。抜き身の剣のような殺気に鳩尾《みぞおち》を貫かれ、背中に汗が滲《にじ》んだ。

「この時を待っていたぞ……勇者の末裔《すえ》よ」

魔王は言った。

「今度こそ、貴様ら人間を根絶やしにしてくれる！」

大音声《だいおんじょう》が周囲の魔法粒子《マジカ》を震わせ、空気がじっとりと湿り気を帯びる。

彼は目を爛々《らんらん》とぎらつかせ、震える手で拳を握った。大きく息を吸い込んだかと思うと……回路がショートしたときのように、折れた角から巨大な火花が散った。

次の瞬間、頭が危なげにぐらつき、眼球が揺れた。

「この俺を蘇《よみがえ》らせたことを、こ、後悔させて――や、る……」

目玉がぐるんと上を向いた。糸を切られた操り人形のように、魔王は床に倒れ込んだ。

現場は一層慌ただしさを増した。控えていた救急隊員が駆け寄り、魔王を助け起こしてバイタルをチェックし、酸素マスクをかぶせる。それから魔王は、数人がかりでストレッチャーに乗せられると、待機していたヘリに運ばれていった。

ヘリが飛び立つのを見送ってから、オズは、先ほど自ら傷をつけた掌を見下ろした。傷からはまだ血が滴《したた》っている。救護要員の一人がやって来て、てきぱきと手当てを始めた。

ヘリのバタバタという音が遠ざかるにつれ、空気中に充満していた敵意が薄れ、ようやく、いつも通りに呼吸が出来るようになる。

ネヴィルが隣に立ち、オズの肩を叩いた。

「よくやった」

労《ねぎら》われるようなことはしていない。まだ。

「大変なのはこれからだ」

オズの呟《つぶや》きに、ネヴィルは返事をしなかった。真実に余計な言葉を付け加える必要は無い。

五百年前に魔王に科せられた石化刑の刑期が、この日終わりを迎えた。

そう。大変なのはこれからなのだ。

◇

半年前

時速七キロメートルで、雨は地上に落ちるという。

霧雨《きりさめ》は、それよりも心なしかゆっくりとした速度で葬列に降り注いでいた。

二つの棺《ひつぎ》が、聖堂から墓地へと運ばれる。棺の担ぎ手たちを雨から守るために差し掛けられた傘は、悲劇的な死に手向《たむ》けられた黒い花環《はなわ》のように見えた。

オズ――オズウェル・レイニアは、墓地を見下ろす丘の上に立つ木に寄りかかって、兄とその妻の葬式を見守った。

左脚の義足が、今日はいつもより余計に冷たく感じる。湿気のせいか、昨夜の深酒のせいか、それとも死の匂いに反応したのか、幻肢痛《げんしつう》も殊更《ことさら》にひどい。脚の疼《うず》きからなんとか意識をそらそうと、オズは葬儀の様子に目をこらした。

墓地から離れたこの丘からなら、哀しみからも距離を取れると思っていた。雨のベールを通してみると、彼らの動きは妙に緩慢《かんまん》で、現実味がない。だが哀しみは哀しみのまま、虫のように胸のうちを食い荒らすだけだ。後に無数の空洞だけを残して。

兄が死んだ。コンウェル・レイニアが。三十歳の誕生日を目前に控えて。

言葉に出来ないほどの哀しみの中でも、次に会ったときに渡そうと思っていた誕生日の贈り物をどうしようかと、妙に現実的なことを考える。

仲睦《なかむつ》まじい家族だった。レイニア家の伝統を打ち破るように愛情深かったコンウェルと、彼に心底《しんそこ》惚《ほ》れていたしっかり者のレベッカ。

一家の乗った車を吹き飛ばし、付近にある建物を半壊させたのは新型の爆弾だったという調査結果が出た。回収された残骸には死のルーンと、魔族の体組織がこびりついていた。まぎれもなく、魔族による自爆テロだ。

犯行の翌日には魔王再臨派の最大派閥《はばつ》、ギルマゴグ自由連盟による犯行声明が出された。動画の中で、二人の人間と一人の魔族の死は、『我々が誇りと尊厳を取り戻すための犠牲《ぎせい》』だったと説明された。

現場の半径一キロ四方は、魔法被爆の影響が薄まるまでの数年間——あるいは数十年間、立ち入り禁止区域に指定される。

八歳になったばかりのリズは生き残った。コンウェルが命がけで張った結界に守られたおかげだ。両親の死は、八歳の少女から無邪気な笑い声を奪ってしまった。あんなことが起こる前には、あの子はオズが顔を見せる度に、八歳児に叶《かな》う限りの全速力で駆け寄ってきて、飛びついてハグをしてくれたのに。

葬列は進み、真新しい墓石の前で止まった。

傘に阻《はば》まれて、小さなリズの姿は見えない。オズは、そのことにほっとしそうになる自分を恥じた。

ポケットの中でスマートフォンが震える。オズは相手の名前も見ずに通話に出た。

「はい」

「オズ、いまどこだ?」

元同僚のスタンからだった。オズはポケットから煙草《たばこ》を取り出して火をつけると、深々と吸い込み、ゆっくりと煙を吐いた。

「兄の葬儀だ……遠くから見てるだけだけどな」

ため息。スタンは小さな声で「そうか」と呟いた。

レイニア家は、五百年前に魔王を倒した勇者の子孫だ。このアデルタ国にひしめく過激派魔族どもがレイニアの族滅《ぞくめつ》を願っているのはそのせいだ。一族は一人、また一人と数を減らし、射撃場に残った的はあとふたつ。リズだけでなくオズまで葬儀に出席すれば、テロリストの注目を集め、参列者全員を危険にさらすことになる。

だから、オズは葬儀に出ないことを選んだ。

しばらくの沈黙の後、スタンは言った。

「お前――」

大丈夫か？　と尋ねようとして思い直したように、こう続けた。

「まあ、その……無理すんなよ」

「ああ」

淀《よど》みなく返事をしながらも、苛立《いらだ》ちが募り始める。何でも遠慮無く言い合えた元相棒から気遣《きづか》われる立場になってしまったことについて。尊敬する兄と、彼の家族を守れなかったことについて。この、途方もない無力感について。

失ったものたちが、決して手の届かない次元で疼いている。左脚の幻肢痛のように。

スタンとは、今度また飲みに行こう、とお決まりの約束をして通話を終えた。

雨音の向こう側で捧げられている葬歌は、別の世界から漏れ聞こえているように微《かす》かで、清らかだった。

兄は遠くへ行った。レベッカも。テロリストから身を隠すため、リズはこれから、名前も社会番号も変えて、遠い街で別人として生きていくことになる。

つまり、オズウェル・レイニアこそが、勇者の血を引く最後の生き残りだ。

よりによって、一族の出来損ないと呼ばれ続けた自分が最後まで生き残ってしまうとは、なんという皮肉だろう。

オズは煙草をもみ消し、優しい旋律に背を向けた。左脚の義足が泥で滑らないよう、ゆっくりと丘を下った。


一族の墓地があるイフラクから国道に入り、ラナタイルまで二時間の道のりを運転する。ラナタイルに向かうほどに道は荒れ、かつて栄えていた工業地帯の残骸ばかりが目につくようになる。

ラナタイルは魔族発祥の地だ。かつてはガルシュクと呼ばれた魔族の国の王城がそこにあった。五百年前の戦争で魔族が敗北を喫《きっ》した後は、この地域に眠る魔法資源を目当てに人間がなだれ込んだ。やがて資源は底を突き、後には人間の失望と、魔族の燻《くすぶ》る怒りだけが残った。そして、街は人間と魔族の対立構造の縮図となった。

ラナタイルの街は、中心部を流れるラナン川によって南北に分断されている。北側は人間、南側は魔族の縄張りだ。

オズは橋を越えた南側にある家を目指して車を進めた。

橋の周辺には、暴動の名残がいたるところに散らばっていた。割れた火炎瓶の破片に、砕《くだ》けた煉瓦《れんが》。焼け焦《こ》げた自動車。踏みしだかれたボール紙には『魔族は異界に帰れ《ブリガドーン》』の文字。

ラナタイルでは、毎週のように暴動が起きている。

不況の煽《あお》りを受けて閉鎖された工場の壁には、子供たちに襲いかかる魔族の絵が描かれている。壁画を取り囲むように書かれた文字は『市民よ！　勇者の志《こころざし》を継げ』とある。

橋を渡って南側、魔族の縄張りに入っても、見える景色はさほど変わらない。壁画には、凛々《りり》しく立ち並ぶ魔族の姿。くっきりと書かれたスローガンは『角を高く掲げよ！　我らには権利がある』。

絵の中の魔族は一様に角を切られている。政府が定めた、魔法の使用を制限するための措置だ。魔族の子供は思春期を迎える前に、片方の角の先端を切除する処置を受ける決まりになっている。

人間と魔族の争いに終わりは見えない。終結し得るのかもわからない。オズは暗澹《あんたん》とした気持ちで車を走らせた。

オズが自宅にしているトレーラーハウスを置いているパークは魔族の縄張りにある。賃料が安いのが決め手だった。

ここにはオズの他にも人間が住んでいるが、いずれもヤク中にアル中、その日暮らしの連中ばかりだ。こういう地域は、勇者の末裔《まつえい》を目の敵《かたき》にする魔族の裏を掻《か》くのにもちょうどいいのだ。

スタンは、オズが好んでこういう場所に住むのを希死念慮《きしねんりょ》の兆候《ちょうこう》だと思っているらしい。だが、それほど深刻な話でもない。少なくとも、自分ではそう思っている。

砂利道《じゃりみち》を進んで自分のトレーラーハウスに近づくと、見慣れない車が止まっているのに気付いた。スーツ姿の男が二人、オズの車を見て車外に出てきた。両手は見えるところにある。武器を持っていないことをアピールしているのだろう。

ということは、彼らは素人《しろうと》じゃないし、オズのこともよく知っている。

腰の後ろのホルスターに収まる魔法銃の重みを感じながら、無警戒を装《よそお》って車を降りる。二人とも、見覚えのない顔だった。

声が聞こえる距離まで近づくと、スーツその一が言った。

「オズウェル・レイニアさん」

嫌な予感がした。このトレーラーパークに移ってきてまだたったの数週間だし、居場所は誰にも教えていない。それでもわざわざ探し出して会いに来たということは、それなりの理由があるはずだ。

「あんたらは？」

不躾《ぶしつけ》に尋ねても、気を悪くする様子は無かった。それどころか、男は満面の笑みを浮かべて進み出る。

「ファスラ戦役《せんえき》の勇者。レイニア家の末裔にして真の闘士！」

賞賛を込めて、スーツその一が並べ立てた。

「お目にかかれて光栄だ。わたしはネヴィル。こちらはジャクソン」

握手を求めて差し出された手を、死んだ魚を見るような目で一瞥《いちべつ》する。スーツその一こと、ネヴィルは手を引っ込めた。

「あんたらは何なんだ」

もう一度、今度は所属を尋ねた。

すると、スーツその二——ジャクソンが、ジャケットの前を開いて、ベルトにつけたバッジを露《あら》わにした。二羽のカラスは、泣く子も黙る国家安全情報局の紋章だ。

国家安全情報局といえば、国内外の情勢に目を光らせ、国益を損なう事態を回避するために働く連中の巣だ。

「スパイが何の用だ？」

ネヴィルは愛想の良さそうな笑みを引っ込めて言った。

「まずは、お悔やみを伝えようと思ってね」

正体がわかったからと言って、礼儀正しく振る舞うつもりにもなれなかった。だが、改めて差し出された手を、今度は握り返した。

ジャクソンの手をとった瞬間、違和感を覚えた。

「あんた、魔族か？」

すると、ジャクソンの全身から光の膜のようなものがずるりと剝《は》がれて、彼の本来の姿——青い肌、橙色《だいだいいろ》の眼、牙の生えた口元に鋭い鉤爪《かぎづめ》付きの手——魔族としての姿が現れた。違和感の正体は、扮《ふん》装《そう》魔法だったのだ。

オズは平静を保った。こういうときに狼狽《うろた》えないだけの経験は積んできている。

さりげなく手を引き抜くと、ジャクソンは再び人間の姿に戻った。

「さすがはレイニア家の末裔だな」

普通、人間は魔力を感じられないし、干渉もできない。例外は、魔法被爆の影響で能力に目覚めた魔法使いたちと、女神《めがみ》の祝福を受けた勇者の末裔だけだ。

女神の加護《かご》によって、兄は結界を操れたし、父親は魔法の痕跡を読み取れた。だが、オズの力は極端に弱い。せいぜい魔法を感知できる程度のものだ。ちょうど、今のように。

「用件を言ってくれ」

ネヴィルは小さくため息をついた。

「お兄さんのことはお気の毒だった。確か、娘さんが一人生き残ったとか？　これで、一族は二人きりになってしまったな」

「二人じゃない。俺一人だ」

リズは証人保護プログラムによって素性《すじょう》を変える。彼女の行き先は、叔父であるオズにさえ明かされない。今後、彼女が血筋がらみのごたごたに巻き込まれることはない。今回の悲劇のなかにあるそれが、たったひとつの救いだった。

ネヴィルはそれには異を唱えず、神妙な顔で頷《うなず》いた。

「それで……今後についてダンウェル・レイニア——君のお祖父《じい》さんから話を聞いたことは？」

オズは眉《まゆ》を顰《ひそ》めた。

「いや。じいさんに関係する話で来たのか？」

にこやかな表情とは裏腹に、ネヴィルが相棒と緊張感に満ちた視線を交わした。

「では、どうか我々にご同行願いたい。この場でできる話ではなくてね」

オズは両脚に力を入れた。

「その前に、質問に答えてもらおう。俺に、何の、用だ？」

ネヴィルはスーツがはち切れそうになるほど深く息を吸った。

そして、言った。

「君に、人間と魔族の争いを解決する手助けをして欲しい」

2　Raise Him Up

オズは幼いころ、兄のコンと共に、祖父に連れられて出かけたことがある。

『ことがある』というのは、ダンウェル・レイニアが孫を連れて出歩くなんてことは後にも先にもその一度きりだったからだ。

行き先は教えられなかったし、見当もつかなかった。無邪気にも、遊園地か動物園に行くのだとばかり思っていた。厳重な警備が敷かれたゲートをいくつも通過したのに、少しも注意を払っていなかった。

「着いたぞ。降りろ」

祖父は車を停めると、そう言って一人で行ってしまった。

車外に出たオズは落胆《らくたん》した。そこには魔法の絨毯《じゅうたん》コースターもなければマンティコアの檻《おり》もない。音楽も、ソフトクリームの屋台もない。そこはただの、でかい岩がゴロゴロ転がっている草むらだった。

「何だよ、ここ」

厳格な祖父相手に舐《な》めた口をきくと拳が飛んでくるので、オズは小さな声で言った。それでも、声は妙にはっきりと響いた。そのせいで、一帯に結界が張られていることに気付き、遅まきながら緊張した。

結界で守られるような場所は、人体に影響を与えるほど強力な魔法の痕跡が残る場所――大抵《たいてい》は、魔法による凶悪犯罪やテロ現場の跡地――だけだからだ。

魔力はこの世のテクノロジーのほぼ全てを動かす原動力だが、普通の人間が長時間魔法に身をさらし続けると、様々な影響が出る。

運良く適性があれば、魔女や魔術師としての才能が芽生えることもある。だが、大抵の人間は、精神に異常を来《きた》したり、幻覚を見るようになったりする。

それも、女神の加護を受けたレイニア一族には関係のない話だが。

ダンウェルは無言のまま、巨岩が転がる荒れ地をずんずん突き進んでいく。やがて行く手に見えてきたのは岩の親玉――ではなく、石積みの建物の名残だった。

名残と言っても、幅だけでオズが通う学校の校舎の五倍はある。崩れ落ちているせいで全容はわからないが、辛《かろ》うじて無傷で残っている正面アーチの巨大さを見るに、相当な高さがあったことがうかがえた。

圧倒されて、足がとまる。

入り口の前で立ち止まり、ダンウェルが振り向いた。

「ここは遺跡だ。何の遺跡かわかるか?」

正解がわかった気がしたが、オズは口をつぐんでいた。祖父が質問をするとき、相手はいつでも兄だ。付属物である弟に解答権は無い。

当然のように、コンは即答した。

「魔王城です」

ダンウェルは無言で頷き、城の入り口に向かって歩き始めた。

オズはためらった。入り口の向こうは薄暗くて、何が待ち構えているのか見えない。まるで、愚かな人間の子供を飲み込もうとしている貪欲《どんよく》な口のようだった。

「何千年もの昔には、魔力というものは、異界から湧《わ》き水のように微かに滴る不可思議《ふかしぎ》な力に過ぎなかった。だがあるとき、愚かな魔術師がその源《みなもと》を暴こうと、異界の門を開いてしまった」

ダンウェルは淡々と語った。

「そのせいで、無秩序な力を撒《ま》き散らす魔法粒子《マジカ》が世に溢れた。神の怒りに触れた魔術師は呪《のろ》いによってこの世で最初の魔族の王となり――人間の敵となった」

祖父に続いて城のアーチを潜《くぐ》るとき、コンがこっそり手を伸ばして、オズの手を握ってくれた。勇気づけられたオズは、奥歯を噛《か》みしめて魔王城に足を踏み入れた。

「呪いの広まりと共に数を増やした魔族は、城を築いて魔族の国を作り上げた」

学校で歴史の授業を受けるよりも早く、子供たちはベッドの中でこの話を聞かされる。アデルタに住む子供たちにとっては、これこそが全ての物語の祖だ。

先の展開はわかっていたけれど、オズは祖父の声が空《うつ》ろな城内に響くのをビクビクしながら聞いていた。

長い歴史の中で何人もの魔王が君臨《くんりん》したが、最悪なのが〈雷炎《らいえん》の魔王〉と呼ばれた最後の魔王だ。

ガルシュクと呼ばれる魔族の国を治めていた彼は、国境を接する人間の国土――このアデルタの侵略に野望を燃やしていた。

彼は村を焼き、子供を拐《かどわ》かし、奴隷として使役《しえき》した。魔物を手懐《てなず》け、兵士を食わせた。魔王城では日夜おぞましい饗宴《きょうえん》が開かれ、捕虜《ほりょ》となった人間たちは余興《よきょう》として殺された。さらに魔王は、アデルタ王国の姫君を攫《さら》い、我が物とすべく監禁していた。

「何年も戦が続いたあるとき、一人の男が立つ。女神から、魔王を打ち破る力を賜《たまわ》ったその勇者の名は――」

ブランウェル。それが、レイニア家の祖だ。

いくつもの試練を乗り越えた彼は、ついに魔王城に乗り込む。死闘の末、彼は魔王を倒し、幽閉されていた姫を救い出して王国に連れ帰った。王は褒美《ほうび》として王冠を譲《ゆず》り、姫との結婚を認めた。アデルタ王国最後の王朝のはじまりだ。

レイニア王朝はそれから二百年、革命によって王政が廃止されるまで続いた。

しわがれた声を響かせながら、祖父は崩れかけた階段を上り、上階にあるひときわ大きな空間に足を進めた。そこは、部屋と言うよりは広間のような場所だった。床の上には、外にあったのと同じ巨岩が転がっていた。壁にあいた穴から差し込む光を見て、オズはようやく、この岩は投石機で投げこまれたものなのだと気付いた。

無数の岩を回り込んで祖父について行く。

と、その先に、少し様子の違う岩があるのが見て取れた。近づくほどに細かい部分がはっきりしてくる。

それは岩では無く、石像だった。

大きな男――魔族だ。膝《ひざ》を屈して、何もない空間を睨《ね》めつけている。獣じみた怖ろしい顔には、オズが見たことも無いほど強烈な憎しみが宿っていた。そして、片方の角が折れている。

この姿は、もしかして――。

「勇者は魔王の角を折り、打ち倒した」

祖父は言った。

「だが、殺しはしなかった」

オズとコンは、弾《はじ》かれたように祖父を見上げた。

コンがおそるおそる尋ねる。

「これが、魔王なんですか？」

今度も、祖父は無言で頷いた。視線は像に向けたままだ。

オズは戦慄《せんりつ》を止められなかった。

改めて石像を見つめる。今にもそこにひびが入り、中から生身の魔王が出てくるのではないかと思うと、まっすぐ立っているのも難しく思えるほど膝が震えた。

だが、最初の衝撃が収まってみると……自分でも気付かないうちに、好奇心が恐怖を凌駕《りょうが》した。

五百年前に勇者と戦った、悪名高き〈雷炎の魔王〉。多くの人間を殺し、美しい姫を攫い、魔物たちを意のままに操った、悪の中の悪。

もしこの像がもう一度動き出したら、どうなるだろう？

オズは無意識のうちに、像に向かって手を伸ばし――次の瞬間には、突き飛ばされて地面に転がっていた。

祖父の怒号が、銃声のように広間に響く。

「軽々しく触るな、馬鹿者が！」

石の床に頭を打った痛みと、屈辱《くつじょく》のせいで目に涙がにじむ。オズはなんとか身体を起こして、手を貸してくれたコンに縋《すが》って立ちあがった。

「次に愚かな真似《まね》をしたら、手を切り落とすぞ」

怒鳴り声の反響が消えても、祖父はオズに向けた視線を和《やわ》らげなかった。そして、オズに反省すら求めることなく顔を背《そむ》け、話を続けた。

「これが、かの〈雷炎の魔王〉だ。我らが祖ブランウェルは魔王を殺さず、石化刑を言い渡した。そのなれの果てがこれなのだ」

オズは、祖父の顔と魔王の像――いや、石化した魔王自身を交互に見比べた。

なれの果てと表現するには、あまりにも生々しい。ほんの数分前までこの場所で息づいていたようにさえ思える。魔王の顔をじっと見つめるうちに、オズの胸の中に、言い知れぬ感情がわき上がった。興味、それとも親近感か？　いや。それよりもっと強い。

一方、コンは祖父の顔だけを見ていた。これから何を聞かされるのか、すでにわかっているみたいに。

「刑――ということは、刑期があるのですか？」

兄はまたしても正しい質問をしたらしい。祖父は重々しく頷いた。

「石化を解除するには、レイニアの血を使う」

祖父はコンを見た。

「コンウェルよ。お前が三十歳になる年が、ちょうど五百年目にあたるのだ」

祖父の厳《いか》めしい声が、廃墟《はいきょ》に響く。

「お前が魔王を目覚めさせるのだぞ、コンウェル」

その時はじめて、オズは兄に対して嫉妬《しっと》という感情を抱いた。

女神の加護をほとんど受けていないオズは、他の家族のような特殊な能力を持っていない。いわば、勇者の末裔であるレイニア家の恥だ。祖父には役立たずと言われ、父親からは出来損ないの息子扱いされ続けても、コンに対する尊敬の念は揺《ゆ》らがなかった。

それなのに、悪の権化《ごんげ》にも等しい魔王を目覚めさせるのが兄の役目だと宣告されたこの瞬間、オズは身を焦がすような羨望《せんぼう》と嫉妬の念を覚えた。

人間に仇《あだ》なし、悪行の限りを尽くした魔王なのに、何故《なぜ》かこう思った。

俺が、魔王を目覚めさせたい。

こいつを、誰にも渡したくない。

その感情を執着《しゅうちゃく》と名付けるには、オズは幼すぎた。それでも、昏《くら》い炎は胸の奥で燻り続けた。オズ自身さえも気付かないほどひっそりと。

†

『魔王』であるこの自分に、そしてガルシュクの全ての魔族に敗北をもたらした男の顔を、覚えている。

生き生きとした青い瞳《ひとみ》。小麦色の髪。ともすれば少年と見紛《みまご》うほどあどけない顔。己《おのれ》の正義を疑わぬ、決然とした表情。

鎧は鏡のように輝き、抜き身の剣は光そのもののように燦《きら》めいていた。

その男を、人間どもは勇者と呼んだ。

魔族にとって、あの男の名は破滅であり、殺戮《さつりく》であり、災禍《さいか》であった。だが、彼を呼び表すのにあれよりふさわしい言葉は無かった。彼は勇者だった。紛《まぎ》れもなく。

そして、自分は〈雷炎の魔王〉。怖ろしく禍々しい、魔族の王だ。

それは長い、長い戦いだった。

玉座《ぎょくざ》の間《ま》に悠然《ゆうぜん》と現れた勇者と剣を交えたときも、まだ勝てると思っていた。この男さえ亡《な》き者にすれば、勝機はあると。

だが、勇者は強かった。彼は実に多くの加護を受けていた。森の精の祈りが編んだ盾《たて》に、聖なる貴金から鍛《きた》えられた鎧。山よりも長命だった古竜から奪った剣。そして何より――女神から与えられた祝福の力。

戦いに決着がつくよりも早く、臣下《しんか》たちは運命を受け入れた。彼らは人間たちに辱《はずかし》められる前に自ら毒を呷《あお》り、短剣で喉《のど》を突いた。どこもかしこも燃えていて、どこを見ても屍《しかばね》が横たわっていた。

それは、なんと凄絶《せいぜつ》な孤独であったろうか。

なんと厳然たる敗北であったろうか。

勇者の一閃《いっせん》で角を折られた魔王は、とうとう膝を屈した。

彼はそのとき、確かに悲鳴を聞いた。魔族を待ち受ける、過酷な未来《あした》から聞こえてきた悲鳴を。

魔王は言った。

「俺を殺して世が平和《やすら》ぐなら、そうするがいい。だが、我が一族を根絶やしにするような真似はやめてくれ。彼らに罪はない」

　すると、勇者はこう言った。

「殺しはしない。お前も、お前の一族も」

　顔を上げると、彼と目が合った。

　魔王はそこに、己を断罪する人間の傲慢《ごうまん》さを見るだろうと思っていた。だが、そこにあったのは、この状況に似つかわしくない揺らぎだった。

　勇者は瞬《まばた》きひとつして綻《ほころ》びを隠すと、こう告げた。

「お前はこれから五百年の石化刑に処される」

　投石機からの攻撃は止《や》んでいたはずなのに、巨石の直撃を食らったかのような衝撃が走る。

　五百年。気の遠くなるような歳月だ。

「何故、殺して終わりにしない？　俺の石像を、貴様らの城に飾って見せしめにするつもりか」

　すると、勇者はこう言った。

「お前が――」

　口をつぐみ、言い直す。

「我々が乱した平和を、これから取り戻す」

　彼は立ち上がり、投石機が壁に開けた大穴の縁《ふち》に立った。そこから、今まさに昇ろうとしている朝日が見えた。無慈悲《むじひ》なほど美しい曙光《しょこう》が、死屍累々《ししるいるい》たる戦場を露わにしていた。吹き込む風には、炎と灰と血の匂いが染みついていた。

「長い時間がかかることだろう。わたしたちが戦いに費やした日々よりも、ずっと長い時間が。だが、きっと成し遂げてみせる。わたしの代では無理でも、子孫たちが必ず」

勇者はゆっくりとふり返り、魔王の目を射貫《いぬ》くような視線を向けた。

「だから魔王よ。お前は時の果てに再び蘇って、その平和を見届けろ。そしてもし――」

そして、もし。

その言葉の先を、忘れてしまった。

友たちの顔も、忠臣たちの声も。

大気中にあまねく満ちあふれた魔法がどんな風に角を擽《くすぐ》ったか、どんな風に、それを意のままに束ね、縒《よ》り合わせ、編んだのか――その感覚も忘れてしまった。

勇者よ、笑うがいい。俺は自分の名前さえ忘れてしまった。

覚えているのは、自分が『魔王』だったこと。それから――己と己の一族に、敗北をもたらした男の顔だけだ。


永《なが》い眠りの果てに目を覚ましたとき、そこに男が立っていた。

疲れ切ったような青い瞳。くすんだ小麦色の髪。まだ若いながら、不思議と老《お》いて見える顔貌《がんぼう》。そこには疑念が浮かんでいた。他者に問うよりずっと多くの自問を、己の内面に抱えているような表情だった。

それでも、見た瞬間にわかった。こやつが勇者の末裔だと。

五百年の後に、人間どもがとうとう自分を蘇らせたのだ、と。

「この時を待っていたぞ……勇者の末裔《すえ》よ」

さび付いた喉から、喘鳴《ぜんめい》のような声を絞り出す。舌は鈍《なま》り、顎《あご》が軋《きし》むが、どうにか言葉を発することは出来る。

「今度こそ、貴様ら人間を根絶やしにしてくれる！」

怒りを込めた声が空気を震わせると、大気がそれに応《こた》える。自分を取り巻く、形の定まらない魔法が目覚め、震えて、意味のある形に結ばれる瞬間を待っている。

勇者の仲間と思《おぼ》しき人間どもが慌てふためく様子に、魔王の気分は少しだけ上向いた。

だが、頭が首から転がり落ちそうなほどの目眩《めまい》がしているし、頭痛もひどい。肺が強ばって息が苦しい。

それにしても、勇者の末裔らしいこの男。鎧も剣も身につけず、農民のような出で立ちで俺の前に立つとはいい度胸をしている。

力のこもらない指に無理やり力を込め、ぎゅっと拳を握る。

〈雷炎の魔王〉の力を、今こそ目にするがいい。

そして、次の言葉を発するために深く息を吸いながら、大気中の魔法粒子《マジカ》をぐっと引き寄せた。

「この俺を蘇らせたことを――」

瞬間、頭の奥で火花が弾け、何かがブチンと切れるような音がした。

「こ、後悔させて――や、る……」

目の前が暗くなり、身体から力が抜ける。

そして、あえなくその場にくずおれた。

人間が群がってきて、妙な透明の口枷《くちかせ》をはめてゆくのに抵抗さえ出来ない。遠のく意識の中で、魔王は初めて、勇者の末裔の声を聞いた。

「大変なのはこれからだ」

その言葉が予言めいて聞こえるのはなぜだろうと思いながら、意識を手放した。

3　敗北魔王と勇者の末裔

オズがはじめてネヴィルと顔を合わせた、兄の葬儀の日。あの後ネヴィルはオズを国家安全情報局のオフィスに連れて行き、こう言った。

「君には、レイニア家の役目を果たしてもらいたい。魔王の復活に、手を貸してほしいのだ」

反射的に「ハ！」という笑いが飛び出す。声は意図したよりも大きく響いた。そのせいで、後に続いた静寂《せいじゃく》の重さが際立つ。

「本気じゃないよな？」

「魔王の復活は、君が生まれるよりも前から予定されていたことだ」

「だが——何のために？」

「さきほど言ったとおり、この紛争を終わらせるためだ」

オズは思い切り顔をしかめた。

人間と魔族の争いの歴史は、開闢《かいびゃく》以来続いているといってもいい。人間と魔族の対立は、やがてアデルタ王国対ガルシュク王国という二つの国家の対立となった。

五百年前の戦で人間が勝利をおさめ、アデルタがガルシュクを統治下に置くと、今度は魔族による叛乱《はんらん》の歴史が幕を開ける。決死の反抗と血みどろの制圧が繰り返された。今から百年前にようやく魔族の基本的人権が認められ、抗争は鎮静化した。

そして今、アデルタはまたも分断されている。

五十年ほど前に発足した、ギルマゴグ自由連盟という団体が、その火種だ。魔王の復活を信じるギルマゴグ自由連盟を筆頭に、再臨派を自称する無数の団体が手を組んで人間に戦いを挑んでいる。

自由連盟を率《ひき》いるのは、出自も経歴も明らかになっていない謎《なぞ》の男。人前に滅多《めった》に姿を現さない獰《どう》猛《もう》な獣、貂熊《クズリ》を意味する魔族語から、ガデオスと呼ばれている。配下の兵隊は数万人とも推定される。人間の側《がわ》でも人類共同戦線などの民兵軍が組織されているし、政府が正規軍を導入して彼らの殲滅《せんめつ》を図っている。だが決着は見えず、泥沼のいたちごっこが続いている。

「紛争を終わらせる？　激化させる、の間違いじゃないのか？」

ネヴィルは言った。

「そんなことにはならない」

「ずいぶん自信がありそうだな」

彼は左の口角だけをぴくりと上げて笑った。

「勝算がなければこんな真似はしないさ」

「勝算？」

ネヴィルは言った。

「君に、彼のハンドラーになってもらうことだ」

「調教師《ハンドラー》？　首輪でもつけて鞭打《むちう》てってのか」

この世で一番の冗談を聞いたとでも言うように、ネヴィルは大声で笑った。そこまで面白いジョークでもないのに、目尻に涙まで浮かべている。これだからスパイって人種は。

「ハンドラーというのは、調整役だ。魔王という協力者《アセット》が道を踏み外さないように導く役目だよ」

ようやく、狙《ねら》いがわかった。

「つまり、魔王を味方につけて魔族を宥《なだ》めさせようとしてるのか？」

ネヴィルは「ほら見ろ」と言わんばかりに両手を拡《ひろ》げて、ジャクソンと顔を見合わせた。

「さすがレイニア。頭の回転が速い。実に聡明《そうめい》だ」

そんなおべんちゃらには靡《なび》かない。

「馬鹿げてる。そんなこと、上手くいくはずがない」

オズは首を振りながら、オフィスの出口に向かった。

「話はまだ終わってないぞ！」

「もう行くよ。時間の無駄だった」

オフィスを出て辛気《しんき》くさい廊下を歩く。オズの背中を、ネヴィルの声が追いかけてくる。

「この件を成功させれば、君に新しい義足を与え、軍に復帰できるように取り計らってもいい」

「義足はもうある」

「そんなものは、ただの棒きれだろう！　我々なら、最新鋭の魔法式義足を提供できる。生身の足と変わらない――それ以上に機能的な最新型だ」

棒きれを軋ませながら、オズは歩き続けた。ネヴィルは尚《なお》も続けた。

「軍に復帰したくはないのか？　新しい足があれば、君のいた部隊に戻るのだって夢じゃない。年金を酒につぎ込んで一生を終える気なのか？　違うだろう！」

ファスラの戦いで左脚を失ったオズを、軍部は同情を込めて『勇者の再来』と呼んだ。送還されてからの半年あまり、傷痍《しょうい》軍人手当を頼りに無為《むい》な日々を送ってきた。仕事もせず酒浸りになり、それでもトレーニングだけは続けてきた。いつか、あの栄光の日々に戻れると信じているみたいに。

明らかに、スパイたちはオズの生活について徹底的に洗い出したようだった。

「じゃあわかってるはずだ。俺が他人の面倒を見るなんて無理に決まってる」

「君は生まれながらの戦士だ。軍こそが君の居場所だよ」

ネヴィルは息を切らしながら言った。

「君が協力を拒《こば》むようなら、別の協力者《アセット》をあたるほかない」

オズは立ち止まった。

別の協力者《アセット》――リズのことだ。

振り向いて、ネヴィルまでの距離を詰めた。

「よく聞け、くそったれのスパイ野郎」

喉元に指先を突きつけ、脅《おど》すように一度だけ突く。

「あの子を巻き込んだら、俺がお前を殺してやる」

ネヴィルは肩をすくめた。

「私が決めたことではは――」

「誰だっていい！　あの子はもう十分に苦しんだんだ。魔王だの勇者だの、下らないことには関わらせるな」

ろくな能力も持たない出来損ないと、親を失った幼い娘。

「レイニアは、終わりだ。俺たちは滅んだ。勇者の血脈は消え失《う》せた」

それは、喉を焼くほど強烈な真実だった。

「君の気持ちはわかる。本当だ。正直言って、こんな計画に関与したい者などいない」

ネヴィルの表情から、薄ら笑いが消える。

「だが、私も命令には逆らえない身でね。それを言うなら、この国の誰一人として逆らえない――大統領直々《じきじき》の指令には」

オズは言葉を失った。

あまりにも馬鹿げている。国の最高権力者が、暴徒を宥める手先に仕立て上げるために、五百年前にようやく滅ぼした悪の権化を蘇らせようとしているなんて。

しかも、そいつの調教――いや、調整か？　どっちでもいい――を、レイニア家きっての出来損ないに任せようとするなんて。

その時、疑問が浮かんだ。

「コン――兄にも、同じ話をしたのか？」

ネヴィルは頷いた。

「君の祖父が直々に話していたはずだ。準備も進められていた。計画の立案者は他ならぬ彼なんだ」

さもありなんだ。オズはぎゅっと目を閉じた。

「いいか。石化刑の件は五百年来の国家機密だ。彼は実質死んでいて、これから別人として生まれ変わることになる——いつか再び『魔王』としての彼が必要になるまで。それに——」

追い打ちをかけるように、ネヴィルは言った。

「魔王にはもう、かつてのような力は無い」

「魔王にかつての力が無い？　魔王ほどの伝説級の魔族なら、角を折ったくらいじゃ弱体化させられないぞ」

ネヴィルは全てを理解しているような顔で頷いた。

「それも、おいおい説明する」

オズはため息をついた。

「それで……もし承諾《しょうだく》したら、俺は何をすればいい？」

「君には、二十四時間つきっきりで彼の社会復帰を手助けしてもらう。彼を懐柔《かいじゅう》して、我々の仲間に引き入れろ。そのための訓練を、これから数ヶ月かけて行うことになる。なあ、オズ——」

ネヴィルはオズの肩を摑《つか》んで、目を覗《のぞ》き込んだ。

「これは、君の兄が成し遂げたかったことでもあるんだぞ」

葛藤《かっとう》に匂いというものがあるとしたら、ネヴィルにはそれを嗅《か》ぎつける嗅覚《きゅうかく》がある。静かな声で、スパイはとどめを刺した。

「君か、君の姪《めい》かだ」

一分間——いや、もっと長い間、別の選択肢を探した。だが、酒浸りの生活が脳を腑抜《ふぬ》けにしてしまったのか、何も思い浮かばなかった。

ようやく、オズは掠《かす》れた声で言った。

「魔王が……俺なんかに従うわけがない」

すると、ネヴィルは小さく笑った。それは、この男に出会ってから初めて耳にした本物の笑いだった。

「勇者の末裔に出来ないなら、他の誰にも不可能だ」

◇

現在

「経過は良好です」

魔族の看護師は朗《ほが》らかに言った。それを聞けば、オズが喜ぶと思っているかのように。

実際には、魔王の健康状態なんか少しも気にしていない。むしろ、このまま永遠にへばっていてくれた方がいいとさえ思う。

だが、国家安全情報局が超過密スケジュールでオズを訓練したのは、一日のうち二十三時間も眠り続ける魔王の寝顔を眺《なが》めるためではない。

新しい義足は、ハンドラーとしての訓練が始まると同時に支給された。高級車一台分ほども値が張る代物《しろもの》で、ネヴィルの言っていた通り、ゾッとするほどよく馴染《なじ》む。生身の足に比べるとまだ感覚が鈍いが、長く使うほど改善していくという。

この足があれば、軍に復帰できる。戦場に戻って、仲間たちと一緒に使命を果たせる。誰かの役に立てる。

それに、もし魔王との信頼関係の構築に失敗したら、連中はリズに手を伸ばすかも知れない。証人保護プログラムで素性を変えていようが、いまいが、国家安全情報局の目を逃れられる者はいない。

失敗は許されない。悪魔に魂を売ってでも、魔王を社会復帰させてやる。

石化を解除した後、魔王は政府所有のセーフハウスへと送られた。厳重な警備に守られた建物で、まわりには森がある。

魔法のエネルギー源である魔力は、魔法粒子《マジカ》と呼ばれる素粒子《そりゅうし》の働きによって生み出される。魔力はこの世のほぼ全てのテクノロジーを動かす原動力であると同時に、魔族が健全に生きていくために必要不可欠な栄養素でもある。

魔法粒子《マジカ》は、動植物が生命活動——中でも生殖や成長にまつわる活動を行う際に活発に生成される物質だ。無数の生物が息づく場所には、魔法粒子《マジカ》の発生源が豊富に存在している。

魔王の療養地としてこのロケーションが選ばれたのには、そんな理由があった。

森の中にあるセーフハウスは蘇りを体験した魔族の回復にはうってつけのはずなのだが、魔王の回復はカタツムリの歩み並みにのろい。

石化を解かれてもうすぐ一週間が経《た》とうとしているのに、魔王は一時間以上目覚めていることさえ出来ない。会話するほど気を許しているのは魔族の看護師だけで、それにしたってたいして盛り上がっているわけでもない。

魔王の社会復帰プログラムの第一段階は、この寝たきり状態からの脱却だ。

「体調に問題はないはずです。身体機能は驚くほど良好ですから。ただ、ご存じのように魔族は日常的に魔力を必要とします。彼の場合は、魔力のアンテナである角の欠損が大きいため、完全に回復するまではもう少し時間がかかるかも知れません」

看護師の言うとおり、魔王の左角は欠けている。伝説が本当なら、勇者が切ったものだろう。

四重のセーフティドアを抜けて看護師が出て行くと、この建物の中に居るのは自分と魔王だけになる。とは言え、寸分《すんぶん》の死角もないほどたくさんの監視カメラが設置されているし、魔力の上昇や体温を感知するセンサーが常に室内をモニタリングしている。

窓の外に目をやっても、見えるものといったら木しかない。魔王が五百年の世代間ギャップにショック死しないよう、セーフハウスの中に最新の魔法機器《マジテク》はほとんど置かれていない。つまり、暇つぶしにスポーツ中継を見る手段すらない。

仕方なく、オズはベッドの傍《そば》の椅子《いす》に腰掛け、魔王の姿を眺めた。

色とりどりの肌を持つ魔族としては珍しい、人間に近い青白い肌をしている。銀の混ざる純白の長髪。睫毛《まつげ》も白い。まるで霜《しも》が降りたようだ。

魔族は人間とは異なる年齢の重ね方をするが、人間の基準で見れば三十代くらいに見える。凜々しく整った眉に、切れ長の目もと。眠っているにもかかわらず、口元は気難しげに引き結ばれている。

石像から想像していた姿とはかけ離れていても、確かに、王の威厳を備えている。こうして盗み見ているのでなければ、気圧《けお》されて直視できなかったかも知れない。

だがもし、正体を知らずに出会ったなら……美しい男だと思っただろう。とても美しい男だと。

「貴様が俺を蘇らせたのか」

不意に声がして、心臓が止まるかと思うほど驚いた。

反射的に、本能が銃を求める。だが、この建物の中に武器は持ち込めない。

一秒の間に気を落ち着け、いつの間にか自分を見ていた魔王の目を見つめ返した。黒い強膜《しろめ》に金色の瞳。まるで満月のような。

オズはゆっくりと頷いた。

「そうだ。ついでに、お前のお目付役でもある」

魔王は一瞬ムッとした。だが、すぐに表情を和らげた。

「俺を蘇らせた貴様の血に免じて、無礼な物言いは許してやろう」

「そいつはどうも」

これが、魔王との初めての会話だ。

この半年間、頭の中で何度もシミュレートしたものとは違っていた。正直に言って、少し拍子抜《ひょうしぬ》けだった。

「俺が彼奴《きゃつ》に敗れてから、五百年が経った。そうだな？」

「ああ」

オズは頷いた。怒りに揺らいでいない魔王の声は低く豊かで、こんな状況でなければ耳にするのを楽しんだだろうが、今はそれどころではなかった。

魔王が、呻《うめ》きながらベッドの上で身を起こそうとした。が、力が入らないらしく苦戦している。オズはベッドのリモコンを手に取り、リクライニングボタンを押して上半身を起こさせた。

魔王は、いきなり動き出したマットレスに一瞬狼狽えたような表情を見せた後で、眉を上げてベッドに身を委ねた。

「なるほど。五百年の間に、人間はますます怠惰《たいだ》になったな」

また石に戻してやってもいいんだぞ、と口から飛び出しそうになるが、堪《こら》えた。まずは信頼関係を築かなければ。

オズはなるべく優しく聞こえるように尋ねた。

「頭は混乱してないか？」

魔王が口を開くと、鋭い牙が口元から覗く。少なくとも、そこは石像だったときと変わっていない。

「あらましは、あの下男《げなん》から聞いた」

あらましなんて古語を実際に耳にしたのは生まれて初めてだった。気をとられたせいで、看護師は下男じゃないと訂正するのを忘れた。

「そうか。まあ、それはよかった」

たちまち、妙な沈黙が降りる。

国家安全情報局の連中に、気詰まりな空気を打開する会話術でも伝授してもらえば良かった。

「人間どもが、五百年も前の取り決めを律儀《りちぎ》に守るとは」

魔王は大きなため息をついた。妙に人間らしい仕草だ。気まずさが和らいだ気がしたので、オズは気安い雰囲気を装いつつ尋ねた。

「石化させる前、勇者は――ブランウェルは何と言ってた？」

魔王はフンと鼻を鳴らして笑った。

「彼奴はこう言った。『時の果てに再び蘇って、その平和を見届けろ』と。さぞかし平和な世の中になったことだろうな？」

オズは「自分の目で確かめてみるといい」と言うに留めた。

魔王には、この国の現状までは伝えていない。寝起きの第一声が、『今度こそ、貴様ら人間を根絶やしにしてくれる！』だった男に、人間と魔族は相変わらず戦いを繰り広げているなどと教えたらどうなるか、予想するまでもない。

魔王を目覚めさせたのはあくまでも『五百年前の約束を守るため』だ。本当の目的とオズの使命は、可能な限り長く伏せておく。

「それで、いつここを出られるのだ？」

予想された質問だったので、オズは迷い無く答えた。

「歩けるようになったら、都市部にある別のセーフハウスに移れる」

魔王が怪訝《けげん》そうな顔になった。

「せえふ……なんだ、それは……？」

「隠れ家のことだ」

説明すると、またあの高慢《こうまん》そうな表情に戻る。

「隠れ家なら隠れ家と言えばよいものを」

ぶつぶつと文句を呟いた後で「まあいい」と魔王は言った。

「まずはこの家の中を歩き回れるまでリハビリしてもらう。それから――」

気付くと、魔王がまた不機嫌な顔をしているので、聞かれる前に説明してやる。

「リハビリってのは、後遺症《こういしょう》から回復させることだ」

魔王はフンと鼻を鳴らした。その様子が可笑《おか》しくて、知らないうちに緊張していた背中が、少し緩んだ。

こうして会話をしていると、相手が魔王だということを忘れそうになる。

子供の頃からさんざん聞かされてきた、極悪非道な魔王の物語と、目の前の男とをどうしても結びつけられない。

きっと、無力に見えるせいだろう。

情報局の見立て通りだ。魔王には、かつてのような力は無い。

「とにかく、明日から看護師と――あのひとは下男じゃないぞ、看護師だからな。彼と歩行訓練を始めてくれ。ちゃんと回復して、一人で問題なく生活できるようになったら、自由の身になれる」

「よかろう」と魔王は言った。

椅子から立ち上がり、魔王の部屋を出て行こうとしたとき、声をかけられた。

「貴様、よくこの役目を受け入れたな」

それは、いつか聞くことになると思っていた言葉だった。

ため息をついてふり返ったオズに、魔王はさらに言った。

「貴様はあの勇者の末裔だ。顔を見てすぐにわかった」

その言い草に、何故だかドキッとする。

動揺を見抜いたのか、魔王はククッと笑った。

「まったく。貴様もとんだ貧乏くじをひいたものだな」

疲れていたせいかもしれない。それとも、緊張の糸を張ったままでいるのに飽《あ》き飽《あ》きしたからか。あるいは何故だか――不意に、この状況の全てが馬鹿らしく思えてしまったせいかもしれない。

オズは、魔王に釣られて笑った。

「かもな」

そして、緩く首を振った。

「おやすみ――」

何故だろう。

その時、オズは彼を『魔王』とは呼びたくないと思った。この男を言い表すのに、『魔王』という単語を使うのは……単純すぎるような気がした。

魔王の真名《まな》は勇者によって封印されている。これについては、ネヴィルからも説明を受けていた。

魔族にとって、真名は命の次に重要なものだ。自分の真名をもって命じることで、魔族は魔法を操ることが出来る。魔族と魔法の間で交わされる『契約』と言い表されることもある。

真名による『契約』無しに使える魔法機器《マジテク》が普及したことで、ひとも魔族も等しく、魔法の恩恵を受けられるようにはなった。だが、そうして制御された魔法とは比べものにならないほど、野生の魔法は強力だ。

もしも彼が自分の名前を取り戻したら、彼の体内にはすさまじい量の魔力が戻る。角が折れていたとしても、手がつけられないほど莫大《ばくだい》な量だ。

彼が自分の名前を失っている状態だと事前に知っていたからこそ、情報局も魔王を管理下に置けると判断したのだ。

それでも、尋ねてみたかった。

「お前の名前は？」

彼は悔しそうに口を歪めた。

「好きなように呼ぶがいい。魔王とでもな」

「それは……名前じゃないだろ」

彼は深いため息をついた。

「当然ながら、あだ名で呼ばれるような身分では無かった。今となっては……真の名さえ忘れてしまった」

これもネヴィルから説明されたことだが、魔王は勇者によって自分の真名が封印されたことを知らない――あるいは忘れている。

魔王は思い出したように顔を上げた。

「まだ貴様の名を聞いていなかったな、小童《こわっぱ》。あれから五百年ともなれば……ブランウェル何世になるのだ？」

「俺は――」

真面目に答えようとした後で、からかわれていることに気付く。止めるまでもなく、片頬《かたほお》に笑みが浮かんでしまった。

「オズウェルだ。ブランウェルは三世まで居たけど、今はそういう名前の付け方は流行《はや》らない」

「では……オズウェル一世」

魔王は大きなあくびをした。

「さっさと出て行け」

「はいはい、仰《おお》せの通りに」

後ろ手にドアを閉めると、部屋にロックがかかるカチャリという音がした。

その瞬間、自分が対峙《たいじ》していたものの危険性を思い出して、オズの背筋が冷たくなった。

魔王と談笑するなんて、何を考えてる？

この作戦を始める前、ネヴィルには散々忠告されていた。

楽しく会話するのはいい。相手のことを信頼している振りをするのもいい。だが決して、心を許すな。

心など許さない。相手は魔王だぞ。

オズは頭を振って、監視カメラの視線を逃れるように自分の部屋に向かった。

†

五百年とすこし前。この世にまだ、ガルシュクという名の魔族の国があった頃。城の玉座に座る魔王の前に、衛兵《えいへい》がナイラを引っ立ててきた。

衛兵は彼女のことを人間の男子《おのこ》と勘違いをしていた。迷い込んだ振りをして偵察《ていさつ》に来た間諜《かんちょう》だと。

無理もない。極端に短く切られた髪に、細い手足、薄汚れた農民の扮装。そして今にも食ってかかりそうな挑戦的な眼差《まなざ》し。とても淑女《しゅくじょ》のものとは思えない。ましてや、人間の王族の一員だとは。

「姫君よ。わざわざのお越し、まことにご苦労であったな」

王の皮肉に、家臣たちは含み笑いをした。

「なにゆえこのガルシュクに足を踏み入れた。冒険の味をひと舐めして国に帰れば、少しは箔《はく》がつくとでも思ったか？」

底意地悪く尋ねると、ナイラは言った。

「わたくしを魔族にしてくださるよう、お願いしに」

まったくもって、予想していなかった答えだった。玉座の間に大きなざわめきが起こる。

魔王は、平静を取り戻して皮肉で返す。

「自分が何を口にしているか、理解しているといいのだが」

すると、彼女は肩に掛けた鞄《かばん》の中から無数の書物や巻物を取り出して見せた。

「もちろん、理解しています」

ナイラは、よく通る澄《す》んだ声をしていた。広間に満ちる囁《ささや》き声を圧してあまりある声量だ。

「強力な魔法に身をさらし続ければ、人間でも魔族になるのです。ほら、この本にもこう記されています。あなた方の祖先は『最初に開いた門のすぐ傍に住んでいた人間である』と」

「人間の聖典にはこう書かれているはずだ。『異界の門を開いた愚かな魔術師が、神の呪いを受けて最初の魔族となり、魔王となった』と」

「ええ。その通りです。ですが、それはただの神話に過ぎません。神話とは、事実に教訓と思想を混ぜて、人間を御《ぎょ》しやすくするためのお伽噺《とぎばなし》ですから」

魔王は舌を巻いた。まだ十かそこらの娘なのに、怖ろしく聡明だ。

玉座の間に居た魔族のうちのほとんどは彼女をせせら笑うか、非難がましく眺めた。だが魔王は、すでに彼女を気に入りはじめていた。

冷酷なる魔王が纏うべき嘲笑《ちょうしょう》の仮面を外すのは、それほど難しいことではなかった。

「アデルタ王国の華とうたわれたそなたが、何故《なにゆえ》魔族になりたいと望むのだ？　誰もがうらやむほど輝かしい人生を歩んでいるのだろうに」

「確かに、他の者の目にはそう映るでしょう。ですが、私にとっては檻の中で一生を終えるのと同じです」

「我らの一員となって、何とする？」

ナイラは臆《おく》することなく答えた。

「自由でありたいのです」

その声が、玉座の間の隅々にまで響き渡った。

「女神から授《さず》かったこの身体を、勝手に耕《たがや》し、種をまくものの手に委ねたくありません。しかしアデルタの――人間の女である限り、私は誰かの妻になる宿命《さだめ》。人として生き続けることは、時間をかけて自身を殺してゆくことに他ならぬのです。ですから――」

ナイラは、魔王をまっすぐに見つめた。魔王を憎めと育てられてきたはずなのに、彼女の目の中には曇《くも》りがなかった。

彼女は、特別な人間だ。

「ですから、わたくしはガルシュクへ参りました。あなた方と同じ存在になり、あなた方と同じように生きたいのです。陛下《へいか》、あなたならば、そんな未来をもたらしてくださると信じております」

家臣たちはこぞって、娘を即刻送り返すべきだと言う。

「人間の怒りを侮《あなど》るなかれ。奴《やつ》らは、陛下が姫を攫ったと喧伝《けんでん》するでしょう。これ以上、奴らに侵略の口実を与えてはなりませんぞ」

至極《しごく》正しい、真《ま》っ当《とう》な意見だった。だが、魔王は撥《は》ね除《の》けた。

「彼女が城にいると露見しなければすむことだ」

それを聞いて、ナイラは短い髪に手をやった。

「父上と母上には、髪を遺《のこ》して城を出ました。人としてのナイラはもう死んだのだと、彼らも受け入れるでしょう」

そして、魔王は彼女を城に迎え入れ、城の書物庫への出入りを許した。

しばらくは、平穏《へいおん》な日々が続いた。

だが結局、姫の居所は人間たちにも伝わってしまった。アデルタの王は布令《ふれい》を出し、国中から魔王討伐《とうばつ》のための勇者を募った。

あの日の出会いが、ガルシュクを滅びに誘《いざな》った。けれど、それを後悔する気持ちはどこにもない。遅かれ早かれ、人間はガルシュクを滅ぼすために兵を挙げていただろう。ナイラは雪崩《なだれ》を引き起こしたきっかけではあったかも知れないが、雪崩そのものではなかった。

彼女の眼差しを——暗闇《くらやみ》に射《さ》す一条《ひとすじ》の光を閉じ込めたようなその輝きを、今でもはっきりと思い出せる。

やれることは全てやった。だがそれでも、彼女を守りきることは出来なかった。

オズがブランウェルの子孫だということは、一目見た瞬間にわかった。魔族の目をもってすれば、人間には見抜けない血のつながりを辿ることができるのだ。

だから、彼がナイラの血を継いでいることも、同じくらいはっきりと見て取れた。こちらを見つめる挑戦的な眼差しが、彼女にそっくりだったからだ。

そして魔王は、自分が石になってしまった後に何が起こったのかを悟った。

ナイラはブランウェルの妻となり、子を産んだのだ。彼女は、逃れたはずの使命に再び囚《とら》われてしまった。


許せよ、ナイラ。

魔王は新たな決意を胸に刻んだ。

今度こそ、お前のような者が悲しまずに済む国を作ってやるからな。

4　未来へようこそ

この魔法機器《マジテク》なる代物には、ほんとうに手を焼かされる。

どの装置も魔力を原動力にしているのは間違いないのに、こまごまとしたややこしい術を何千と組み合わせてあるせいで、仕組みを理解しようにも手に負えない。

森の中にあった隠れ家から居を移して数日。新たな小屋はこの手のもので溢れかえっていた。

本来魔法を扱うことができない人間にも魔法の恩恵を与える、こうした様々な機器が発明されたことが、かつて人間と魔族の間にあった断絶を埋めるきっかけになったのだ――と、あの男は言った。

「おい、小僧！」

ベッドから呼びかけるが、返事はない。

海に面した高台に建つ新たな隠れ家は、庭のある二階建てで、街からは少しばかり離れている――らしい。庭の石垣の向こう側にはベイリーフ海が広がっている。狭いのを別にすれば、なかなか居心《いごこ》地《ち》の良い隠れ家だ。

戦をしていた頃、ベイリーフ海はアデルタ王国の至宝《しほう》と呼ばれていた。いつか全土を征服して、この目で海を眺めるつもりでいた。それが、こんなにあっけなく眼前《がんぜん》にひらけているとは。

聞こえてくる潮騒《しおさい》は、数百年にわたる戦いの記憶を忘れ去ったかのように穏《おだ》やかだった。

「小童！」

この小屋の中で声が聞こえないはずはないのに、やはり返事はない。ため息をつきつつ、首を振る。

ここは最初に運ばれた森の屋敷よりは手狭だが、その代わりに邪魔な防護扉はない。ちゃちな木板の扉が一枚あるだけだ。

一階にはオズウェルの居室《きょしつ》と、食堂と厨房《ちゅうぼう》があり、談話室とでも呼ぶべき吹き抜けの空間がある。二階には比較的広い部屋がひとつだけ。そこが、ささやかなる魔王の間だ。

「おい小僧！　聞いているのか！」

ようやく、部屋の向こうから近づいてくる足音がした。

「何だよ」

「この板がまた壊れた。新しいものをよこせ」

ベッドの上に散らばった、装置の残骸を指し示す。

「え――あっ!?」

オズは慌てて自分の腰回りをバタバタと叩《たた》き始めたが、そこに入っているはずもない。

「また俺のスマホを分解したのか!?」

「仕方が無いだろう。他にやることがないのだ」

「一昨日《おととい》届いた本は？」

オズが指し示した先には、うずたかく積まれた本の山がある。オズは文庫本《ペーパーバック》と呼んでいた。写本師による装飾もなければ、革細工の装丁《そうてい》も施《ほどこ》されていない哀れな書物だが、『世界名作全集』などと銘《めい》打《う》たれているだけあって暇つぶしにはなった。

「全て読んでしまった。なかなか興味深かったぞ。書いてある言葉の半分は意味がわからんが」

オズは、今や見慣れたあの表情を浮かべた。つまり、目の前に居る男を殴《なぐ》りたいのを必死に堪えている顔だ。これを眺めるのがまた、いい気晴らしになる。

「退屈しのぎの種も尽きたぞ。外界の偵察に赴《おもむ》くのはどうだ？」

オズの表情が、さらに曇った。

「一応、聞いてはみる」

そう言うと、上司と連絡を取るのに使っている、鍵盤《けんばん》付きの折り畳《たた》みの板――これだけは絶対に触らせようとしない――を取りに行った。

「出かけるのが無理なら、海に出て魔物狩りをしてもよいぞ！」

背中に呼びかけると、「あー」とも「うー」ともつかない返事が返ってきた。

外出の要望を出すのはこれが初めてでは無いから、なかなか許可が下りないのは承知《しょうち》の上だ。下男――いや、看護師の話では、街中は森に比べて魔法粒子《マジカ》の発生源が極端に少なく、生きていくのに必要な魔力を得づらいから、森の屋敷に居たとき以上に慎重《しんちょう》にならねばならないそうだ。

まあ、それは建前《たてまえ》だろう。

人間が『魔王』を恐れるのは当然のことだ。かつては強大な力で魔族を統《す》べ、この大陸の半分を支配下に収めた。『平和な世を実現する』と言っていた勇者の言葉が真実なら、戦のない世で、人間どもはさぞ弱くなったに違いない。おいそれと魔王を出歩かせられないと考えて当然だ。

程《ほど》なくして、オズが戻ってきた。どことなく腑に落ちない顔だ。

「どうだ？」

「それが……」とオズは言った。

「外出の許可が下りた」

「ようやくか！」

膝を打って立ちあがると、分解した機械がばらばらと散らばった。オズは諦念《ていねん》の眼差しでそれを見た。

「馬を引け、小僧！　あの馬車のなり損ないのような乗り物でもよいが」

「馬はないし、車にも乗らない。今日は近所を歩くだけだ」

水を差された気分だが、この小屋を出られるのには変わりない。

「まあよい、早速《さっそく》出かけるぞ。着替えを持て」

「クローゼッ——あー、そこの箪笥《たんす》の中を見ろ。服は用意してあるから」

歩けるようになるとすぐに、供《とも》の者の手を借りずに着替えや入浴をする方法を教えられた。煩《わずら》わしいが、虜囚《りょしゅう》の身と思って耐えるほか無い。自由の身になった暁《あかつき》には、己の手足となる召使いをすぐにでも雇おうと決めていた。

作り付けの洋服箪笥を開くと、いくつかの服が掛かっていた。

「貴様が着ている農民の服ではないか。これを俺に身に着けよというのか？」

オズは唖然《あぜん》とした表情を浮かべたが、すぐに気を取り直した。

「こういうのが今の時代の普通なんだ。そもそも、職業によって着る服を変えたりしない」

「そんなにすり切れた服が普通だと？　繕《つくろ》う金もないとは、なんと哀れな」

「すり切れてるわけじゃない。ダメージジーンズなんだよ！」

ジーンズが何のことかはわからないが、意味を知ったところで違いはないだろう。

思わず嘆息《たんそく》が漏れる。

「まったく。外に出て、何を見たところで驚くまいよ。勇者の末裔がそんな見窄《みすぼ》らしい態《なり》をしているのだからな」

どうやらオズは、聞こえない振りを決め込むことにしたらしい。彼は隣に来ると、箪笥の中から乱暴に服を掴み取って押しつけてきた。

「これでも着とけ」

小さなボタンが無数についたシャツに、野良《のら》作業をする庭師が穿《は》いていそうな、ごわごわとした下穿《ば》き。それに、襟《えり》のかわりにずだ袋がぶら下がった上着だ。いや、頭巾《ずきん》か？　何のためにこんなものがついている？

受け取った服をしげしげと眺めていると、オズが言った。

「前にも聞いたが、何て呼べばいい？　街中で『魔王』なんて呼べないだろ」

「前にも言ったが――好きにしろ」

ため息をついて、渋々《しぶしぶ》ながら着替えを始めることにした。羽織《はおり》の紐《ひも》を解いて床に落とすと、オズは気まずそうな顔をして目をそらした。

その様子に、ふと、悪戯心《いたずらごころ》が湧き上がる。

「男の着替えを見るのは初めてか？　まるで生娘《きむすめ》だな」

久しぶりに、本物の笑みが浮かんだ。オズを苛々《いらいら》させて無礼な振る舞いを引き出すのも面白いが、生真面目《きまじめ》そうな男をこうして揶揄《からか》うのも、また一興《いっきょう》だ。

「特別に手伝わせてやってても構わんぞ、ほら」

シャツの前をはだけて、パタパタと扇《あお》いでみせる。

「馬鹿なことを言ってないで、さっさと着替えろ」

彼はそう言うと、足音荒く部屋を出て行った。だが、身体から発散される欲求不満の匂いは誤魔化《ごまか》し切れていない。

「なるほどな……」

これは運命のいたずらという奴だろうか。レイニアの末裔が男を好む性質《たち》だとは。

五百年前、人間は同性で愛し合うことを禁じていた。

そうするより他に選択肢は無かったのだろう。あっという間に死んでしまう種族は、子孫を残さねば繁栄できない。戦時ともなればなおさらだ。当時は、五人の子供のうち、大人になるのは二人がせいぜいだった。

あの頃、戦のただ中にあってさえ——いや、だからこそと言うべきか——愛を貫くためにガルシュクへ亡命してくる者は少なくは無かった。

五百年の時を経て、勇者の子孫が彼らの立場に立っているのかと思うと、不思議な心境になる。

蘇る記憶に没頭していると、大きなノックの音が聞こえた。

「終わったか？」

「ボタンを留めているところだ。どうしてこんなにたくさんの留め具が要《い》る？　煩わしいことこの上ないな」

「はいはい、その通りですよ」

気のない返事をして、オズは再び遠ざかっていく。

それにしても——オズウェル・レイニア。

ブランウェルと、ナイラの子孫。

この時の果てで、彼らの面影《おもかげ》をあんなに色濃く残す人間に出会うとは、いったい何の因果《いんが》だろう。

もし彼を籠絡《ろうらく》したら、ブランウェルは墓の中で歯嚙《はが》みするだろうか？

物思いに耽《ふけ》りながらも着替えを終えて部屋を出る。

「どうだ、これで満足か？」

待ち構えていたオズは、ほんの一瞬、魅入《みい》られたような表情を浮かべた。彼は、まるで初めて出会う男にそうするように、角の先から爪先までを眺めつつ近づいてくる。

自分に刃《やいば》を向けた者の面影を宿す男に、そんな眼差しで見つめられると、少しだけ動揺する。

オズの手が伸びてきて、シャツの襟元に触れた。

ほう。

そういう成り行きは予想していなかったが、ここで逃げ腰になるほど臆病でもない。

「手伝いを断ったことを、今更後悔したようだな」

「まあな」

あまりにも当然のように返されて、揶揄ったはずのこちらが動揺してしまう。

「そう……なのか？」

何か言わねば。突き放すための――あるいは、もう一押しするための言葉を。

心が定まらないまま口を開けたところで、オズがピシャリと言った。

「ボタンを掛け違えてる」

そして、背を向けるとすたすたと歩いて行ってしまった。

「先に行ってるから、さっさと直してきてくれ」

遠くでドアが閉まる音が聞こえるまで、不覚にも呆然《ぼうぜん》と立ち尽くしてしまった。

「アドル」

屋敷の外に出ると、オズがいきなり妙な呪文《じゅもん》を唱えてきた。

「何だと？」

「便宜上《べんぎじょう》、お前のことはアドルと呼ぶ」

少しだけ考え込んで、頷いた。

「響きは悪くない。して、意味は？」

意味を尋ねられるとは思っていなかったのか、オズの目に狼狽《ろうばい》が浮かんだ。一瞬躊躇《ためら》ってから、彼は答えた。

「アドルは……満月って意味だ。お前の目が、ほら」

黒い強膜《しろめ》に金の目は、確かに魔族の中でも希有《けう》な形質だ。だが、それを月にたとえられたのは初めてだった。魔族の神話では、月を司《つかさど》るのは女神だから、男に対する形容としては好まれない。

それでも……。

「いいだろう。気に入った」

正直に言えば、少し驚いてもいた。祖先に似て、いかにも堅物《かたぶつ》という風情《ふぜい》のオズに、そんな遊び心があるとは思っていなかったから。

私道の脇には、濃い緑の葉を茂らせた木々が立ち並んでいた。木陰《こかげ》を抜けるたび、太陽の熱を強く感じた。今は夏。生命が躍動《やくどう》する季節だ。肺一杯に空気を吸い込むと、身体の中に力が満ちていくのがわかった。

「アドル……満月《アドル》か。どこの言語だ？」

「ファスラ」

「ファスラ？　初めて聞く名だ」

オズは「だろうな」と呟いた。

「大陸の南の方にある、砂漠の国だ」

「何故そんな国の言葉を知っている？」

ムッとした顔を隠そうともせずに、オズは低い声で言った。

「さあな」

そうこうするうちに、林が尽きて広い通りに出た。

舗装された道に一歩足を踏み出した途端《とたん》、耳を劈《つんざ》く音楽を撒き散らしながら、何かが横切っていった。オズが車と呼んだ、例の『馬車のなり損ない』だが、屋根が切り取られている。車輪の二つ並んだ乗り物や、小さな車輪付きの板きれもある。馬の姿は何処《どこ》にもない。もしかしたら絶滅したのかもしれない。人間の支配する世界ではどんな悲劇でも起こりうる。

それにしても、何故こんなに多様な乗り物が必要なのだ？

道は混み合っていた。人間も、魔族も同じだけ居る。人間と魔族が連れ立って歩いている集団もあった。かと思えば、魔族や人間同士で固まって、肩をいからせて歩いている者たちも居る。誰も彼も、素肌をこれでもかと言うほど晒《さら》している。中には下着同然の姿の者まで。

なんと破廉恥《はれんち》な。

目眩に襲われた拍子に上を見ると、そこには天をつくほどの塔がいくつも聳《そび》え立っていた。硝子《ガラス》で出来ているらしく、日光を反射して刃のようにギラギラと輝いている。

塔の上には巨大な女性《にょしょう》の肖像画が——動く肖像画が掲げられていた。彼女は酒のようなものを呷ったかと思うと、艶《なま》めかしい笑顔で微笑《ほほえ》みかけてきた。コーラというのは画家の署名か？　魔法で描かれたのには違いないだろうが、馬鹿馬鹿しいほど巨大だ。

どこからともなく、様々な音楽が流れてきていた。それが、出所さえわからないほどたくさんの騒音と渾然一体《こんぜんいったい》となって、辺りに満ちている。

目眩はひどくなっていく一方だ。

「ちょっとやだ、いい男じゃん！」

視線を降ろすと、目の前に魔族の若い娘が立っていた。

「どっから来たの？　てか田舎者《いなかもん》丸出しなんですけど。ちょーウケる」

何がおかしいのか、何人かの連れと一緒になってクスクス笑っている。

驚きのあまり返事も出来ないで居ると、別の娘が呆《あき》れたようにオズを見て言った。

「ねえ、このひと売約済み？」

オズはこくりと頷いた。

「そうだ」

娘たちは口を大きく開けて悩ましい声を上げた。

「ざーんねん！　美味《おい》しそうだったのにぃ」

「じゃね、田舎者の美人さん！」

口に手を当てて、接吻《せっぷん》の真似事のような仕草をしてくる。

呆然と見送っている間に、またも騒々しい音楽を奏でながら馬なしの馬車が横切ってゆく。辛うじて聞き取れたかぎりでは、異性の身体を赤裸々《せきらら》に褒《ほ》めそやしている内容の歌のようだった。

動悸《どうき》がし始めた頃、オズがぼそっと言った。

「未来へようこそ、だな」

5　なんとかやってみる

現代社会との遭遇《そうぐう》に目を白黒させる魔王――アドルを見て、楽しまなかったと言えば嘘《うそ》になる。だが、オズは内心、この状況を警戒してもいた。

最初のセーフハウスを出て、新しく移ってきたこのマディナでは、慎重に『現代』に慣らしていく予定だったはずだ。それなのに、あっさり外出の許可が下りた。

ネヴィル曰《いわ》く『分析官が問題ないと判断したから』らしいが、いまのアドルの様子をみるに、大丈夫とは言えなさそうだ。道端に立ち尽くして、迷子の仔猫《こねこ》のように視線を彷徨《さまよ》わせている。

マディナはアデルタ屈指の観光地だ。燦々《さんさん》と照る太陽や美しいビーチを求めて、国内外から多くの観光客が来る。中でもこの界隈《かいわい》は、人間と魔族の別を問わず富裕層が暮らしている。陽気で開けっぴろげな気風で、他の街で見られるような人種間のいざこざは少ない。

地上の楽園とも呼ばれるマディナは、社会復帰の初級編としてはうってつけの場所だ。

「近くの海岸まで行くつもりだったんだが、歩けそうか？」

アドルは無言で頷いた。

こうして黙っていると、可愛《かわい》げがないわけでもない――と思いかけて、慌てて否定した。魔王に可愛げもクソもあってたまるか。

ビーチまではほんの数百メートルの距離だが、このままだとアドルの精神を正常に保てない気がした。いい機会なので、前々から不思議に思っていたことを尋ねてみる。

「石像だったときの姿とは、ずいぶん違うんだな」

アドルは、羽根飾りのついたビキニ姿でナイトクラブの客引きをしているドラァグクイーンの集団から視線を剝がした。

「何か言ったか？」

「あんなゴツい石像から、お前みたいな――」

一瞬、不適切な言葉を口にしそうになる。舌を嚙みそうになりながら別の言葉を探していると、アドルが言った。

「俺のような優男《やさおとこ》が出てくるとは、意外だったか？」

石像だった頃にくらべれば確かに控えめだが、今だって鎧を纏って悠々《ゆうゆう》と剣を振れそうだと思う。だが、墓穴《ぼけつ》を掘らないように頷いた。

「あれは魔法で作った仮面なのだ。幼い時分《じぶん》から、ずっと身につけてきた」

「子供の頃から扮装魔法を使ってたのか」

アドルは頷いた。

「強大であることを印象づける必要があった。怖ろしく、勝利のためには手段を選ばない――それが、魔族の王たる者の姿だ」

彼は弱気を押し隠そうとするように、角を振り上げてみせた。

「俺は魔王家の嫡男《ちゃくなん》だ。生まれた時から魔族の頂点たるべく教育されてきた。参謀《さんぼう》のルマルクからあれこれと指図《さしず》を受けたものよ。立ち居振る舞いから何から、あらゆることをな。今思えば、あやつのおかげで威信《いしん》を保てたのだ」

「偉《えら》そうな態度は板についてる。それは間違いない」

アドルは頷いた。

「そうであろう。努力の賜《たまもの》だ」

「素顔を知ったら、歴史学者は驚くだろうな。今までのお前のイメージとはあまりに違う」

オズが言うと、アドルは首を振った。

「昔から、この顔が嫌で仕方なかった。肌の色も人間とそう変わらぬしな」

驚いて、ついまじまじとアドルの顔を見る。彼は顔を強ばらせて、ふいとそっぽを向いた。

「父上にはよく、軟弱者の顔と謗《そし》られた。俺もそう思う。魔法を扱えるほど回復したら、すぐにでも隠してしまいたい」

気分転換のために始めた会話が、気まずい方向に行ってしまった。

信頼関係を壊すな。

自分に言い聞かせてから、取り繕うつもりで言った。

「今の世界じゃ、そういうのがモテる」

「モテ……？」

「もてはやされるってことだ。クラブに乗り込んだら大変なことになるぞ。さっきの娘《こ》たちを見ただろ」

アドルは虚《きょ》を衝《つ》かれた顔をしたあとで、小さく笑った。

「くらぶが何なのかはわからんが、群がられるのは御免《ごめん》だ」

低く柔らかい笑い声に心がざわついたが、オズは気付かないふりをした。

その後、ようやくビーチに辿り着いたものの、人でごった返した海岸に降りる体力は残っていなかった。二人は防波堤《ぼうはてい》に寄りかかって風景を眺めた。

ビーチには楽しげな声が満ちていた。

ボール遊びをする魔族の子供たちの、鈴を転がすような笑い声。魔族と人間とが混ざり合ったティーンエイジャーの一群は、瑞々《みずみず》しい一時代を謳歌《おうか》するべく、音楽に合わせて身体を揺らしている。浜辺に寝そべってパラソル付きのカクテルを飲む連中もいれば、連れだって浜辺を歩く老夫婦もいる。

アドルは深くため息をついた。

「ああ……豊かだな」

オズは、聞こえなかったふりをすべきか一瞬迷ってから、頷いた。

「そうだな」

「魔族と人間とが、争いも起こさずに共存している。俺が生きていた時代では考えられない光景だ」

その声に宿っていたのは、羨望だろうか。少しばかりの無念もあったかも知れない。だが、怒りではなかった。

オズは、すぐ近くにあったドリンクスタンドでコーラを二つ買い、ひとつをアドルに手渡した。

「ほらよ」

「これは……泥水か？　何やら泡立っているが」

「そんなわけないだろ」

納得できないのか、紙コップをまじまじと見る。

「コーラだと。画家の署名がこんなものにまで書かれているのか」

「画家の署名？　いや、それは商品名だ。いいから飲んでみろって」

見本を見せるように、ストローに口をつけて吸ってみる。

アドルは不信の眼差しでじっくりと観察してから実践《じっせん》に移した。そして「ぬ！」と声を上げて慌てて口を離した。

「何だ!?　舌が痺《しび》れるぞ！」

訓練の間に、五百年前の生活についても少しだけ頭に入れていた。オズは笑いながら説明した。

「昔のエールみたいなもんだよ。ただし、酔わないけどな」

「全くの別ものではないか！　あれは、こんなに強烈には発泡《はっぽう》しない」

そう言って、試しにもう一口飲んでみる。そしてもう一口、さらにもう一口。

「気に入ったか？」

尋ねると、アドルは真剣な顔で「うーむ」と唸《うな》った。

「怖ろしく甘いな。だが、悪くはない」

オズは、いつの間にか自分が微笑んでいたことに気付くと、咳払《せきばら》いをして間の抜けた表情を消した。

やがて、水平線の向こうに夕日が沈み始める。

戻った方がいい、とは言い出せなかった。

アドルは防波堤に寄りかかったまま、夕暮れのビーチを見つめ続けた。物思いに耽る彼の目の前には、広大な海と、夕日へと続く光の道が延びていた。

残照《ざんしょう》の最後のひとかけらまで目に焼き付けようとしているようなアドルの眼差し。その瞳の奥に一体どんな想《おも》いがあったのか、オズには計り知れない。

後ろの通りを、大音量の音楽を垂れ流しながら過ぎてゆく車があった。魔族の間で大流行しているヒップホップ。仲間を鼓舞《こぶ》し、人間が支配する社会への抵抗を促《うなが》す内容のものだ。一瞬で通り過ぎてしまったから、アドルの耳には入っていないだろう。だが、夜になればああいう輩《やから》がもっと増えてくる。

「そろそろ帰るか？」

促すと、アドルは素直に頷いた。


帰り道は、行きよりもずっと大変だった。

途中まではちゃんと歩けていたアドルだったが、私道に入った途端、膝に力が入らなくなってしまった。魔力切れを起こしたのだ。

アドルは歯を食いしばり、何度も立ちあがろうとするのだが上手くいかない。屈辱に、彼の顔が歪んだ。

「お前がお目付役を買って出た理由がわかるというものだな」

「何がだ？」

アドルは悔しそうに言った。

「魔王の情けない姿を、間近《まぢか》で見られる。さぞ満足だろう」

オズはため息をついた。

実際は、その逆だ。

怖ろしく強大な魔王のままで居てくれた方が、まだマシだった。そうすれば、子供の頃、絵本で読んだ感情を少しも曇らせることなく、彼を『悪』として憎んでいられる。

魔王は、決して弱いところを他人に見せたりしない。魔王は若い娘に言い寄られて狼狽えたりしないし、コーラの味に感銘《かんめい》を受けたりしない。魔王は、沈む夕日に切ない眼差しを向けたりしない。あんなに柔らかく微笑むこともない。魔王は世界の破壊者だ。魔王は悪者だ。

そのはずだ。

今、目の前に居る男を憎むのは……難しい。こんな展開は予想していなかった。この感情と折り合いをつける方法がわかれば良いのに、とオズは思った。

「情けない姿を見られたくないなら、はやく回復してもらわないとな」

そう言って、辺りを見回した。このままだと、通りがかった人の注意を引くことになりかねない。

オズは腹をくくって、アドルの正面に膝をついた。

「変に力を入れるなよ、落ちるから」

アドルは思い切り怪訝そうな表情を浮かべた。

「何を企《たくら》んでいる?」

オズはそれには答えず、アドルの右腕を自分の肩に掛けた。そのまま、脇の下に首を突っ込み、背中に担《かつ》いだ。

「おい！　何をする、無礼だぞ！」

「暴れるなって！」

オズは食いしばった歯の間から言った。

「軍では負傷者をこうやって運ぶんだよ。頼むからおとなしくしててくれ」

説明してやると、背中の方から「ぐう」という唸り声が聞こえた。

「駕籠《かご》でも呼べば事足りるだろう……」

「ついでに踊り子も呼ぶか？　駕籠なんかあるわけ無いだろ」

呆れるよりも笑いそうになる。しばらくしてから、アドルが尋ねてきた。

「軍と言ったな。つまり貴様は……兵士なのか？」

「元な」

「左脚の義足は、そのせいか」

やっぱり気付かれていたのか、とオズは思った。それを今まで指摘してこなかったのは意外だが。

いつかはこの話題が出ると覚悟していたものの、だからと言って気軽にできる話ではないことに変わりはない。

「戦地で負傷した」

一瞬の沈黙の後、こう尋ねられる。

「相手は魔族か？」

「いや。魔族じゃない」

背負った身体から、少し力が抜けた気がした。オズは説明を続けた。

「お前の時代にはどうだったか知らないが……今は何年かに一度、ブリガドーンって異界の扉が開くんだ」

ブリガドーンは魔力の根源とも言える世界だ。混沌《こんとん》が渦《うず》を捲《ま》く異界。実体の定まらない魔物や、疫《えき》病《びょう》の巣窟《そうくつ》であり、あらゆる災厄《さいやく》の揺籃《ようらん》でもある。

ブリガドーンの門とは、この世と異界を隔《へだ》てる膜に生じる裂《さ》け目だ。門が開くと、異世界から様々な災いがやってくる。

「門の場所は毎回違う。だから発生したときには、国家間で協力して溢れてきた魔物を討伐することになってる。俺が派兵されたのがファスラだ」

魔王はふむ、と呟いた。

「門は俺の時代にも存在していたぞ。魔族一人分ほどの小さな裂け目に過ぎなかったが、それでも大ごとであった」

「俺が見た門は、地平線の端から端までありそうなデカさだったぞ」

当時のことを思い出すと身が竦《すく》む。同時に、性懲《しょうこ》りもなく胸が躍《おど》る。

一族の他の連中のような特殊能力を持たないオズにとって、兵士として戦地に赴くことは、勇者としての生き方に限りなく近いものだった。

「ある時、仲間が連中の触手にとっ捕まった。俺は別の魔物に片足を食われながら、ナイフでなんとか触手を切って仲間を助けてやった。それでこのザマだ」

アドルは静かに言った。

「それは、さぞかし勇壮《ゆうそう》な歌になったことだろうな」

「歌？　まさか！」

そんな文化はとっくに廃《すた》れたと言う前に、アドルが言った。

「謙遜《けんそん》することはないぞ、小童。どれほど血が薄まろうと、貴様はたしかに、あの忌々《いまいま》しい勇者の末裔なのだ」

オズは答えなかった。

それ以上は話したくないという気持ちが通じたのか、あるいは疲れすぎて会話すら出来なくなったのか。ようやくアドルが静かになってくれたので、すたすたと高台への道を上っていった。誰ともすれ違わなかったのは運が良かった。オズはそそくさとセキュリティを解除して、セーフハウスに入った。


問題が明らかになったのは、その夜だ。

森に居たときは、アドルはリハビリで疲れ果てた後でも数時間も横になっていればまた起き上がれた。だが、ここでは真夜中近くまで休んでも半身を起こすことさえ出来ない。

「一晩眠れば元に戻る」

アドルはそう言うが、夕飯を食べる気力も無いのは良い兆候とは言えない。

近くに自然が少ないと回復が遅くなるとは聞いていた。しかし、これでは日常生活に支障《ししょう》を来すどころではない。

ネヴィルに問い合わせてみても、静観するしかないという。

「これは一時的なものだ、レイニア。訓練を続ければ改善していく」

何を尋ねても、気休めで宥められているようにしか思えない。

「ああそうかい。役に立つ助言をどうも」

ネヴィルとの通話を切ると、オズは苛だちのあまり頭をガリガリと掻いた。

今朝のニュースでは、アデルタ北部にあるダルシュという街で、ブリガドーンの門の兆《きざ》しが観測されたという。

兆しだけで終わることもあれば、手に負えないほどの規模にまで広がることもある。ブリガドーンの門が開けば、大なり小なり災厄がやってくる。魔物の流入は問題の一端に過ぎない。魔力の急激な流入により世界の均衡《きんこう》が崩れれば、疫病の流行や自然災害の頻発などの危険性も高まる。

門を閉める方法はただひとつ。魔界から伸びてきた碇《アンカー》を破壊することだ。碇《アンカー》とは、門の開口部を安定させるためにこちらの世界に打ち込まれる巨大な触手だ。碇《アンカー》の周辺では戦闘が激しくなるため、破壊作戦に参加するのは各国から派遣された選《え》りすぐりの精鋭だけだ。

オズがいた陸軍所属対魔特殊作戦軍《マジカフォース》は、その筆頭だった。

一刻も早く軍に復帰して、皆の助けになりたい。だが、そんな焦りとは裏腹に、アドルは翌日も回復しなかった。それどころか、深い眠りについたまま、話しかけても目覚める気配がない。

「おいおいおい……悪化してないか？」

このまま食事さえとれずに衰弱していったら、社会復帰どころか命に関わる。

悩んだ末、オズは最後の頼みの綱《つな》に頼ることにした。

庭に出て、街で買ってきた新しいスマートフォンに番号を打ち込む。相手は二コールで応答した。

「どうした？」

前置き無しに本題を尋ねてくれる。これが、元相棒のいいところだ。

「なあスタン。ちょっと聞きたいことがあるんだが、いま良いか？」

「ああ。ちょうど基地《キャンプ》に戻ってきたところだ」

その言葉に、一緒に戦っていた頃の日常が蘇る。汗と埃にまみれて、ヘリで基地に帰投《きとう》した瞬間に感じる『生』の生々しさ。最後にそれを味わったとき、オズの左脚は膝上までごっそり食いちぎられていた。スタンは夥《おびただ》しい出血をとめるために、必死で傷口を圧迫してくれていた。

「妙なことを尋ねるけど、悪く思うな。それに、他言無用《たごんむよう》だぞ」

「焦《じ》らすなよ、ベイビー……」

スタンの悪ノリを受け流して、オズは尋ねた。

「魔族がもの凄《すご》く消耗《しょうもう》した時には、どう回復する？」

スタンは魔族だ。だが、二人の間でそのことが話題になる機会はなかった。

魔族にも基本的人権が保障され、職業選択の自由が当然の権利となって百年余りが経つが、彼らの生活水準は人間並みとは言いがたい。軍隊に所属する魔族が多いのは、学歴がなく、犯罪歴があっても入隊でき、なおかつ教育を受ける機会が設けられているからだ。それも、給料付きで。

スタンは、まさにたたき上げの軍人というやつだった。エリート中のエリート、対魔特殊作戦軍《マジカフォース》の一員となっただけでなく、三十一歳の若さでチームリーダーに抜擢《ばってき》されたのだ。

しばらくの沈黙の後、スマホの向こうから意味深な「ほほ～う」という声が聞こえてきた。

「魔族をもの凄く消耗させたって？　そいつはすごい」

何を言いたいかはわかる。

「そういうことじゃない、スタン。だが緊急なんだ。選択肢があまりない」

切羽《せっぱ》詰まった声に、スタンもひょうきん者モードを引っ込めた。

「真面目な話、一番効くのはその消耗させる行為だ」

理解が追いつかず、「何？」と返してしまう。

「もしもーし、お留守《るす》ですか？」

スタンがスマホの画面をノックしたらしく、ゴッゴッという雑音が入る。

「セックスだよ、兄弟。常識だろ？」

そう言われて、ハッとした。

魔力を媒介《ばいかい》する魔法粒子《マジカ》は、成長と生殖に関わる行為によって発生する。思春期に魔女や魔法使いの適性が芽生える人間が多いのは、それが第二次性徴《せいちょう》が現れる時期だからだ。それほど、性行為が魔力に与える影響は大きい。

だからって、セックスは選択肢には入らない。

「それ以外は？」

「即効性は落ちるが、森に行くとか……あとは、子供がたくさん居る場所に連れてくのもいい。学校とか、産科もありだ。赤ん坊の匂いなんか嗅いだら一発だぞ」

スタンには二歳になる娘が居る。彼が自分の子供の匂いでハイになっているのは想像したくないが、二度と記憶から消去出来なさそうだ。

さておき、この付近に森と呼べるほどのものはないし、不安定な元魔王を近づけて民間人を危険にさらすのも避けたい。

「他には？」

「あー……無い」

「何かあるだろ、もっと……薬とかハーブとか、ばあちゃんの知恵みたいな民間療法が」

「ばあちゃんは俺が風邪《かぜ》を引いたとき、水着美女のポスターを天井に貼《は》ったんだぞ。後から部屋に入ったお袋がぶち切れてたけど、今思うと確かに効いた気がする」

返す言葉もない。やがて、スタンのため息が聞こえた。

「悪いな相棒。これ以上は思い付かない」

「いや……大丈夫だ。こっちこそ無理言って悪かった」

スタンは優しい奴だ。オズが退役してもう一年になるのに、未《いま》だに『相棒』と呼んでくれる。

「みんな、元気か？」

尋ねると、スタンは気の抜けた笑い声を上げた。

「ニュース見ただろ？　ダルシュに発生しかかってる門があるって」

「ああ」

「いま、住民全員を別の街に避難させてるとこだ。ある家でニールが飼い猫に引っかかれてな。今、顔がスイカみたいな縞模様《しまもよう》になってる。あいつはいつになったら動物に好かれるようになるんだろうな？」

「一生無理だな」

温かな笑いが次第に湿っぽくなり、地面にポトリと落ちた。

郷愁《きょうしゅう》というのは場所に抱くものだと思っていた。だが、仲間に対して感じる、この気持ちこそが郷愁だ。

復帰したい。一刻も早く。

「お前の方はどんな調子だ？」

スタンが尋ねてくる。

「まあ、なんとかやってるよ」

酒に溺れていた頃は、そうして誤魔化すたびに見破られている気がしたものだった。今度の『なんとかやってる』には真実味がある。

スタンは「そっか」とだけ呟いた。

オズは礼を言って通話を切り、大きなため息をついた。

一刻も早い復帰を望むなら、ここに来て事態を後退させるわけにはいかない。

それしか方法がないなら、なんとかやってみるまでだ。

6 剣と鞘《さや》

「な……何をほざくのだ、この――痴《し》れ者が！」

アドルは叫《さけ》び、ベッドの端に腰掛けたオズを蹴《け》り出そうとした。だが力が入らず、振り上げた足を摑まれてしまう。

「それしか方法がないんだよ」

オズは疲れたようなため息をついて、言った。

「お前は魔力切れで丸一日も眠り続けてて、本部からはなんの救援もない」

「だからといって――」

オズと一夜を共にするなどという提案を、そう易々《やすやす》と呑《の》めるはずがない。

「立ち上がれそうか？　飯は食えるか？」

アドルはぐっと言葉を詰まらせてから、渋々返事をした。

「それは……まだ難しいようだ」

オズは深いため息をついた。

「じゃあ、やるしかないだろ。お前が永遠に寝たきりでいいって言うなら別だけどな」

アドルは、オズの無頓着《むとんちゃく》さも、疲れたような声も、何もかも気に入らなかった。だが、頭の片隅にはこんな気持ちもあった。

俺に膝をつかせた男の末裔を抱くのは、どれほど胸が空《す》く思いがするだろう、と。

いずれ身体の調子が元に戻れば、こんな煩雑《はんざつ》な方法で魔力を回復させる必要は無くなる。ならばこれが一度きりの機会かも知れない。それに、提案してきたのは向こうなのだ。

アドルはゆっくりと頷いた。

「致《いた》し方《かた》ない……か」

「そういうことだ」

オズはふーっと息をつくとベッドから立ちあがり、ためらいもせずに服を脱いだ。

最初に目に入ったのは、身体の至る所にある傷痕と刺青《いれずみ》だった。傷はブリガドーンから流入してくる魔物との戦いで負ったのだろう。刺青の意匠のうち、いくつかには見覚えがある。ほとんどは魔除《まよ》けの効果を持つものだ。

傷と刺青に彩《いろど》られた肢体《したい》は……見事と言うほかなかった。

左脚の義足も、実に優れた代物だった。一糸《いっし》纏わぬ状態で見ると、尚のことそれがわかる。魔鋼製の外殻は優美。内側に息づく精緻《せいち》な魔法も芸術的だ。輪郭は滑らかで、彼自身の肉体と何の違和感も無く一続きになっている。

きっと一財産したことだろう。それこそ、勇者が王から賜《たまわ》るのにふさわしいほどの逸品《いっぴん》だ。

「じゃ、やるぞ」

オズの声で、現実に引き戻される。

彼はベッドに戻ってくると、アドルの下穿《ば》きを脱がせた。おしめを取り替えられる赤子になった気分だ。情緒《じょうちょ》も何もあったものでは無い。

この行為に情緒を求めるのは間違いだと、わかってはいるが。

オズが何かの容器を手に取る。慣れた手つきで薬らしい液体を絞り出して、自分の尻に塗《ぬ》り込めた。

「俺が跨《また》がるから、お前は動かなくていい」

オズは淡々とした調子で話す。まるで、作戦を話し合う兵士の口調そのものなのに、尻に塗りたくった薬が湿った音をたてるせいで、妙に扇情的《せんじょうてき》に感じられる。

その様子に見入っていると、オズがアドルを見た。

「一応聞くが……ちゃんと勃《た》つよな？」

「決まっているだろう、愚か者め！」

牙を剝くアドルに、オズはニヤリと笑ってみせた。

「言ってみただけだ」

その笑顔に、虚を衝かれる。首の後ろがかっと火照《ほて》り、言い知れぬもどかしさが胸の中に溢れた。

請《う》け合ったにもかかわらず、それはぴくりとも反応を示さなかった。

「まあ、そうなるか」

オズはため息をつかない程度の気遣いは持ち合わせているらしいが、顔に滲んだ焦りと落胆は隠し切れていない。『どうしたものか』という顔をされてしまうと、ベッドから逃げることも出来ないこの身が一層疎《うと》ましくなる。

しばらく考え込んだ後で、オズがおもむろに言った。

「思ったんだが……」

「何だ」

少し躊躇ってから、彼は言った。

「こうなったら、俺がお前を抱くしかないと思う」

「何⁉」

アドルは、驚きのあまり飛び上がりそうになった。もちろん、身体が動かない状況では、ほんの少し首が動くだけだったが。

「このままじゃどうしようもない。こうしている間にも、お前の中の魔力は減ってく一方だし」

「しかし……」

自尊心がぐらつく。勇者によって五百年もの長きにわたって石に閉じ込められ、ようやく出られたと思ったら、今度はその末裔に手籠《てご》めにされるとは。それでも……。

この世界に再び打って出て復権を目指すというのなら、ここで足踏みしていても仕方が無い。

「背に腹は、変えられんか」

オズは『気持ちはわかる』と言いたげな目でアドルを見て言った。

「まあ……虫に刺されたとでも思って我慢してもらうしかない」

腹を決める前に、一度大きく深呼吸をする。それから、アドルは言った。

「いいだろう」

そして、目を閉じた。

「ひと思いに、やれ」

「了解」

短い返事が聞こえたと思ったら、身体を転がされ、うつ伏せにされた。

顔に纏わり付く髪を払って振り向くと、オズが滑りをよくするための薬を手にとり、温めているところだった。

男と寝たことはあるが、いつもアドルが抱く側だった。抱かれる方は事前に準備万端整えてから閨《ねや》にやって来たし、どんな用意が必要なのか――そもそも、準備が必要だと考えたことさえなかった。

オズのものは――まあ、それなりの大きさがあるようだ。だが、甲斐甲斐《かいがい》しく世話を焼かれるのは性《しょう》に合わないし、良いようにされている屈辱も感じる。

「おい、さっさと突っ込んで終わりにせんか」

「馬鹿言うな」

濡《ぬ》れた指が、尻の割れ目に触れる。

「……っ！」

指はゆっくりと下に降りてゆく。妙に艶めかしい手つきだ。

「初めてなんだろ？　無茶すると尻が裂けるぞ」

アドルはフンと笑った。

「そこまで言うほどのモノか、貴様の勇者の剣とやらは」

オズがじろりと睨《にら》んできたと思ったら、指が体内に侵入してきた。

「う……！」

「主導権がどっちにあるのか、忘れない方がいいぞ」

ぬるぬるとした感触が、出たり入ったりしている。快感は無い。とにかく妙な気分だ。

「痛くないか？」

「気遣いなど……無用だ……！」

言い返すと、もう一本の指が入ってきた。内部を探られている感覚に、押しひろげられるような圧迫感が加わる。濡れた音がより大きくなったせいで、準備が整いつつあることを思い知らされる。

勇者の末裔が魔王を抱くのなら、もっと無遠慮に、容赦《ようしゃ》なく事を終えようとするだろうと思っていた。まだるっこしく尻を慣らそうとするばかりか、痛みを与えないかどうか案じているとは。

この男は、甘い。

鬱陶《うっとう》しいお目付役だとばかり思っていたが、あと少し回復すれば、こいつの虚をついて逃げ出すことも出来るかも知れない。そのためには、相手を油断させるのが一番だ。

ここはひとつ、絆《ほだ》された振りをしてみるべきだろうか。

自尊心がヒリつくが、なにせ一度敗北した身だ。今度こそ勝利を得んと望むのなら、己の誇りを天《てん》秤《びん》にかけている場合では無い。

どれほど誇りが泥にまみれようとも、勝利を手にした後ならばいくらでも雪《そそ》ぐことができる。

覚悟を決めて、アドルは囁くような声で言った。

「もう、平気だ」

「本当か？」

オズが顔を覗き込んでくる。アドルはベッドに突《つ》っ伏《ぷ》したまま頷いた。

「それじゃ……いれるぞ。初めてだから、後ろからの方が楽だ」

そっと指が抜かれる。その感覚に少しだけゾクリとしつつ、言った。

「背中を見せるのは好かん。正面から正々堂々向かってこい」

キレのない動きながら、アドルはなんとか寝返りを打ち、オズと向かい合った。

「正々堂々、ね」

オズは笑い出したいのを堪えるような顔をした。

「じゃあ、せめてこれを敷いてくれ」

甲斐甲斐しく、枕《まくら》を腰の下に敷かれる。下半身が持ち上げられて、無防備な格好になった。オズは
アドルのものを見て、一瞬、気遣うような表情を浮かべた。

「本当に勃つよな？　お前が感じてくれないと意味ないんだぞ」

「わかっておるわ！　貴様は自分の心配をしろ！」

はいはいと言いながらも、オズの目に何かが過《よぎ》る。アドルが何か言い返す度に、彼の瞳は輝く。ど

んなに冷静に振る舞おうとしても、彼がこのやりとりを楽しんでいるのは明白だった。

正直に言えば、アドル自身も、これを楽しみ始めていた。

魔力が完全に復活し、人間に対して再び戦いを挑むとき――立ちはだかるのはこの男だろう。それが、今から楽しみだ。

潤滑薬《じゅんかつやく》で濡れたものが、そっとあてがわれる。

自分の心配をしろとは言ったものの、案ずる必要は無いようだった。五百年前の時代から蘇った魔王を相手にするというのに、しっかり使い物になるらしい。

それをよしとするべきか、けしからんと感じるべきかはわからないが。

「いくぞ」と、オズが言う。

「かかってこい」と、アドルは答えた。

苛立つほど丁寧に解《ほぐ》されたにもかかわらず、他人のものを受け入れるにはそれなりの苦痛を伴った。

ゆっくりと這入《はい》り込んでくるものに少しずつ中を押しひろげられる感覚に、はじめて魔法を使った日の記憶が蘇る。

あの時、自分は昨日までとは違う存在になったと思った。子供時代には許されていた甘えを捨て去り、魔族の一員としての自覚を持つときが来たのだ、と。

俺はまたしても、昨日までとは違う存在に変わるのだろうか。

きっと、そうなのだろう。勝つためには、変わらなければならない。

「おい」

オズの声に、アドルは目を開けた。

「大丈夫か？　痛いなら、無理して続けなくても――」

「いちいち躊躇うな、小僧」

そう言いながらも、僅《わず》かに息が上がっているのを自覚する。誤魔化すように、フンと鼻を鳴らしてみせた。

「それとも、ご自慢の剣《つるぎ》があまりに鈍《なまくら》で、俺を満足させられるかどうか心許《こころもと》ないのか？」

ほら、まただ。こうして煽ると、オズの瞳がギラリと輝く。

気のせいか――オズのものが、少し大きくなったような気がした。

オズは俯《うつむ》き、緩く首を振って小さな笑いを溢《こぼ》した。

「じゃあ、もう尋ねないからな」

返事をする前に、オズが根元まで突き込んできた。

「……っ！」

穿《うが》たれる感覚に、腹の中の空気が抜ける。オズの屹立《きつりつ》は熱く、硬い。彼は抉《えぐ》るように腰を揺らし、焦《じ》らしながらゆっくりと引き抜いた。そして、潤滑薬を隅々まで塗り込むように、もどかしい抽挿《ちゅうそう》を繰り返した。

ぞくり、とする。

肌が粟立《あわだ》ち、体の内側の感覚が研ぎ澄まされる。何故かそわそわとおちつかない。まるで、生まれて初めて飢《う》えを自覚したかのようだ。肉体が次の、さらなる刺激を求めている。

喉元まで出かかった「もっと」という言葉を一度飲み込んで、別の言葉で揶揄ってやるつもりで口を開けた。

すると、それを見越していたかのように、腰を打ち付けられた。

「っ！」

いきなりの刺激に、身体中がじーんと痺れたようになる。

見上げると、オズは訳知り顔で笑っていた。

「盛り上げる気があるなら、せめて色気のあることを言ってくれ」

心臓が鼓動を速め、呼吸が深く、速くなる。

オズはアドルを見つめていた。妙に渇《かわ》いた眼差しだった。まるで、己を潤《うるお》す雨の一滴を渇望《かつぼう》するような。

何なのだ、その目は。

憎しみでも、怒りでも、哀れみでも無い。これは勇者が——ブランウェルが決して自分に向けることの無かった表情だ。

「あ……」

返事に詰まり、頭の中が真っ白になる。

促すような律動《りつどう》を繰り返されて、意味のある言葉を紡《つむ》ごうとするアドルの気力を挫《くじ》いてしまう。ひと突きごとに肉体は目覚め、感覚が鋭くなり、靄《もや》が晴れたようになる。

まるで、最後の戦いでブランウェルと切り結んでいたときのように。

いや。これはあの時とは違う。それとも、違わないのか？

「ふ……ふは……」

アドルは、自分でも気付かないうちに笑っていた。

これもまた、ある種の戦いだとわかってしまったから。

二度も呑まれてたまるものか。今度は俺が、貴様を跪《ひざまず》かせてやる。

「オズ……オズウェル」

アドルは悩ましげに呻いた。

「も……もどかしいのはたくさんだ。いいから、奥まで……這入ってこい」

返事の代わりに、オズは小さく唸った。アドルの腿《もも》を抱きかかえ、激しく腰を打ち付けてくる。

「あ、ア……っ！」

未知の領域で味わう、未知の快感。オズの動きを感じる度に、背骨が緩み、眼球が蕩《とろ》け、爪先まで甘く痺れる。

押し流されないようにしなくてはと思うのに、この瞬間を楽しまずにはいられない。

「そうだ……もっと本気を出してみろ……！」

腰の後ろが強く疼き、力強い血流が臍《へそ》の下に集まってゆくのを感じた。触れるまでも無く、勃起《ぼっき》しているのだとわかった。先走りが溢れて、貫かれる度に雫《しずく》を溢している。

腰から下が溶けそうなほどの快感に飲まれながら、オズの顔を見上げる。こちらを見下ろす彼の瞳に、笑みらしきものを見たような気がした。

血管、内臓、骨、そして肉という肉が、沸《わ》き起こる快感になぶられ、ざわめいている。まるで嵐《あらし》の夜の森のように、すべてが蠢《うごめ》き、揺れていた。

「ン、あ……あ……っ！」

堪えようにも堪えられない、鼻にかかった声が漏れる。だが、喘いでいるのはお互い様だ。揶揄い、煽り、さらに奥まで溺れさせる。

「ああ……クソッ」

ざらついた呼吸と喘ぎの合間に混ざるオズの悪態。小さな敗北宣言に、アドルは愉悦《ゆえつ》の笑みを浮かべた。

突かれる度に溢れ出す快感が、骨の髄《ずい》まで染みこんでゆく。奥を穿たれると、目の奥に火花が散った気がした。

汗ばんだ身体から立ち上る慣れない匂いに包まれ、貪《むさぼ》るような抽挿に揺さぶられて、今この瞬間に存在するもののことしか考えられなくなる。

今、ここに居る自分と、オズのことしか。

「あ……ああ……！」

覆い被さる背中に爪を立て、引き締まった尻を足で思い切りかき寄せる。傷痕に引き攣《つ》る肌をなぞり、頬に伝う汗を舐めあげる。

耳朶《じだ》を甘噛みされ、甘ったるい戦慄が身体中を這い回る。アドルはオズの髪を摑んで引き離すと、頬笑《ほほえ》みながらオズの耳元に囁いた。

「愛咬《あいこう》とは、こうするのだ」

そして、無防備な耳に思いきり嚙みついた。

「い……っ、この野郎……！」

オズはざらついた声で笑い、さらに激しく動いた。ベッドが大きく軋み、腰が跳《は》ねるほど強く貫かれる。

「は……！」

笑いと喘ぎが混じったものが、喉の奥からこみ上げた。

駆り立てて、さらに駆り立てて、我を忘れるほど溺れさせる。

オズを急き立《せ》てておきながら、彼が余裕を失う様を見て、逆上《のぼ》せる。

溺れているのはオズなのか。それとも自分なのか——その境目が、曖昧《あいまい》に滲んだ。

「くそ……もうイく……！」

「ああ！」

昂《たか》ぶる。

自分自身と、それを取り巻く空気が。

空気中に漂う魔法粒子《マジカ》が、波のように襲いくる快感を、そのまま旋律にしたような歌を奏で始める。

アドルは、汗ばんだ腹に挟まれた己の屹立を摑んで、つよく扱《しご》いた。

「は……っ」

大きく息をついて、オズが先に達した。

柔らかく緩み、潤《うる》んだ体内で、オズのものが脈動《みゃくどう》する。鼓動を分け与えるように、どくん、どくんと熱を迸《ほとばし》らせる。その間にも、オズは抽挿を止めなかった。まるで、己の精液を最奥《さいおう》に擦《す》りつけようとしているかのように。

達する瞬間、オズはアドルを見つめていた。こちらを食い尽くすような、貪欲な眼差しだった。

埋め込まれた剣。吹き出す血潮《ちしお》。返り血を浴びた顔の中で、目映《まばゆ》いほど輝いて見えた勇者の眼。

昔の記憶が蘇った瞬間、アドルも達した。

たがが外れたように、あらゆるものが流れ出てゆく。胸まで届く勢いで迸る吐精。水面の波紋のように広がってゆく、肌をとろかす戦慄。甘やかな痙攣に、繋《つな》がったままのオズの形を思い知る。

そうだ。

俺自身が鞘《さや》になれば、どれほど貫かれても傷を負うことは無い。

荒い息をつきながら、アドルはオズの頬に触れた。彼は身を引かず、その手に頬を預けた。

言葉は要らなかった。

勝利の瞬間に、余計な言葉は必要なかった。

7　もう秘密はなし

我を忘れそうになってなんかいない——自分に言い聞かせようとしても無駄だった。昨夜、あのベッドの上で、オズは確かに、我を忘れた。

ベッドの上のアドルは……すごかった。生まれながらに抱かれる喜びを知っているみたいに、熱く蕩けて、感じていた。

魔族は性に奔放《ほんぽう》だというのは時代遅れの固定観念だ。性的接触で魔力が回復するという研究結果が出たからといって、全ての魔族がそれをよしとしているわけでは無い。それは重々《じゅうじゅう》わかっているのだが……固定観念を信用してしまいそうになるほど、アドルとのひとときは強烈だった。男に抱かれるのは初めてだと言っていたはずなのに。

マディナのセーフハウスにも厳重な監視体制が敷かれている。昨夜、アドルのベッドに行く前に、オズは寝室の監視装置を停止させた。

ネヴィルには、事実をかいつまんだものを可能な限りぼかして説明したが、「二度とやるな」と言われただけでおとがめ無しだった。

何はともあれ、あれは一度きりのこと。二度目は無いし、望んでもいない。

果たして、アドルは嘘みたいに回復した。


「良い朝だな、小僧。朝餉《あさげ》を用意しろ」

アドルはシルクのガウンにボクサーパンツのみという姿でリビングルームに現れると、ソファにドサリと腰を下ろした。

「はいはい。仰せの通りに」

アドルの好みは、オレンジジュースにパンケーキ、そしてベーコンエッグだ。五百年前にどんなご馳走《ちそう》を食べていたにしろ、同じものを所望《しょもう》するようなことはしない。彼なりに適応しようと努力しているのかも知れない。

いつものメニューをテーブルの上に用意すると、アドルはガウンの裾《すそ》をはためかせながら、ダイニングテーブルについた。妙に色気を感じる仕草だ。

「ご苦労」

アドルは尊大に労い、洗練されたテーブルマナーで朝食を食べ始めた。

「時にオズウェル。料理はどこで習い覚えた？」

「習い覚えたってほどのもんでも無いが……軍だ。時間があるときに、缶詰《かんづめ》や何かで工夫した飯を作るのが数少ない楽しみでな」

この共同生活の間にオズが作るのは朝食だけで、昼と夜は栄養バランスを考えられた食事が玄関先まで届けられる。任務が長引くのは御免だが、飯の心配をしなくていいのは気楽だ。

オズは大きく切ったパンケーキの上に、卵とベーコンを乗せて口の中に突っ込んだ。アドルはその様子を、クマが鹿を食べるところを見るような目で見つめていた。

「十八歳から軍隊に居る——居たんだ。生きていくのに必要なことは、ほとんどそこで身につけた」

「身の回りの世話をする小姓《こしょう》も連れずに戦場へ行ったのか」

オズは笑った。

「小姓は居ない。仲間は大勢居たけどな。今どきは、誰もが自分で自分の面倒を見るんだ」

アドルはまだ腑に落ちない様子だ。セーフハウスを出る前に、国家安全情報局の職員から、現代社会についての一通りの説明は受けたはずなのだが。

「ブランウェルは、あのあと王になったと聞いたぞ」

「ああ。だけど、王になって何百年かした頃に革命が起こった。アデルタは王政を廃止して、国民主権国家になったんだ。その辺の歴史も聞いてるだろ？　当然、レイニアも他の人たちと変わらない一般市民だ」

特権を持つ一般市民だったことには変わりないけどな、と心の中で言い添える。

レイニアの一族は、城を議会に明け渡した後も政治の中枢《ちゅうすう》に居つづけた。保守派の筆頭として人間に有利な世界の実現に血道《ちみち》を上げた。もし何処かの時点で魔族に歩み寄っていたら、あれほどまでに執拗《しつよう》に命を狙われることも無かったのではないかと思うときもある。

「先だって見物した街は、驚くほど平和で豊かだった。それなのに、ここには英雄を讃《たた》える歌もなく、勇者の血筋は軽んじられている。さらには王の末裔が単なる兵士として戦場に赴くとは」

「まぁ、馴《な》れてもらうしかないな」

アドルはまだ考え込んでいた。五百年分のギャップは、そう簡単には埋まらないようだ。

「その早食いも、戦場での暮らしが長かったせいか？」

「ああ。ゆっくり食ってる余裕が無い時の方が多かった」

フォークが口と皿の間を三往復するうちに食事を終わらせるような人間を見たのは初めてなのだろう。アドルは呆れたような、哀れむような顔で首を振った。

「まあ、食欲と性欲は通じていると言うしな」

思わぬことを言われて、コーヒーで噎《む》せかけた。

「な、なんだって……？」

アドルはフォークを咥《くわ》えて、ニヤリと笑った。テーブルの下で足を組み、爪先でオズの脛《すね》を撫《な》でる。

「いつも冷静ぶっているお前が、あんなに旺盛《おうせい》な性欲を隠し持っているとは思わなかったぞ。その食いっぷりを見ていると、昨夜《ゆうべ》の記憶がまざまざと蘇る」

口をパクパクさせるばかりでまともな言葉を返せないでいると、アドルが少しだけ身を乗り出した。

「昨夜の目合《まぐわ》いから、すこぶる調子が良い」

アドルは自分の声の魅力を知っているに違いない。低い、滑らかな声で囁かれると、背筋の内側を熱いものが駆け下りて、思わず震えそうになる。

「あれを続ければ、今まで以上に早く回復出来るはずだ。貴様とて、いつまでも俺の下僕《げぼく》で居つづけたくは無いだろう」

「それは……そうだ」

流されそうになって、慌てて軌道修正する。

「でも、あれは本当の最終手段だ。それに、回復してくればあんなことに頼らなくても良くなる」

「あんなこととは随分《ずいぶん》な言い草だ。この俺様が身体を許してやったというのに」

アドルは拗《す》ねたような上目遣いでオズを見つめた。少し掠れた声が、悩ましさに拍車《けくしゃ》をかけている。

「お前もわかっているはずだ――あれは素晴らしいひとときだった」

最後まで聞き終わらないうちに、オズは立ちあがった。

「いや、駄目だ。断る。問題外だ」

「お前にも焦る理由があるのだろう。違うか？」

心の中を読まれたのかと、一瞬本気で焦る。だが、魔王が他人の思考を読めるという伝承は無いし、仮にそんな能力があるとしても、まだそこまで回復していないはずだ。

「俺にどんな事情があろうと、お前には関係ない」

オズはきっぱりと告げて、自分の皿を片付けた。

「無駄にフォークをなめ回してないで、さっさと食ってくれ。今日も出かけるぞ！」

アドルはクククと笑いながら「無粋者《ぶすいもの》め」と呟いた。

実際、アドルの回復ぶりは目覚ましかった。

たった一回セックスしただけで、アドルは一日中歩いてもへばらなくなった。目新しいものに出くわしてもいちいち目眩を起こさなくなったし、物覚えもよくなった。

たびたび二度目の誘いをかけてくるのは厄介《やっかい》だが、オズは頑《かたく》なに退けた。

初めての外出から二週間たった頃、本部から行動範囲をひろげても良いというお達しが出たので、ビーチの周辺から、街の中心部まで足を伸ばすようになった。中心部に行くと、見るべきものの種類はぐっと増えた。

好奇心旺盛なアドルは、目についた店に片っ端から足を踏み入れていく。スーパーにドラッグストア、服屋、リサイクルショップ……。鍛冶屋《かじや》がどこにも無いことを不思議がっていたのには笑ったが。

どうやらアドルは食べることが好きな質《たち》で、高級志向タイプの口には合わなさそうなジャンクフードも喜んで食べた。通りで店を開いているホットドッグの屋台に立ち寄り、ブリトーのフードトラックでは嬉《うれ》しそうに目移りさせていた。

オズも食事は最大限楽しむタイプだから、アドルが現代の食に貪欲な好奇心を寄せていると知って、少し距離が縮まった気がした。

今のところ、社会復帰プログラムは順調に進んでいると思う。あとはいつ、この社会の現状を伝えるかだ。魔族は人権を獲得してはいるが、差別は未だ根強く残っているし、そのせいで衝突が絶えない――それを知っても、彼が再び闘争に身を投じることはないと思えるだろうか？

オズは、そろそろ先に進むべきだと思っていたが、ネヴィルはなかなか首を縦に振らなかった。

慎重に進めたくなる気持ちはわからないでも無い。とは言え、これ以上アドルの好奇心を抑えておくのも難しい。

「この店は何だ？」

「ここは……やめておこう」

何の変哲《へんてつ》も無い魔法機器《マジテク》店だが、今ここに入るのはまずい。

「何故だ。危険でもあるのか？」

アドルは訝《いぶか》しげな顔で、店の入り口から中を覗いている。

危険はないが、こういう店には必ずテレビが置かれている。もしニュース番組でも流れていようものなら、アデルタの現状を知られてしまう。

今、ニュースを賑《にぎ》わすものと言えば、ダルシュに発生しかけたブリガドーンの門と、国のいたるところで行われているデモの話題だ。

今日の外出前、ネヴィルからも二つのことを厳命された。ひとつは、デモ隊を含む過激派と接触しないこと。もう一つは、デモ関連のニュースをアドルに見せないこと。

オズの懸念《けねん》をよそに、アドルはまだ店の中を覗こうとしている。

「見よ！　お前が持っている光る板がたくさん並んで居るでは無いか。俺も一つ手に入れたい」

「駄目だ！」

情報端末なんて、それこそ今一番避けなければならないものだ。

中に入ろうとしたアドルを慌てて引き留めると、ますます怪訝そうになった。

「何故そう必死になる？」

「えーっと、その……もの凄く高いんだよ。欲しいからって簡単に買える値段じゃ無い。まずは上と相談して、予算が下りるかどうか尋ねないと」

「そうだったのか」

「ああ、そうだ。お前が分解した分の金もかかってるんだ。簡単には許可が出ないと思うぞ」

痛いところを突かれたらしく、アドルは引き下がった。憤懣《ふんまん》やるかたないといった表情ではあったが。

「しかし……見るだけなら構わんだろう」

「見たら欲しくなる。そういうもんだ。許可が下りたら買いに来よう」

なんだかんだと言い訳を並べ立て、何とか気を変えさせた。

真実を隠さなければならないことが、この仕事の一番嫌な部分だ。現代社会においては赤ん坊同然のアドルが相手ともなればなおさら気が咎《とが》める。

信頼関係を築いていくはずの相手を言いくるめて操るなんて、まさにスパイの仕事だ。軍に戻るためには仕方ないが……正直言って、反吐《へど》が出る。

この作戦を実行に移す前、国家安全情報局の連中には、『心を許すな』と何度も念を押された。だがそもそもの話、自分がアドルに心を許してしまっているのかどうか、どうやって測ればいい？ 自分の身体のどこに心が仕舞《しま》ってあるのかさえわからないのに。

伝説級の極悪人と何気ない会話を楽しみ、食卓を共にして、セックスしたら——それを嫌だと感じていないとしたら、心を許したことになるのだろうか。彼を傷つけたくないと思っているとしたら？

アドルはオズの二歩先を歩く。空気の肌触りを愉《たの》しむかのようにゆったりとした足取りで。

通りに降り注ぐ陽《ひ》の光を受けて、アドルの長い白髪《はくはつ》が輝いている。不意のそよ風に目を細めたかと思えば、コーヒーショップから漂う香りに興味津々《しんしん》の表情を見せる。横断歩道を渡る子供たちに向ける眼差しは優しい。まるで未来そのものを愛《め》でているような目だ。

この男が、かつて人間の村を焼き、子供を攫い、魔族の奴隷として使役した――とは、とても思えない。もしかしたら、彼は自分自身を『魔王』と思い込んでいるだけの一般魔族なのかもしれないとさえ思いそうになる。

だが、あの像から蘇った瞬間にオズの胸を貫いた敵意と、周囲の魔法粒子《マジカ》を一瞬で支配した力を思えば――彼は魔王だ。間違いなく。

ふと気付くと、アドルが勝手に店のドアを開けて中に入るのが見えた。

「おい、勝手に行くなよ！」

そこは様々な種類の本を取りそろえた大型の書店だった。

「これほどの本が一つところに集まっているとは！　ここは名のある貴族の書物庫か？」

「いや、本屋だ」

「本屋……では、すべて売り物か！」

入って右手にカフェテリアがあり、左手には子供向けのエリアがある。アドルは、店内で最もカラフルな絵本コーナーから探索することに決めたようだ。そういえば、前に買ったペーパーバックには『装飾が無い』だとか文句を言っていた。本と言えば、豪華で色鮮やかな見た目のものと思っているのだろう。

「そっちはお前向きじゃないって！」

「これほどの本が自由に持ち出せるとはな！　俺の時代には、稀書《きしょ》はことごとく本棚と鎖《くさり》で繋がれていたぞ」

止めても聞く耳を持たない。彼は上機嫌で突き進んでゆく。

絵本コーナーは、アドルの腰ほどの身長もないちびっ子たちで溢れていた。天井から吊《つ》り下げられたレールの上をミニチュア機関車が走り回り、本棚という本棚がリボンや風船で飾り付けされている。子供連れでもない大の男二人が長居して良い場所じゃない。

「色がついてる本がいいなら、あっちに別のがあるぞ」

だが、アドルは小さな子供たちに混じって、熱心に絵本のページをめくりはじめた。店員たちからの警戒の視線が頬に突き刺さる。

「なあ……さっさと出ようぜ。向かいの店でワッフルでも食おう」

だが、アドルは耳を貸さない。代わりにこう言った。

「なんだ……これは」

オズはこっちを窺《うかが》っている店員に愛想笑いをしてから、大きくため息をついてアドルが手にした絵本を覗いた。

そこに書かれていたのは、アデルタでは誰もが知っている物語だった。

「何って、勇者ブランウェルの物語だろ」

『昔むかし、アデルタの隣に、悪い魔族たちが暮らす国がありました』から始まる物語だ。勇者ブランウェルが悪い魔王を倒し、姫を助けて平和を取り戻した歴史に基づく昔話で、アデルタ国民のほとんどが知っている。

アドルの目が素早く動き、絵本の中に並んだ文字を吸い込むように読み進めていく。最後のページをめくる頃には、彼の手は震えていた。

「なんだ、これは」

アドルはもう一度言った。

ただならない雰囲気を察したのか、傍に居た子供たちが怯《おび》えた顔をして逃げていった。

「おい、そろそろ出るぞ」

腕を引っ張って立たせた後も、アドルはブツブツと呟いていた。

「村を焼き、子供を攫った……？　姫を攫って閉じ込めただと……？」

その言葉に耳を貸している余裕は無かった。店員が額を寄せ合い、こちらを盗み見ながら警察に通報するかどうかの相談をしている。子供向けの絵本コーナーに入り込んだ、情緒不安定な魔族の男——完全にアウトだ。

「心配要らない。すぐに出てくから」

オズは店員たちに無害そうな笑顔（と自分で思っているもの）を向けてから、転がるように店を後にした。

呆然とするアドルを引っ張ってなるべく店から遠ざかる。しばらく歩くと、アドルはハッと我に返ってオズの腕を振りほどいた。

「何なのだ、あれは！」

大声を出すせいで、今度は通行人の目を集めてしまう。

オズはアドルを路地裏に連れて行った。ビルの壁や道路まで、奇抜《きばつ》なグラフィティアートで埋め尽くされた一角だ。グラフィティは魔族の文化だから、人間はあまり近寄りたがらない。ここなら人目を気にせず話が出来そうだ。

「いったい何が気に食わなかったんだ。子供向けの絵本だぞ！」

「あの本に書かれていたことは、全てでたらめだ！」

アドルは、怒っていると言うよりは動揺しているように見えた。

「でたらめって、何が」

「全てがだ！　俺は平和な村を焼いていないし、人間の子を使役してもいない！　魔物をけしかけたこともないいし、ましてや姫を攫って監禁など——笑止千万《しょうしせんばん》だ！」

アドルはウロウロと歩き回りながら頭を掻きむしっていた。

「ナイラは自ら、ガルシュクに亡命してきたのだ！」

「なんだって？」

オズは虚を衝かれた。

「ナイラは自由になりたがっていた。姫という身分に生まれたからには、どこぞの間抜けと結婚し、世継《よつ》ぎをもうけなくてはならない。それを疎んで、我が国に逃れてきたのだ。我々魔族は彼女を保護していたのだぞ！」

それは、まったくの新説だ。

「じゃあ、姫を無理矢理《むりやり》手籠めにしたのはブランウェルの方だっていいたいのか？」

「そういうことだ！」

アドルは憤然《ふんぜん》と言い切った。

「じゃあ、お前は姫に少しも興味が無かった？」

「当然だろう。まだ十かそこらの子供だぞ……！」

正気を疑うような目で見られて、アドルは嘘をついていないと確信する。

アドルが目覚めてから今の今まで、心の奥で燻り続けていた違和感の正体がようやくわかった。

極悪非道の魔王その人だと理解していながら、何故アドルのことを憎みきれないのか。何故、好意さえ抱きそうになってしまったのか。人を魅了する悪人だって存在するのは百も承知だが、アドルはそうじゃない。尊大な言動はどうあれ、彼は……善良な男だ。

「それじゃあ……」

アドルの言葉は、真実なのだ。

魔王が『悪の中の悪』と思われてきたのは、後世の人間によってそう伝えられてきたからだ。だとしたら、今まで自分が――アデルタの全国民が信じ込まされてきた歴史ががらりと覆《くつがえ》ることになる。

考え込んでいたオズは、アドルの声によって現実に引き戻された。

「教えてくれ、オズウェル。勇者の末裔よ」

アドルは壁に手をついて、目に焼き付くような色彩のグラフィティを見つめていた。

「平和が……訪れたのでは無かったのか？」

そこには角を折られた魔族たちが描かれていた。そのうちの一人は、間違いなく魔王だ。両隣に並んでいるのは、魔王の魔下《きか》にあった四軍の長たち。彼らは、背後に立つ処刑人によって斬《き》られた首を、自分の両手で抱えていた。絵の下にはこう書かれていた。

『償《つぐな》いはもう済んだ』

アドルの手が、ぎゅっと握られた。

「それとも……貴様らの言う『平和』とは、人間だけに与えられたものなのか？」

グラフィティはそれだけではなかった。

魔族の少年の似顔絵が描かれていた。ニュースで何百回も目にした顔だったから、その下に書かれた名前は読まなくてもわかる。彼の名はグナール・ダルサス。警官による過剰防衛で射殺された少年だ。彼だけではない。他にも無数の犠牲者の似顔絵が描かれていた。これこそが、これこそが――彼らの死こそが、アデルタ中でデモや暴動が行われている理由だ。ここは、悲劇の祭壇《さいだん》だった。

似顔絵を取り囲むように、言葉が記されていた。『来世では人間になりたい』『死にたくなかったら警官と目を合わせるな』。燃える魔王の絵の下に『再臨だと？　地獄で永遠に焼かれてろ』と書かれているものもあった。

畜生《ちくしょう》。俺はなんて場所にアドルを連れてきちまったんだ。

「アドル」

気力を振り絞って、声をかける。

「折を見て説明するつもりだったんだよ、なあ……」

だが、それ以上言葉をかけることは出来なかった。

アドルの目に、涙が浮かんでいるのを見てしまったから。

「魔族は蔑《さげす》まれ、虐《しいた》げられている。俺は極悪人として歴史に刻まれて憎まれている――同胞《どうほう》からも」

彼の声はひどく静かだった。鳩《はと》の鼓動のように。蝶《ちょう》の羽ばたきのように。アドルがため息をついて俯くと、小さな雫が地面に零《こぼ》れた。

「何故、俺を蘇らせた」

答える前に、アドルは踵《きびす》を返して歩き始めた。

「アドル――」

オズはその後を追って、彼の肩に触れようとした。

次の瞬間、伸びてきたアドルの手に首を摑まれ、壁に思い切り押しつけられた。衝撃で肺の空気が全て抜け、打ち付けた後頭部から目の裏に火花が飛んだ。

「そんな名で呼ぶな！」

食いしばった歯の間から吐き捨てる。

「俺の名は『魔王』だ。お前とて、心の中ではそう呼んでいるのだろうが！」

最後に一度、脅すように力がこもる。それからアドルは手を放し、表通りへと歩き去った。

萎《な》えた膝が震えて、ずるずると地面にくずおれる。

「クソ」

オズは地面を殴った。アスファルトに骨がぶつかり、あっけなく皮膚《ひふ》が裂ける。

「クソ、クソ、クソ！」

何度殴っても、胸の奥の痛みは消えなかった。


追跡装置のおかげで、アドルの居場所はすぐに特定できた。

彼は、さっき入るのを止めた魔法機器《マジテク》店の中にいた。壁一面に並んだテレビの前に立ち尽くし、映し出されるニュースをじっと見つめていた。傍《かたわ》らには怯えきった様子の店員が立っている。

彼の怒りは周囲の魔法粒子《マジカ》を不安定にしてしまうほど強かった。テレビの映像は嵐の海のように乱れ、店内放送は不気味に歪んで聞こえている。

ニュースは『魔族によるテロの脅威《きょうい》』を伝えていた。魔王再臨派のテロリストたちが実行したテロの様子が映る。ギルマゴグ自由連盟の連中が掲げる旗には魔王の紋章が描かれていた。

次の画面で、見知った顔が画面に映し出される。

『上院議員選挙への出馬を控えていたコンウェル・レイニアとその妻レベッカは、魔族による自爆テロによって命を絶たれました――』

二人の顔写真が、不意打ちのようにオズの心臓を締め付けた。

アドルは画面から目をそらさなかった。身じろぎもせず、瞬きすらしていない。まるで、自分を罰しているのかと思うほどだった。

オズはアドルの肩に触れた。

「帰ろう。全部説明するから」

「説明は無用だ。貴様の言葉は信用できん」

彼はオズの手を振り払い、静かな声で言った。重く、冷徹《れいてつ》で、揺るぎない――彼のそんな声を聞くのは二度目だった。蘇った直後のあの瞬間から数えて。

「こいつを俺の部屋に運ばせろ」

アドルは視線でテレビを示す。

「どういう代物なのかは、店の者に教わった。真実を映す鏡のようなものだそうだな。貴様が遠ざけようとするわけだ」

「俺は……嘘は言ってない」

「そうだろうとも」

それきり、アドルは黙り込んだ。

額に汗を浮かべた店員が、助けを求めるようにオズを見る。オズは頷いて、支給されたクレジットカードを手渡した。ネヴィルにはあとで説明すればいい。

「プラス八千ゴールドで保証を三年間延長できますが……」

「じゃあ、それも頼む」

どうせ叱責《しっせき》を食らうのだ。今のうちにかけられるだけの迷惑をかけておこう。

店を出て家に帰るまで、二人はどんな言葉も交わさなかった。

空がサーモンピンク色に染まり、道行く車のヘッドライトが灯《とも》り始める。街並みは徐々《じょじょ》に色彩を失い、夕映《ゆうば》えの中の影絵へと変わってゆく。

アドルは逃げだそうとはしなかった。そうしたところで、一人では生きていけないことを理解しているのだろう。それが、妙にもの悲しい。

曲がりなりにも勇者の——この状況を作った張本人の血を引いている身としては、いたたまれない気持ちだった。

黄昏《たそがれ》の終わりを告げるようにネオンが灯り始めると、街は装いを改めて夜を迎え入れる。歓楽街の騒々しさはどこか空虚だ。街角で耳にした歌の一節が、静まりかえったセーフハウスについたときにも、まだ耳に残っていた。場違いな香水の残り香のように。

アドルは黙りこくったまま、自分の部屋に戻ろうとする。

手が勝手に伸びて、アドルの腕を摑んだ。

「なあ」

ふり返ったアドルの目は昏《くら》く、それでいて鋭かった。

「黙ってて悪かった。でも、一度に色んなことを知らせたら混乱すると思ったんだよ」

アドルの瞳がギラリと輝く。

「事実を教えれば俺が混乱して、またしても人間相手に戦争を始めると思ったのだろう」

図星を突かれて、返す言葉も無い。アドルはふいと顔を背けた。

「貴様が嘘をついていないのはわかっている。ただ……伝えるべきことを隠しただけだ」

それは、嘘と同じくらい不誠実だと、アドルの頑なな横顔が語っていた。

「アドル、その……社会復帰プログラムを続ける意志はあるか？」

本当に尋ねたいのはそんなことじゃなかった。

知りたいのは、人間を憎んでいるかどうか。

俺を、憎んでいるかどうか。

アドルは小さくフンと笑った。苦く、硬い笑みだった。

「貴様は、俺が逃げ出さないのをよほど不思議に思っているらしいな」

彼は深いため息をついた。

「ブランウェルが俺の角を折り、後の世の人間は、魔族全員に同じことをした。嘘の歴史を教えて魔族から誇りを奪い、俺を憎むように仕向けた。今の世では、俺は残虐《ざんぎゃく》非道《ひどう》の暴君《ぼうくん》だ。過去の遺物だ。ブランウェルは、俺が孤立無援《こりつむえん》になるように五百年もの時を置いて復活させたのだ！」

握りしめた拳が、微かに震えていた。

「俺は確かに、敗北した魔王だ。だが勝ち目の無い戦を繰り返すほど愚かではない」

さっき感じたもの悲しさが、再び胸を詰まらせる。

悲しいのは――かつては王だった男が、状況の奴隷に成り下がっていることを見なければならないから。

これほどまでに誇り高い男が。

「もう、秘密はなしだ。約束する」

オズは言った。

「それに、お前は孤立無援じゃない。俺が味方だ」

国家安全情報局の連中に叩き込まれた作戦目標をなぞっているつもりは無かった。誰に言われるまでもなく、俺はこの男との間に信頼関係を築きたい。一刻も早く軍に復帰したい気持ちは変わらないが、だからといって、この仕事を――彼をないがしろにしていい理由にはならない。

彼の哀しみを和らげることが出来るのだとしたら、誠実に取り組むに値《あたい》する。彼は、それだけの価値がある存在だ。

アドルは再び顔を上げてこちらを見た。その目には何の感情も宿っていなかった。

彼はオズの手を振りほどくと、自分の部屋へ続く階段を上っていった。

その夜から、アドルの長い引きこもり生活が始まった。

8　或《あ》る夜明け

アドルがガルシュクの王座についていた頃は、一人で過ごす時間というものはほとんど無かった。だから、物事を考えるときに孤独がこれほど役立つとは思ってもみなかった。

全くの孤独というわけではなかったが。

部屋にこもるようになってどのくらい経ったのかわからないが、その間オズはアドルに何を強《し》いることも無かった。

食事は三食用意されて、部屋の戸の前に置かれた。家の中で顔を合わせても、何か言いたげだったり、過度な気遣いを見せることはない。たださりげなく、「今日は出かけるか？」と尋ねてくるだけだ。庭に出て海を眺めているようなときには、オズは邪魔をしないように自室で過ごしていたりした。

罪悪感の裏返しだと思えば、気を使って当然だと思いたくもなる。だが彼の真意がどうあれ、様々なことの整理がつくまでそっとしておかれたのは助かった。

あの日買ったてれびなる代物は、次の日にはアドルの部屋に運び込まれた。アドルが現代の情報に触れることに良い顔をしなかった国家安全情報局の連中を、オズはどうにか説き伏せたようだ。

どうやら彼は『俺が味方だ』という言葉を身をもって証明しようとしているらしい。ありがたいと思うべきなのかもしれない。けれどまだアドルの心には、他人に感謝する余裕はなかった。

アドルはひたすら、てれびに映し出される映像を見続けた。報道番組、実録番組、映画、戯曲……子供向けの人形劇や戯画に至るまで。

おかげで、アデルタに暮らす魔族が置かれている状況をおおよそ把握できた。

てれびに映るものの全てが真実では無いことはわかっていた。書物や劇と同じで、どの演目にも作り手の意志が介在《かいざい》するのは当然だ。だからこそ、アドルは観《み》た。

特に映画には興味を惹《ひ》かれた。

年代の古いものから順を追って見てゆくと、いろいろな変化を感じ取ることが出来る。無声映画に音声が加わり、白黒の画面が様々な色に彩られ、撮影技法はより技巧的に、大胆になってゆく。目を瞠るような特殊効果をこれでもかと盛り込んで、虚構《きょこう》はより魅力的な虚構へと進化してゆく。

そうした作品中の魔族像の、なんと代わり映えしないことか。

実に多くの作品で、魔族は理由無く悪役の座に収まっていた。大抵は残酷で苛烈《かれつ》な悪党として描かれる。魔族の多くは粗暴《そぼう》で学がなく、意志薄弱で悪心を抱きがちだ。彼らが苦境を脱する時、そこには必ず手を差し伸べる人間の存在がある。まるで、魔族には自力で何かを達成することは出来ないとでもいうように。

つまり、そうなのだ。

魔族は、そういう描写に甘んじなければならない存在となってしまった。五百年前の敗北のせいで――魔王という諸悪の根源のせいで。

当然のように貶《おとし》められ、侮《あなど》られる存在が、どうすれば人間と対等になれる？

街中で爆弾を使って何十人という人間を巻き添えにして――あるいは苛烈な暴動で無法地帯を作り上げて、自らの怒りを知らしめる者もいる。彼らの叫びは国を震撼《しんかん》させ、人間たちに恐れを抱かせた。

一方で、暴力的な手段に訴えること無く大きな変化を成し遂げた者たちもいる。彼らは抵抗し、行進し、語った。想いを歌に込めた者もいる。詩に込めた者も、文学に込めた者もいた。それは魔族の心に灯る炎となった。炎は無知なる者に気付きを与え、痛みを知りすぎた者にとっては、誇り高く立ち続けるための拠《よ》り所となった。

どちらの手段が正しいのか、アドルには判断できなかった。

自分が選んできた手段は戦いだった。戦って、恐怖を与え、畏怖《いふ》を勝ち取り、生きていくための場所を手に入れる——それこそが正しいのだと教えられてきたし、その通りだと思っていた。今でも、そう感じている。

飽《あ》くなき戦いを続けている魔王再臨派の前に姿を現し、彼らを奮《ふる》い立たせ、再び人間に戦いを挑みたいと思う。

だが心の奥底では、別の可能性を探ってみたいという気持ちも、確かにあった。

その夜は、アドルの興味をそそる番組が放送されていなかったので、珍しくてれびを消していた。微かな潮騒を聞きながらベッドに腰掛け、考え事をしているうちにまた鬱々《うつうつ》としてきたので、庭に出て外の空気を吸うことにした。

時間は午前三時。夜とも朝とも言いがたい、間《あわい》の時だ。オズは自室で眠っているだろう。アドルは冷蔵庫からソーダの缶を出して、庭へと続く引き戸を抜けた。

裸足《はだし》で、夜露に湿った芝生《しばふ》を感じながら歩くと、ほんの少しだけ気力が回復してゆく。

東に向けて開けた高台の庭からは、夜明けの気配をはらんだ薄青の空が見えた。灰と青が混ざり合う風景の底で、紺色《こんいろ》の海が凪《な》いでいた。

アドルは深く、長いため息をついた。

時間をかけたおかげで、いろいろなことがようやく飲み込めた。自分を哀れんでいる場合ではないことも、闇雲《やみくも》に人間を憎悪《ぞうお》してても意味が無いこともわかっている。

ならば、次はどうする？

以前は、五百年前にしくじったことを――つまり、ガルシュクの復活と繁栄を今度こそ成し遂げようと思っていた。

今は……何をすべきか迷っている。

父上が今の自分をみたら、また『軟弱者』と叱るだろうが、彼は五百年の石化刑を経験していない。孤立無援の身の上では、誰に尋ねることも出来ないし、誰が叱ってくれるわけでも無い。自分で答えを出すほかないのだ。

アドルはもう一度ため息をついた。何をすべきかわからないなんて、王だった時には考えられないことだった。

「俺に何が出来る？」

いや。考えるべきはそれではない。

「俺は、何がしたいのだ……？」

それは未知の領域に横たわる問いだった。

怖ろしさと――そして好奇心が、同じだけ胸の中にある。さながら、船出前の朝のように。

その時、声が聞こえた気がした。

てれびを消し忘れただろうかと、家の中を覗いてみる。

声は切れ切れに聞こえてきた。ただならぬ感じがするが、意味のある言葉では無い。そう、何かが呻いているようだ。

オズウェル。

踵を返し、家の中に戻る。オズの部屋の前に立つと、魘《うな》されている声がはっきりと聞こえた。

アドルは扉を開けた。

無作法は承知の上だ。だが声をかけて彼を起こしてしまえば、何か――自分が知っておくべき、もう一つの大事なことを見逃すことになる気がした。

まず目に飛び込んできたのは、ベッドの脇に立てかけてある左脚だった。オズが義足を使っているのは理解していたはずなのに、思わずぎょっとしてしまう。

次に驚いたのは、ベッドの上にオズがいないことだった。ベッドを回り込むと、薄手の毛布を握りしめたまま、床の上に横たわる彼を見つけた。

眠っているのは確かだが、頭の先から爪先まで緊張に強ばっている。左の足の付け根は、実際に痛みを感じているみたいにひくひくと痙攣していた。額には汗が浮かび、瞼《まぶた》の下の眼球が激しく動いているのが見て取れる。

詫《わ》びるような、請うような声。啜《すす》り泣き。あるいは怒れる犬のような唸り声で、彼は言葉にならない何かをブツブツと呟いていた。その中で、辛うじて聞き取れた言葉があった。

「ごめん、兄貴……レベッカ……」

非業《ひごう》の死を遂げた兄夫婦への謝罪だ。

オズウェルの兄とその連れ合いが魔族に暗殺されたのはニュースで見ていた。

オズにはなんの落ち度もない。それでも、彼は自分に非があると感じている。傲慢《ごうまん》とさえ言えそうなほどの責任感の強さ。

「まさに、ブランウェルの子孫だな」と、アドルは小さな声で独りごちた。

彼がアドルのことを憎んでも仕方ないと思う。殺されても文句は言えない。魔王の再臨を信じる者たちによって、一族のほとんどを奪われたのだから。

だが、オズはそうしなかった。

『俺はお前の味方でいる』という彼の言葉を、額面《がくめん》通りに受け止めるほど世間知らずでは無いつもりだ。彼には、アドルを社会復帰させるという任務がある。

それでも……全てが任務のためだったとは思えない。思いたくなかった。

アドルが新しい物事に出会い、それを気に入る度に彼が浮かべた表情や、呆れたような笑顔を、演技だとは思いたくない。

それに――そう、この男は嘘だけはつかなかった。

アドルは床に片膝をつき、オズの肩に手を伸ばした。

指先が触れるか触れないかというところで、オズがかっと目を見開く。彼はすぐさま身を起こし、枕の下に隠してあった銃を抜いた。瞬き一つする間に、アドルは真っ黒な銃口を見つめていた。

一秒後、状況を把握したらしいオズの顔に、ようやく狼狽が浮かぶ。

「アドル……？」

彼は即座に銃を下ろし、元の場所にさっと隠した。

「ここで何してる」

アドルは小さく肩をすくめた。てれびでよく目にした今風《いまふう》な仕草を取り入れてみたのだが、オズが気付いた様子は無かった。

「貴様の寝言がやかましいから、黙らせに来た」

オズは不思議がるような表情を浮かべた。よく考えたら、最後にまともな会話をしてからかなり経っているのだ。

アドルは床の上に腰を下ろし、持っていたソーダの缶を手渡した。

「よく、死んだ者の夢を見るのか」

オズの顔に、鎧の隙間に剣を差し込まれたような表情が過る。彼はそれを誤魔化すように、残っていたソーダを呷って缶を握りつぶした。

「ああ」

オズの身体から発散される熱が、徐々に冷えていく。肩の輪郭が少し和らぎ、緊張を解いたのだとわかった。

考えてみたら、俺はこの男について何も知らない。

「近しい者を奪われるのは、堪《こた》えるな」

アドルは言った。

「俺にも弟妹《きょうだい》がいた」

オズは黙って、アドルの顔を見つめていた。魔王が本当に哀しみを感じることが出来るのかどうか、推《お》し量っているのだろうか。

「一人喪《うしな》うたび、己の一部を喪うような気がしたものだ。父が厳格だったせいか、俺たちは仲が良かった……俺以外は皆、戦で命を落としたが」

王座についたばかりの頃は、弟妹《きょうだい》たちと手を取り合ってガルシュクを安寧《あんねい》に導きたいと――そう出来ると思っていた。

敵味方を問わず、戦は本当に多くのものを奪う。

「お前も、兄とは仲が良かったか？」

オズは相変わらず、探るような目をむけてくるばかりで、返事をしなかった。

「何だ。悪夢に舌を盗まれたような顔をして」

彼は、心底不思議そうに言った。

「もしかして……慰《なぐさ》めようとしてるのか？」

アドルはムッとして言い返した。

「いいや。貴様の心の傷に塩を塗ろうとしているだけだ。魔王にはそういうやり方が似合いのようだからな！」

怒りにまかせて部屋を出て行こうとすると、オズの手が伸びてきて、手首を掴んだ。

「待て、悪かったよ。ただちょっと――」

振り返り、じろりと睨みつける。オズは、ばつの悪そうな笑みを微かに浮かべた。

「ちょっと驚いただけだ。だってお前、俺に興味なんかなかっただろ」

まあ、それはそうだ。

勇者の末裔で、ナイラの血を引く男――それ以外に知るべきことは無いと思っていた。

だが、この男は嘘をつかない。

この男は俺の言葉を信じ、味方になると宣言した。

「貴様は、俺に残されたただひとつの縁《よすが》だ。良くも悪くもな」

アドルは人差し指の背でオズの顎《あご》の輪郭をなぞった。彼は無意識に喉を晒し、生唾《なまつば》を飲み込む。眠るときでさえ武器を手放さない男の、あまりに無防備な仕草。

興味をひかれずにいるのは無理だ。良くも悪くも。

もし魔族と人間の間に再び戦いが起こったら、その時は――この男が俺の敵になる。

そう考えた瞬間、鳩尾の奥が凍り付くような不快感を覚えた。

内心の揺らぎを押し隠すように、アドルはにんまりと微笑んで立ち上がった。

「オズウェル・レイニア。貴様は面白い男だ」

オズはただじっと、警戒の眼差しでアドルを見つめたままだ。

「出かけたい場所がある。車の用意をさせておけ。屋根が無いものがいい」

「ああ……わかった」

「頼んだぞ」

部屋を出て行きかけたとき、オズが躊躇いがちに言った。

「なあ、さっきの質問だけどさ」

振り向かずに、続く言葉を待つ。

「兄貴とは、仲良かったよ」

「そうか」

アドルは小さく俯いた。

「すまなかった」

そして、部屋を後にした。

いつのまにか、開け放ったままのリビングの窓から朝がはいりこみ、景色を塗り替えてしまっていた。

†

オープンカーの手配に丸一日かかったので、二ヶ月ぶりの外出はアドルの夜襲の翌々日となった。

正直、オズにとって、この二ヶ月は大変だった。

まず、国家安全情報局にかけあって、アドルにテレビを見せる許可を得るところからして一苦労だった。けれど、オズが絵本の件や路地裏でのことを説明し、彼が早まった行動に出ないように気をつけるからと言うと、どうにか許可が下りた。

何かあったときの責任は全面的にオズが負うことになったが、それでもかまわない。『何か』なんて起こらない。根拠などありはしないが、オズはそう確信していた。

オズには、アドルが引きこもっていた間にどんな情報に触れていたのかはわからないし、あえて詮《せん》索《さく》しようとも思わなかった。

アドルがテレビを手にしても怒り狂って暴走しないことを確認すると、ネヴィルは態度を一転させた。社会復帰を促すために、何かさらなる行動を起こすべきではないかと散々せっつかれたが、オズは全て無視した。

人生から逃げ出して、ひたすら内にこもりたくなる気持ちは痛いほどわかる。魔物に左脚を食われたあと、オズもそんな状況に陥っていた。

左脚を失ったのは、それ程大きな喪失ではなかった。辛《つら》かったのは、レイニア一族の出来損ないである自分が唯一手に入れた存在意義をなくしたことだ。あれは人生を一変させる出来事だった。

アドルは、それよりももっとひどい痛みを味わっていたはずだ。無念さと、孤独も。

だが、アドルが隠遁《いんとん》生活の終わりに外出先に選んだ場所を知って、オズは希望の光を見た。彼がどんな結論を出したのか――出そうとしているのか、わかる気がした。

カーナビに目的地を入力して、ルートを確認する。

「片道二時間てとこだな」

「よかろう」

アドルは助手席でふんぞり返った。

リクライニングシートの使い方を覚えた彼は、座席の位置や傾きをこれでもかと言うほどしつこく調整して、ようやく納得のいく状態に落ち着いたところだった。

濃紺のシャツと黒のスラックスを着こなし、サングラスまでかけている。長い髪は、白馬の尾のように後ろで一つに結んでいた。元魔王という過去を知らなければ、ただの見目《みめ》よい男だ。

アドルはサングラスをちょいと下げて、咎めるような視線を見せつけてきた。

「貴様は……相変わらず野卑《やひ》な格好をしているな」

オズの服装は、毎日たいして代わり映えしない。くたびれたジーンズに着慣れたシャツ。足下は数年前からはき続けたブーツという格好だ。野卑は言いすぎだと思うが、洗濯の頻度《ひんど》もそう多くはないから、今日のところは甘んじて受け入れる。

「これから行くとこにドレスコードは無いからな」

反論が来る前に、オズはアクセルを踏んだ。

気持ちのいい木曜の朝だった。

朝まで降り続いていた雨が街をまるごと洗濯したようだ。水たまりがキラキラと輝き、目に入るもの全てが真新しく、清められたように見えた。

微笑む横顔を盗み見るに、アドルも何かを楽しむ気持ちが久しぶりに蘇ったようだ。

清々しい風がオズの髪を梳《す》くと、気を揉《も》み続けた二ヶ月間の疲れが遠ざかる気がした。ラジオから聞こえる軽快な歌が、エンジン音と混ざり合って遙《はる》か後方へと流れて行った。

一昨日の夜にアドルが口にした謝罪について、あれから何度も考えた。

コンを殺した過激派は、魔王の再臨を信じている。だが、そのことにアドルが直接関係しているわけでは無い。あの謝罪は、自分の名の下に行われた殺人を詫びるためのものなのだろう。王だった男の責任、ということだろうか。

律儀な男だ。俺だって、アドル自身を恨んでいたわけではないのに。

悪の権化だと信じ込まされてきたからこそ彼を危険人物だと見なしていたが、それが偽《いつわ》りだったと知った今は――。

今は、アドルのことをどう思えばいいのだろう。

協力者《アセット》？　友人？　味方？　それとも別の何かか？

いずれにせよ、彼の方から歩み寄ってきたのは、あれが初めてだ。これは、社会復帰への大きな一歩と考えていい。

「時に、オズウェル」

アドルが言った。

「貴様らの王はよくこんな公序良俗《こうじょりょうぞく》に反する歌を許しているな」

何のことかと耳を澄ますと、ラジオから流れている歌は確かに、性欲を燃え立たせる若者の心情を歌ったものだった。ヒットチャートの残りの八割と同じだ。

「言っただろ。この国には王は居ないんだ」

そうだった、とアドルは言った。

「大統領……だったか？　確か、四年ごとに任命し直すのだな」

「正解」

ハンドルを握っていなかったら拍手を送っていたところだ。

「統治者が次々変わるようでは、世が乱れるのも道理というものだ」

いかにも悩ましげに言うので、思わず笑いそうになる。

「その代わり、マズい統治者も長居できない。これで上手く回ってるんだよ。それに――」

オズは冗談めかして付け足した。

「大統領に立候補する権利はアデルタ国民全員にある。つまり、お前が大統領になる可能性だってゼロじゃないってことだ」

「ふむ。それは愉快だな」

「だろ」

オズは得意げににんまりした。アドルを言い負かすのは気分がいい。

「曲が気に入らないなら、チャンネルを回してみろ」

手探りで、局の変更ボタンをいじってみせる。てれびと同じ要領だと理解したのか、アドルはオズの手を払いのけてあちこち触り始め、最終的に、懐メロの専門局に落ち着いた。

「よし」

流れてきたのは、良くいえば温かみのある、悪く言えば古くさい歌だった。オズの曾祖父《そうそふ》が聞いていたような時代のものだ。

「こういうのが好きなのか？」

アドルは満足げに、座席に身を沈めた。

「やかましくないのが良い。音の種類は少ない方が、歌い手の魅力が引き立つからな。それに、歌詞も慎《つつし》み深い。叙情的《じょじょうてき》だ」

まるで老人のような言い草だ。彼のことをよく知る前は、ヘビメタかデスメタルを好むだろうと思っていたのに。

「そんなもんかね」

「ああ、そうだとも」

曲が変わって、オズでも知っている有名なラブソングが流れ始めた。

「ああ、この歌は悪くない。俺が知ってるのはカバーの方だけど」

アドルはしばらく黙ってその曲を聴いていた。

「確かに良い歌だ。河馬《カバ》と何の関係があるのかわからんが」

「カバーだよ。最初に歌った歌手とは別の歌手が……」

ちらりと横を見ると、アドルがいたずらっぽい笑顔を浮かべてオズを見ていた。

「なんだよ。知ってたのか？」

「俺を侮っているようだから、たまには仕返しをしてやろうと思ってな」

アドルは楽しげに笑って、車のシートをさらに倒した。完全にくつろいでいる。穏やかな横顔が、通りの並木越しに降り注ぐ木漏れ日《こもれび》にキラキラと輝いていた。

二ヶ月間、心の何処かで願い続けてきた。こうして、以前のように話せる日が来ることを。

「何が仕返しだ」

オズは頬を掻く振りをして、片手で口元の笑みをそっと隠した。

協力者《アセット》、友人、それとも味方。

どうだっていい。

彼を何と呼ぼうと、大した違いは無いだろう。心を許してしまった今となっては。


メルロア記念公園は、かつて人間と魔族の間で起こった内戦の跡地だ。以前は広大な平原だったが、時代を追うごとに都市の侵食を受け、今ではほんの〇・六ヘクタール程度の公園として生き存《ながら》えている。

敷地内にはこぢんまりとした建物がある。魔王を討伐した勇者一行のうち、大治癒師《だいちゆし》として後世に名を残したヴァノールの屋敷だ。ヴァノールの没後、屋敷は様々なものの手に渡った。最後にここに住んだのが、魔族の地位向上を訴え続けた活動家のマルノー・メルロアだった。

彼の死後、屋敷は彼の財団によって〈メルロア記念博物館〉に生まれ変わった。

車を降りてドアを閉めるよりも先に、博物館から小柄な老魔族が出てきた。

「ようこそ。見学の方でしょうか？」

「ああ。とくと見物しに来たぞ」

サングラスを外して、アドルが答える。老魔族は嬉しそうに顔をくしゃっとさせた。

「それは素晴らしい！　わたしはノパ。メルロアの甥《おい》にあたります。さあご案内しますよ。どうぞどうぞ」

アドルがオズを振り向く。

「貴様も来るか？」

なんとなく、試されているような気がした。確かに、人間がこういうところに来るのは少し場違いな気がするし、こんな真面目くさった場所は中学の頃の課外学習以来だ。

だが、アドルの目を見て気を取り直した。

「ああ。行くよ」


館内は古びた建物特有の匂いがしたが、不思議と居心地が良かった。手作りの敷物があちこちに見られた。歴史的な品らしいテーブルや椅子にまでレースやパッチワークのクッションが置かれている。屋敷全体が、長居を歓迎するような雰囲気を湛《たた》えていた。

展示スペースはそれほど広くは無かった。マルノー・メルロアについての展示がほとんどを占《し》めている。彼の半生を描いた映画『嵐の日々を生きて』のワンシーンと共に、撮影に使われた小物や、彼の私物が飾られていた。

メルロアは暴力や魔法に訴えること無く、言葉によって変革を成し遂げようとした偉人だ。同胞と共に様々な都市で平和的デモを実施し、魔族民権運動は国中に広まった。

しかし、そんな彼を悲劇が襲った。メルロアがラナタイルを訪れたとき、人間の若者が放った弾丸が、彼の命を奪ったのだ。

魔族たちはメルロアの遺志を守り、ただの一つの暴動も起こさなかった。

その様子を見て、人間たちの中にも、魔族に味方する者が出てきた。魔族民権運動の輪は人種の壁を越え、ついに魔族に人間と同様の権利が認められ、憲法の改正が行われた。

メルロアの暗殺は魔族の歴史に残る悲劇だが、それが大きな転機となったことも確かだ。彼はまごうこと無き偉人で、今でもなお、平和を望む魔族の指導者でありつづけている。

オズがぼんやりと眺めている間に、アドルは全ての展示を見終え、館主の老魔族と話をしていた。

「あの映画を観たと言ってやってくるひとが多いんだよ。ほら、メルロアの子供時代のシーンは、この台所で撮影されたんだ」

「おお！　ではあの椅子で――？」

アドルは嬉しそうに相づちをうっている。

その様子を少しの間眺めてから、オズはそっと、博物館を後にした。

屋敷の庭に設置されたベンチにも、パッチワークの敷物が置かれていた。何人もの来館者がここに座ったのだろう、かなりすり切れている。

気付くと、アドルがすぐ傍に立っていた。

「どこに消えたかと思ったぞ」

「邪魔しちゃ悪いからさ」

ふん、と彼は鼻を鳴らし、ベンチの隣に腰を下ろした。

「実は、あれ以来考えていたのだ……もう一度アデルタ征服に乗り出すか否かを。過激派の連中を率《ひき》いれば、全土征服とは行かぬまでも、一角を削り取る位は出来よう」

唐突に切り出されて、心臓が跳ねた。何も言えないままアドルを見る。彼は、小さな庭に生えた薔《ば》薇《ら》の茂みを見つめていた。

「だが……やめた」

野暮《やぼ》な質問かも知れない。それでも、尋ねずにはおれなかった。

「なんでだ？」

「さあ、何故だかな」

アドルの顔には、穏やかな諦念の笑みが浮かんでいた。

「ブランウェルがそう仕向けたからでは無く、お前の上司がそう望むからでもなく……俺自身が、もう戦を求めていないからだろうな」

安堵《あんど》と、その決断をした彼自身への、言いようのない気持ちが胸を満たす。あまりに大きな感情だったから、うまく言葉に出来そうに無かった。

ようやく、オズはこれだけ言った。

「そうか」

アドルはベンチの上で伸びをした。

「そろそろ、貴様の言う『社会復帰』とやらに本腰を入れて取り組む頃合いだな」

彼は自嘲《じちょう》気味に小さく笑った。

「王としての生き方しか知らぬ俺が、今更どうやって生きていけば良いのか、皆目見当《かいもく》がつかんが」

「そのために俺がいる」

オズは力強い声で言った。そして、少しだけ躊躇ってから、言葉を継いだ。

「俺がこの世界の綺麗《きれい》なところだけ見せようとしてたのは……この世界を好きになって欲しいと思ったからなんだ」

アドルはしばらくの間、返事をしなかった。

やがて、静かな声で「そうか」と彼は言った。

「ならば、俺はその計略《けいりゃく》にまんまと乗ったことになるな」

オズはハッとして顔を上げた。アドルの口元には、面白がるような笑みが浮かんでいる。

あ、と思うよりも早く、彼の顔が近づいてきた。

顔を背けることも出来る。多分、それが正しいのだろう。

だが、そうしなかった。

目を閉じる直前、アドルの瞳の中に悪戯《いたずら》めいた光を見た。けれど、触れた唇《くちびる》は優しく、真摯《しんし》な温《ぬく》もりをたたえていた。

「お前には感謝している。オズウェル」

息のかかる距離で、彼はそう囁いた。

黄昏の残照の中で、彼の瞳は赤みを帯びた輝きを湛えていた。月を思わせる黄金色《こがねいろ》の目が、今は太陽のように見えた。自ら膨大《ぼうだい》な光と熱を放つ天体。闇を呑み込む、本来の力強さを感じた。

彼は言った。

「さあ、帰るぞ。それから、この俺に何が出来るか考えるとしよう」

9　新生活

二週間後、再び引っ越しが行われた。

と言っても、今度の移転先は仰々《ぎょうぎょう》しい豪邸《ごうてい》ではない。マディナの北、ノルカ・ハイツにあるごく普通のアパートの一室だ。

アドルは使用人部屋より狭いと文句を言っていたが、順応性《じゅんのうせい》の高い彼のことだから、じきに慣れるだろう。オズは広すぎる家に良い思い出がない。だから、寝室が二つにリビングが一つだけの住居は、オズにとっては居心地が良かった。

ノルカ・ハイツは芸術家が多く暮らす集合住宅地で、住人のほとんどは魔族だ。昔から、芸術の分野で成功を収める魔族は少なくない。

ノルカはアデルタ有数の歴史的地区だ。街の法令によって保護された景観《けいかん》は、一百年前から変わっていない。古典建築を思わせる石造りの建物が並び、どこを切り取っても絵になる。アドルも、一歩足を踏み入れた瞬間にこの街が気に入ったようだった。

ここに引っ越す決め手となったのは、アドルの就職先だ。

博物館で知り合ったノパのつてで、ある本屋を紹介してもらった。店主はノパの友人で、若い頃にはメルロアと共にデモ行進に参加したこともあるという。これまた年寄りの魔族だ。

面接がてら、オズはアドルと一緒に店を見学しに行った。

良いところだった。街角にある小さな店で、魔族に関する本を扱う古書店だ。店内にはメルロアをはじめとする偉人たちの肖像画が飾ってある。

「たいして忙しいわけでもないから、いつもならワシ一人でも平気なんだが、妻が身体を壊してね」

採用が決まる前に、店主のドイシュ翁《おう》は言った。

「息子夫婦が早くに死んでしまったものだから、孫の面倒も見なけりゃならん。そんなわけで、店番してくれる人手が欲しかったところにノパから連絡が来たんだよ」

ただし給料はすこぶる安いぞと念を押されたが、アドルは問題ないと請け合った。

店の本棚に丁寧に並べられた古書を、アドルは愛《いと》おしそうに見つめた。

「ドイシュ殿。この店にある最も古い本は、どのくらいの時代のものかな」

時代がかった話し方に、ドイシュは一瞬面食《めんく》らったようだった。けれど、ここは他ならぬノルカ、芸術家の街だ。変わり者は掃《は》いて捨てるほど居る。

「そうさな。最も古いのは六百年ほど前の……」

ドイシュは店の裏の小さなスペースに引っ込んでから、木箱を持ってカウンターに戻ってきた。

「これだ。古魔族語で書かれたお伽噺の本だと言われとる」

蓋《ふた》を開けると、古い本に特有の埃っぽいにおいが立ち上った。重厚な革の装丁に金の装飾が施された金具がついている。アドルは、かつて貴重な本は盗難防止用の鎖で繋がれていたと言っていたが、これなら納得だ。

ドイシュが手袋をはめた手でページをめくると、アドルは目を細めて覗き込んだ。

「なんと懐かしい。『三人の魚釣り』だ。俺の知っている書き出しと少し違っているが……」

ドイシュは目を丸くして、アドルの顔をまじまじと見た。

「お前さん、これが読めるのかね？」

「無論だ。俺は――」

オズは慌てて口を挟む。

「古魔族語専攻で！　そうだよな？」

決まり事を思い出させるために、腰の後ろを思い切り抓《つね》る。

「おお！　ああ、そうだ。俺は古魔族語を専攻していたのだ」

思わず顔を覆いたくなるくらい空々《そらぞら》しい。間違っても『役者志望』という設定にしておかなくて良かった。

ドイシュの訝《いぶか》るような目はすぐに和らいだ。彼はウムと頷いて、本を丁重《ていちょう》に閉じた。

「専門家が居てくれるのは助かるね。普通の魔族語はともかく、古魔族語は魔族だってほとんど読めんよ。かく言うワシもちんぷんかんぷんなんだ」

なんとか窮地を乗り切れたらしい。オズとアドルはこっそりと、安堵の視線を交わした。

本格的に社会復帰をはたすには、現世でのアドルの身分を作り上げる必要があった。

長いこと話し合って、名前はアドル・バンクノンとした。魔族語で『平和主義者』を意味するバンクノンは、魔族ではありふれた苗字《みょうじ》だ。

アドルは大学で古魔族語を学び、卒業後は就職せずに古文書《こもんじょ》の研究に勤《いそ》しんでいた——ということにした。世事《せじ》に疎いのは、人里離れた小屋に暮らしていたせい。何かにつけ尊大に振る舞うのは……親の躾《しつけ》が悪かったからということで納得してもらうしかない。

新しい身分に必要となるＩＤや公的書類は、すべて国家安全情報局が用意した。出生届や学校の卒業証書まで揃《そろ》っていて、各所のデータベースも更新済みだ。

ドイシュは老眼鏡をかけると、アドルが持参した身元保証書類に目を通した。ほんの数秒で満足したらしく、紙をぱさりとカウンターに置く。

「実はな、買い取ったはいいが、まだ分類していない本がたくさんあるんだよ。手伝ってくれると助かるんだが」

「もちろん、喜んで手を貸そう」

アドルは請け合ってから、おずおずと尋ねた。

「それは……採用ということか？」

ドイシュはにっこりと微笑んだ。

「たったいまそう言わなかったかね？　いつから来られるんだ？」

ほんの数週間で、アドルは新しい生活にすっかりなじんだ。

古いものに囲まれた書店は居心地が良いらしく、毎日上機嫌で仕事に向かう。時にはドイシュとの歴史談義に熱中するあまり、情報局が定めた二十一時の門限ギリギリに帰宅することもある。

だが、そんな些細《ささい》なドタバタを別にすれば、アドルの社会復帰は良好な経過を辿っていた。この仕事を始めた当初、週に一度送信していたネヴィルへの経過報告書は何千字にも及んだ。今では、たった数語で事足りる。

『万事順調』

生きる足がかりを見つけて着実に歩き始めるアドルを見るのは喜ばしい一方、複雑な気分でもあった。

この調子でいけば、数ヶ月も待たずにオズはお役御免となるだろう。

そうなったら、アドルのお目付役は情報局の職員に引き継がれることになる。オズは軍への復帰を認められ、ダルシュに駐留《ちゅうりゅう》している仲間と合流する。

以前は、心の底からそれを望んでいた。部隊に復帰出来るなら、何を犠牲にしても構わないと思っていた。

けれど、今は……。

アドルの側《そば》を離れると思うと、落ち着かなくなる。

一度のセックスと、一度のキス。それ以上の何かがあったわけではない。自分が手にしているのが種なのか、ただの石ころなのかも判断がつかない。

これに水を与えてやれば、芽が出るのか？

「しっかりしろ。これは仕事なんだぞ」

割り切るためにわざわざそう口に出してみても、かえって苛立ちが募るだけだ。

オズは、キッチンのアイランドカウンターの上にあるノートPCの画面を見つめた。報告書を作成中の画面に表示されているのは『万事順調』の文字。少し悩んで、その単語を削除し、また入力し……ため息をついて、天井を仰《あお》ぐ。

何やってんだ、俺は。

苛立ち混じりに呻きながら、オズはスツールから立ち上がった。

コーヒーを淹《い》れようとキッチンに向かうついでに、テレビの電源をつける。

『――った今入った情報によりますと、ダルシュにて兆候が確認されていたブリガドーンの門に関して、国際調査機関による測定結果が発表されました』

オズはコーヒーのことを忘れて、テレビの映像に釘付けになった。

『ダルシュの門が開いた場合、最大で十六キロにわたる大きさとなる恐れがあることが明らかになりました。これは過去最大の規模となる見込みです』

見慣れた景色が映った途端、胃が腹の中でブスブスと焼け焦げていくような感じがした。

『これまで門の最大全長は、三〇四四年にファスラ東部に出現した門で、約十キロでした。ファスラの門による死者は二千人、負傷者は五千人にのぼっており、もしダルシュの門が開いた場合、死傷者はこの数を上回るとの見解が示されています』

次いで画面に映し出されたのは砂漠の風景と、広大な砂の海を南北に切り裂いた、魔界への門だった。

遠くから撮影された映像は粗《あら》く、砂や魔力の影響を受けてノイズがひどい。それでも、オズにはこれ以上無いほど鮮明に見えた。

ファスラ。オズが左脚を失った場所。

あの裂け目から真っ黒な触手が溢れ出てきて、何人もの仲間を裂け目の向こう側に引きずり込んだ。彼らの断末魔《だんまつま》を覚えている。触手にからみ取られ、ひねり潰《つぶ》された仲間のことを。異界で永遠にいたぶられるよりはと、手榴弾《しゅりゅうだん》を咥えてピンを抜いた仲間のことを。

すべてを、昨日のことのように覚えている。

『現在、ダルシュの門の状態は落ち着いています。調査の結果、今後三年の間は開門の可能性は低いとの結果が出たとのことです。避難生活を続ける現地住民への支援も――』

あと三年は、大きな動きはない。

あの悪夢がすぐにでも起こるわけではないと知って、オズはホッと息をついた。凍り付いた五感が元に戻ってゆく。

安堵しているのは、ダルシュが蹂躙《じゅうりん》されるまでに、まだ猶予《ゆうよ》があるとわかったからだ。決して、アドルとの生活を引き延ばせるからじゃない。

コーヒーを淹れてノートＰＣの前に戻ると、ネヴィルからメールが届いていた。

「過激派のリクルーター……？」

ノルカ周辺に魔王再臨派の最大勢力、ギルマゴグ自由連盟のリクルーターが出没しているから、警戒を怠《おこた》るなという内容だった。活動が確認されたメンバーと、その近親者のリストに目を通す。自由連盟は、思った以上にこの街に食い込んでいるらしい。

目覚めたばかりのころならまだしも、最近のアドルが彼らの言い分に耳を貸すことはないだろう。とは言え、心配事はそれだけではない。

懸念すべきは、魔王の真名の在《あ》り処《か》だ。

魔族にとって、真名は命の次に重要なものだ。魔族は、自分の真名を使って命じることで魔法を操る。

だが、五百年前の世界から蘇ったアドルの真名は封印されている。

伝承によれば、勇者が魔王を石化刑に処す前に、彼の記憶の中から真名を奪い、弱体化させた上で封印したという。勇者はその後、彼の真名をとある本に書き記した。それこそが勇者の書だ。元はレイニア家が所蔵していた本だが、祖父ダンウェルが暗殺された時に紛失《ふんしつ》していた。

国家安全情報局が掴んだ情報によれば、勇者の書は連盟を率いる貂熊《ガデオス》の手にあるという。

魔王が今も生きていることが連盟に知れたら、彼らは何としてでもアドルを手に入れようとするだろう。連中はアドルを再び『魔王』として祭り上げ、さらに多くの兵士をかき集める。そうなれば、人間と魔族の紛争は激化する。

懸念は、もう一つある。

勇者の書に自分の真名が書かれていると知ったアドルが、自ら進んで彼らの味方になってしまうことを、情報局は心配しているのだ。

いまの新しい生活とかつての栄光を天秤にかけたとき、アドルがどちらを選ぶのか、確信が持てないと彼らは言う。

オズはアドルを信じている。だが、下《した》っ端《ぱ》ハンドラーの意見など、国家安全情報局にとっては大した価値がない。この秘密は死守するようにと、オズは厳命を受けていた。

アドルには隠し事はしないと約束したが、このことだけは告げられない。もし告げれば即刻解雇され、アドルの傍に居つづけることができなくなる。

彼を、失うわけにはいかない。

だからこそ、アドルと自由連盟との接触は絶対に避ける必要がある。


その日、またしてもアドルの帰りが遅くなったので、オズが店まで迎えに行くことになった。アドルの足首についたセンサーは、夜九時以降に自宅か、オズ自身が携帯しているもう一つのセンサーの探知範囲内に居ないと警告を発する仕組みになっているのだ。

ノルカの治安は決して悪くはないが、それはギャングが蔓延《はびこ》る大都市やラナタイルのような紛争地帯に比べればの話だ。日中は平和な街でも、夜になればおかしな連中が出歩く。その筆頭が、連盟のリクルーターだ。

連中は、魔族の集まる場所にならどこにでも出没する。鬱憤《うっぷん》を抱えたティーンエイジャーのたまり場や、魔族のための互助会、コミュニティセンターにバー。様々な立場の魔族に身をやつして、言葉巧みに『兵士』を勧誘する。

オズはアパートを出て、徒歩二十分の距離にあるドイシュ古書店に向かった。

季節は、夏から秋へと移ろうところだった。夜になると、殊《こと》に季節の変化が際立つ。風は涼しく、どことなく深みのある香りを運んでくるし、街灯に照らされた街路樹の葉は微かに色づき始めている。陽気なマディナから越してきたのも手伝って、一層しみじみと秋を感じた。

ドイシュ古書店が遠くに見えた。が、店の灯りは消えている。

ちょうど店じまいをしているところなのかと思ったが……何かがおかしい。店に近づいてゆくと、何処かからぼそぼそと話し声がした。嫌な予感が腹の底で実体に変わる。

オズは足音を立てないように歩調を速め、店の脇にある細い路地の角に身を隠した。

「うるさいな、あんたには関係ないだろ！」

「しかし――」

アドルと誰かが言い争っている。相手は子供のようだ。

オズはちょうどいま来たような振りをして、路地裏を覗き込んだ。アドルがこちらに背を向けて立っている。

「よお」

「ああ、オズか。少しだけ待ってくれ」

アドルが振り向くと、話し相手の顔が見えた。確か、ドイシュの孫のロイだ。ティーンエイジャー特有の怒りを抱えた眼差しで、アドルとオズを見比べている。

「どうかしたのか？」

尋ねると、ロイはぷいと顔を逸《そ》らした。オズは問いかけるようにアドルを見た。

「彼がつるんでいる連中について、芳《かんば》しからざる噂《うわさ》を聞いたのだ」

オズは一歩前に出た。

「芳しからざる？」

その時、オズの背後で車が駐《と》まった。車内のスピーカーから、重低音を利かせたラップが聞こえてくる。『人間を燃やせ』という言葉が繰り返されている。魔族の間で流行している歌だ。

ドアが開き、また閉まる音がした。ふり返ると、三人の魔族がこちらに向かってくるのが見えた。

似通った顔つきに、胡乱《うろん》な足取り、服装。発散している匂いまで似ている。彼らは、切った角の先端に、髑髏《どくろ》のシンボルが刻まれた揃いのシルバーアクセサリーを埋め込んでいた。

「何やってんだよ、ロイ」

三人の中で一番背が高い魔族がボスらしい。ロイはアドルやオズを無視して、彼に答えた。

「ごめん。ただちょっと……足止め食ってたんだよ、ダズイ」

ダズイ。

ネヴィルから受け取ったリストにあった名前だ。確か、この辺りを縄張りとしている自由連盟の下部組織、スペルスターズのリーダーの名だ。地元の不良のたまり場程度の集まりだが、再臨派グループのひとつであることに違いはない。

クソ、ドイシュの孫は連盟に関わっていたのか。

そしてアドルも、彼らと接触してしまった。

ダズイはアドルとオズを見比べて、言った。

「魔族と、人間か」

まるで、この世で最も忌まわしいものを見たと言わんばかりの口調だが、続く言葉は慇懃《いんぎん》だった。

「悪いが、ロイはこれから俺たちと約束がある。邪魔をしないでもらえるとありがたい」

この場で事を構えるほど馬鹿ではない。オズはおとなしく引き下がるつもりで、アドルの肩に手を置いた。

が、アドルはそれを払いのけ、ダズイに食ってかかった。

「貴様はロイを誑《たぶら》かして、人間に仇なす兵士に仕立て上げるつもりなのか？」

予想外の事態に、一瞬頭が固まってしまう。その間にも、アドルはダズイに詰め寄る。

「憎しみに身を任せて人間を傷つけるばかりでは、魔族の不遇《ふぐう》は終わらぬぞ！」

ダズイは一瞬ぽかんとした表情を浮かべた。それから、ぷっと吹き出した。両脇に控えていた仲間も、彼に続いて笑う。

「おいおいおい、何だアンタは。マルノー・メルロアの私生児かなんかか？」

ダズイの冗談に、手下どもは膝を打って笑った。

アドルはピシャリと言い返した。

「貂熊《ガデオス》の私生児であるよりは、メルロアの私生児である方がマシだ」

どうやら、ダズイは生粋《きっすい》の貂熊共鳴者《ガデオスシンパ》らしい。アドルの言葉に顔色が変わった。

「そうかよ」

ダズイは凄みの隠《こも》った目で睨んで、アドルとの距離を一歩詰めた。身長でもウエイトでも劣るのに、アドルは少しも動じていなかった。それどころか、ますます凛然《りんぜん》と背筋を伸ばし、威厳さえ漂わせている。

間に入って止めなくてはと思うのに、動けなかった。

アドルが、王に見えた。

魔法の素質がある者同士が緊張状態に陥った時に特有の、イオンの匂いが辺りに充満し始める。静電気に引き寄せられる埃のように、どこからともなく魔法粒子《マジカ》が集まってくる。僅かなきっかけで雷《かみなり》が落ちそうなほど張り詰めた空気。

ダズイのこめかみに汗が滲んでいる。

「ロイに構わず、ここを立ち去れ」

アドルが言った。

ダズイの肩がぐっと強ばる。マズいと思ったときには、彼の右手が伸びていた。

横っ面を張られて、アドルが大きくよろめく。

その瞬間、オズは前に飛び出して、ダズイの右手を摑んで捻《ひね》りあげていた。巨体を壁に押しつけ、ホルスターから抜いた銃を背中に突きつけた。

「動くな！」

ダズイの仲間が色めき立つ。オズは威嚇《いかく》する獣のように吼《ほ》えた。

アドレナリンがドッと吹き出し、身体が熱くなる。こめかみが疼くほど脈打っていた。怒りにまかせて、このまま引き金を引いてしまいたいと思った。

「放しやがれ、クソ――」

「黙れ」

ダズイはいきがってせせら笑う。

「おーコワ。お気に入りの娼婦《しょうふ》をキズモノにしちまったか？」

「黙れと言ったぞ、ダズイ！」

脅すように、さらに強く銃口をめり込ませると、ようやくおとなしくなった。

「この界隈には近づくな。今度見かけたら、目が合うよりも早くお前を殺す。わかったな？」

ダズイはなかなか返事をしない。急かすように力を込めると、ようやく降参した。

「わかったよ、クソッタレ！」

「よし。失《う》せろ」

耳元で囁いて、通りに向かってダズイを押し出す。彼らは何度かふり返りつつも、おとなしく車に乗って去った。

アドルはロイに向き直り、落ち着いた声で言った。

「このことは、ドイシュに話しておくぞ」

案《あん》の定《じょう》、ロイは反発した。

「じいちゃんは関係ないだろ！　俺は自分に誇りを持ちたいだけなんだ！　ダズイはそういうことを教えてくれるんだよ」

アドルは彼の目をまっすぐに見つめた。

「お前の両親が人間に殺されたこととは、関係が無いのか？」

ロイは歯を食いしばって俯いた。

彼の両親は交通事故で亡《な》くなった。無謀な運転をしたトラックとの正面衝突だった。運転していた人間は数ヶ月の服役《ふくえき》で自由の身になったと聞いている。人間への復讐《ふくしゅう》を望むなと言う方が無理な話だ。

「人間なんかとつるんでる奴には、俺の気持ちはわからない」

アドルは、悲しい目をしてこう言った。

「お前の気持ちは、我がことのように理解できる。俺も……多くを経験したから」

彼はロイの肩に手を置いた。

「誇りを持つために、武器を取る必要は無いのだ。お前や、誰かの命を危険にさらす必要も無い。道は必ずある。探し続けろ。お前さえ良ければ、俺も手伝う」

ロイは、その言葉を聞き流せるほど愚かではなかった。彼は眉根を寄せて考え込んだ。さすがはドイシュの孫だ。

「今夜一晩だけでいい。考えてみてくれ。ドイシュのためにもな」

少年はじっと俯いていたが、やがて小さく頷いた。

「よし。今日のところは帰ってやれ。今夜の夕飯はミートローフだと言っていたぞ」

アドルはそう言って、家へと帰るロイを見送った。

その様子を、オズも静かに見つめていた。

やがて誰にともなく、アドルは小さな声で呟いた。

「綺麗事《きれいごと》だな」

「綺麗事が世界を変えることだってあるだろ」

オズの言葉に、アドルは微笑んだ。

「いかにも勇者の言いそうなことだ！」

殴られた部分が痛むのか、僅かに顔を顰《しか》める。

赤く腫《は》れ上がった頬を見た瞬間、さっきの怒りがぶり返してきた。だが、それをぶつけるべき相手はもう居ない。

代わりに、頬を指さして尋ねた。

「大丈夫か？」

「ああ。なんと言うことはない」

アドルは、何かを思い出したようににんまりと――痛みのせいで少し歪《いびつ》だったが――笑った。

「先ほどの身のこなしは見事だった。さすがは元戦士だな」

戦士と軍の兵隊が同じものだとは思えないが、素直に頷いた。

「そいつはどうも」

照れ隠しを見透かされているような気がして落ち着かない。そろそろ自分たちも家路《いえじ》につく頃合いだと思ったが、どういうわけか立ち去りがたくて、無駄に足踏みをしてしまう。

オズの胸中を知ってか知らずか、アドルはしみじみと言った。

「目覚めてすぐの頃は、角を折られ、真名も忘れ去って、衰《おとろ》えきった我が身を憐《あわ》れみもしたが」

アドルがオズを見た。金色の双眸《そうぼう》の中に、星屑《ほしくず》のような輝きが散らばっている。

「存外《ぞんがい》、悪い気分ではない――貴様に背中を預けるのは」

心臓が、ドクンと鼓動する。

見つめ返すべきか、目をそらすべきか。後ずさるべきか、踏み込むべきか。逡巡《しゅんじゅん》する一瞬のうちに、世界が一回転したような気がした。

それを認めるのは、異界の扉の前で化け物と相対するよりも怖ろしい。仕事のルールに反しているし、一族の信条を裏切ることにもなる。初代から親父までのレイニアたち全員に呪われるだろう。あの優しい兄さえ許してくれないかも知れない。

だが、否定できない。もう無理だ。

きっと、石像の中から出てきた彼を見た瞬間から始まっていた。

俺は、こいつに惚れている。

オズは右手を差し出し、怪我《けが》をした頰に触れた。この手に、傷を癒《い》やす力があれば良かったのにと思いながら。

アドルは微かに微笑むと、こう言った。

「ひとつ約束をしないか、オズウェル」

「約束？」

アドルはオズの手に自分の手を重ねた。

「明日の夜八時に、川沿いの〈コーヴォ〉で待ち合わせをしよう」

〈コーヴォ〉はこの界隈でも人気のレストランだ。気軽に出向いて、何杯か酒を引っかけるタイプの店ではない。

「ドレスコードがあるような店には慣れてないんだ」

「承知の上で誘っているのだ。無粋なことを言うな」

彼はオズの手を取り、持ち上げると、手の甲にそっと唇を押し当てた。いたずらっぽく燦めく瞳が、オズを射貫いた。

「理解できていないなら言うが、でぇとの誘いだぞ。よいな」

断れるわけがなかった。

10　残りの半分について

ジャケットにタイなんて、葬式以外ではほとんど身につけない。堅苦しい格好の息苦しさに加えて、瀟洒《しょうしゃ》な店の雰囲気にも圧倒される。ＢＧＭはピアノの生演奏だし、照明はシャンデリアにキャンドルだ。ジュークボックスもなければ、ビリヤード台もない。スポーツ中継が流れるテレビも。

だが、窒息《ちっそく》しそうなほどの場違い感は、先にテーブルについていたアドルを見た瞬間に消えた。

アドルは西向きの窓際の席にいた。残照に浮かび上がるノルカ・ハイツのスカイライン——額《がく》に収められたような景色を背景に、彼は寛《くつろ》いだ様子で座っていた。灯りを落とした店内では、それぞれのテーブルをキャンドルが照らしている。蠟燭《ろうそく》の柔らかな火灯《ひあか》りを受けたアドルは美しかった。

彼はオズを見るなり顔を綻《ほころ》ばせ、『ほら見ろ』とばかりに両手を拡《ひろ》げた。

「まともな格好も出来るではないか」

そういうアドルこそ、いつものようにジャケットとシャツを品良く着こなしている。

オズはアドルの揶揄いを無視した。半分は照れ隠しだ。

「遅れて悪かった。出がけにネヴィルから連絡が入っちまって」

自由連盟との接触を、本部は決して軽視していなかった。接触を避けるべき相手に喧嘩《けんか》を売るような真似をしたのだから当然だ。

「彼らはなんと？」

「別の街に移ったらどうかってさ」

アドルが反論したそうな顔をしたので、遮《さえぎ》って続けた。

「断ったよ。この街が気に入ってるだろ」

彼はこくりと頷いた。

「ああ」

アドルは窓の外を見た。この数ヶ月間のことを、色々と思い返しているのだろう。遠くを見るようなアドルの横顔に、微かな笑みが浮かんでいた。

オズに向き直って、アドルは言った。

「我ながら、社会復帰は順調に進んでいると思う」

「ああ、そうだな。かなり順調だ。服の畳《たた》み方も上達したし」

彼は得意げに頬を緩めた。

「そうだろう？」

その時、給仕がテーブルに来て、頼んでもいないグラスを置き、頼んでもいないシャンパンをつぎ始めた。

「ちょっと待て――」

本部から、酒は厳禁だと言われている。慌てかけるオズを見て、アドルはクスクスと笑った。

「安心しろ。酒精《しゅせい》の入っていないものだ。それに注文も済ませてある。貴様はどっしり構えていれば良い」

「済ませてある？」

アドルは少し息を吸い込み、胸を張った。

「今日、初めての給料を受け取ったのだ。だからこれは……貴様を労うための夕べでもある。ほら、乾杯といこう」

グラスを掲げて小粋《こいき》に傾けてみせる。オズもそれに倣《なら》って、そっとグラスを触れあわせた。

「デートって言わなかったか？」

すました顔でシャンパン——もとい、シャンパン風の飲み物を味わっていたアドルは、その言葉に目を輝かせた。

「そうしたいのか？」

オズは目を眇《すが》めた。

「質問に質問で返すな。だが……そうだな、デートってことにしておいてくれ」

アドルは一瞬考え込む振りをした後で、頷いた。

「いいだろう。貴様がそう言うなら」

「ああ」

目と目が合う。

グラスの中の泡のように、擽《くすぐ》ったい笑いがこみ上げてくる。とうとう堪えきれなくなって、二人同時に噴き出した。

運ばれて来た料理は、どれも美味しかった。コース料理なんかほとんど食べたことがないから落ち着かなかったが、それもはじめのうちだけだった。

アドルが「品のいい馳走も結構だが、お前の作る雑な料理が恋しくなってくるな」といった時は「雑ってなんだよ」と笑ったが、内心、とても嬉しかった。

『デート』という言葉を自分から口にしたことについては、あまり考えないようにしようと思った。アドルは冗談のつもりだったのだろうし、オズもそれに乗っかっただけだ。

だが、テーブル越しに目が合う度――彼の低い笑い声を聞く度に、考えずには居られない。

もしこれが、普通の『デート』だったら……二人の関係に、他人の定めた『使命』や『ルール』が立ち入る隙《すき》がなかったなら、どんなに良かっただろうか、と。

そうこうするうちに、コースは最後のデザートとコーヒーを残すのみとなった。アドルがにわかにソワソワし始めたのは、甘いものに目がないからだと思っていたが、違った。

店内で演奏していたピアニストが立ち上がり、マイクを手にする。彼は軽く挨拶《あいさつ》をした後で、オズとアドルのテーブルに顔を向けた。

「今夜は素敵なリクエストを頂戴《ちょうだい》しております。あちらの席のお二人に捧《ささ》げる、思い出のラブソングです」

店内から拍手が起こる。

オズは声に出さずに「何だと!?」と言い、アドルを見た。当の本人は悦《えつ》にいった笑みを浮かべている。

「思い出のラブソングってなんだ?」

「しっ、黙って聞け」

ピアノの演奏が始まる。それは、二人で博物館までドライブした日に聞いたあの曲だった。

昔ながらの甘ったるくて、ロマンチックで、どストレートなラブソング。あまりにも有名過ぎて、誰もが歌詞を知っている。薄暗い店内の至る所から、興味津々な視線が投げかけられているような気がした。

とどめを刺すように、給仕がデザートを運んできた。小さなガトーショコラを取り巻くように、赤いソースでハートが描かれている。

勘弁《かんべん》してくれ。恥ずかしくて死にそうだ。

オズは堪えきれなくなって、片手で顔を覆った。アドルはご満悦《まんえつ》といった表情を浮かべている。

「喜んでもらえたか？」

二秒前までは、これは手の込んだ嫌がらせなのだと思っていた。だが、そうではないらしい。

「いや……なんて言うかその……うん。そうだな。ちょっと、だいぶ照れるけど」

「それは重畳《ちょうじょう》」

本当に嬉しそうに言うものだから、余計に照れくさくなる。オズは、首筋の熱を誤魔化すために、ガトーショコラを一口で食べた。口を拭《ぬぐ》って、テーブルに身を乗り出す。アドルの顔が近くなると、周りの視線もあまり気にならなくなる。

「こういうの、誰に聞いたんだ。ドイシュか？」

「いや。ドイシュに相談したらやめておけと言われた。だが、映画で似たような場面を何度も観たのでな」

「何十年前の映画だ。どうせ白黒だろ」

「白黒の何が悪いというのだ？　芸術を解さぬ無粋者め」

アドルは満面の笑みを浮かべていたが、ふと神妙な面持《おもも》ちになった。

「正直に言えば……お前にどう報《むく》いればよいのか、わからなかったのだ。お前は自分のことをあまり話さぬしな」

「報いるなんて言われるほど大したことは――」

「いいや。大したことだ。俺にとって、貴様が傍に居たことが……俺の味方でいてくれたことが、何よりも重要だった」

アドルはきっぱりと言った。

「魔王と呼ばれていた頃には気づけなかったが――俺の人生は、先達《せんだつ》が用意した容《い》れ物《もの》の中で足掻《あが》くだけのものだった。だがこうして蘇って、貴様と過ごして……俺自身が何を為《な》したいのかを考えるようになった。これは、本当に意味のあることなのだ」

それから、少し途方《とほう》に暮れたような、気弱な笑みを浮かべた。

「しかし……俺と夕食を共にするのが名誉だった時代は、とっくに終わった。報賞《ほうしょう》として与えるべきものも無い。このくらいしかしてやれない」

オズは大きく息を吸い込み、吐いた。言いたいことはたくさんあるが、胸の中に仕舞っておく方がいい。

「俺に感謝することなんか無い。半分は仕事だし、もう半分は……」

小さく肩をすくめる。

「いいや、忘れてくれ」

『もう半分』について、アドルは追求しては来なかった。

ありがたく思うべきなのに、何故だかそうは思えない。危険な火種を消しそびれたまま立ち去るような居心地の悪さを感じた。

「とにかく……気にするな」

そう言って、オズは乱暴に締めくくった。

「貴様がそう言うなら」

完璧に演出されたロマンチックなディナーを台無しにされたというのに、アドルは少しも動じることはなかった。

食事を終えて、和やかな雰囲気のまま店を出る。

だが、ボタンを掛け違えたような胸のモヤモヤは消えることがなかった。

家までの道を歩く間も、他愛ない会話は何度も途絶え、その度に考え込むような沈黙が降りた。

アドルが何を考えているのかはわからない。せっかくの雰囲気をぶち壊されて傷ついているのかもしれないし、勇者の血統がろくでもない末裔を最後に絶えることについて考えていたのかもしれない。

オズの頭の中にも、持て余すほど多くの考えが渦巻いていた。

アパートの前まで来たとき、エントランスの鍵を開けようとするアドルを止めた。

「ちょっとドライブに行かないか」

アドルはふり返り、片方の眉を上げた。

「こんな時間からか？」

オズは肩をすくめた。

「いや、言ってみただけだ。疲れてるなら別にいい。ただ……」

このまま、今日を終わりにするには惜しくて。

思ったまま口に出せばいいのに、声にならない。

アドルは二秒ほど考えた後で、エントランスに背を向けた。階段を下りる足取りは軽やかだった。

「いいだろう。貴様の酔狂《すいきょう》に付き合ってやる」


行き先は言わずに車を走らせた。

アドルは窓の外を流れてゆく色とりどりのネオンに魅入られたように、じっと座っていた。時折、ラジオから聞こえる歌を小さく口ずさむ。その何気ない仕草が嬉しかった。五百年前の世界からやって来た男が、オズの時代に送る小さな口づけのように思えたから。

一時間ほど車を走らせて、辿り着いたのは郊外のトレーラーパークだ。森のすぐ傍にあるせいで虫はわくし、設備は古いしで、住人は決して多くない。

アドルは興味深そうに辺りを見回した。

「ここは……どういう場所だ？」

年代物のキャンピングカーやらトレーラーやらが疎《まば》らに駐まっている中で、オズは他の車からぽつんと離れたところにあるオンボロのトレーラーの前に車を停《と》めた。

車を降りて、トレーラーハウスのステップを登る。ポケットから取り出した鍵でドアを開け、アドルを待った。

「俺の家だ」

アドルは驚いたのを隠そうともしなかった。

「これが家だと!?」

あまりに大きな声を出したせいで、遠くのトレーラーの窓から何事かとこちらを覗く人影が見えた。

オズは慌ててアドルの手を引き、トレーラーの中に押し込んだ。

セーフハウスの場所が変わる度にトレーラーも移動したが、こうして中に入るのは久々だ。国家安全情報局でトレーニングを受けることになって以来だから、これが一年ぶりの帰宅だった。

灯りをつけると、当然ながら、出て行った時と同じ光景が広がっていた。

棚という棚に所狭しと並べられた酒瓶。畳まれずに積み上がった服。床に転がったダンベル。

「平均的な、一人暮らしの男の家だ」

絶句するアドルを隅に立たせて、ソファの上の汚れた服や雑誌をどかす。

「まあ、座れよ」

勧めに従ったものの、アドルは尚も信じられないという表情を浮かべて、家の中の隅々まで観察しようとしていた。オズは、アドルの正面にあるローテーブルの上から酒瓶を片付けて、そこに座った。

「ここに住んでいたというのか？　厩《うまや》より狭いぞ」

「慣れちまえば、かえって便利だぞ。何でも手が届くところにあるしな」

異論がありそうだったが、アドルは言わずにおくことにしたらしい。

おかげで、話を切り出しやすくなった。

「ここに連れてきたのは……これから話すことを誰にも聞かれずに済むからだ。アパートの部屋には監視装置がついてるから」

アドルの表情がさっと変わる。何か好ましからざる話をされると思ったのだろう。だが、そうではない。

「さっきの店で、俺……つい誤魔化しただろ。お前を助けた理由の、残りの『もう半分』について」

「ああ」

アドルの肩から、少しだけ力が抜ける。

「人目のある場所でこういう話をするのが好きじゃないんだ。だけど、ここでなら言える。それでも、お前が――」

「……」

オズは深く息を吸い込んだ。

「隠し事はしないって約束したから、正直に全部話す」

咳払《せきばら》いして、強ばりそうになる喉を緩めると、アドルの手が伸びてきて、オズの手を握った。

これじゃ、どっちがどっちの面倒を見てるんだかわからないな。

「仕事を引き受けたのは、最初は嫌々だった。飲み込まざるを得ない条件を出されて、しかたなくな。でも、お前が――」

ちらりと彼の表情を覗く。秘密を共有した子供みたいに、アドルの目に微かな輝きが戻っていた。

「お前が石像の中から出てきて、あの瞬間に全てが変わった。何でだろうな……」

話していて、自分でもどうかしていると思った。けれど、アドルは余計な言葉を挟まずに聞いてくれている。

「俺は一族の中じゃ出来損ないののけ者だ。レイニアの家に、俺の居場所は無かった」

兄に関するものを除けば、家族にまつわる記憶は多くない。自分に向けられる失望の眼差しばかりが記憶に残っている。

「十八のとき、逃げるように軍隊に入った。それ以来、俺を必要としてくれるのは軍の仲間だけだと思ってた。なのに足をなくして戦えなくなって、この世で唯一の居場所を失った」

誰かを憎めたら、少しは違ったのかも知れない。祖父や父からの期待を一身に受けた兄や、オズの左脚と引き換えに生き延びて、今も軍隊に居るスタンのことを。けれど、彼らはオズの人生の中の、数少ない『いいこと』だった。

「左脚を無くしたあと、しばらくはずっと酒浸りになってた」

周囲に転がる酒瓶を見て、アドルは「だろうな」と呟く。オズは自嘲の隠った笑いを溢した。

「ああ。まともに頭が働かなくなって、死ぬことさえ考えたよ。でも仕事を始めて、お前が俺を……なんて言うか――」

こんな風に言うのはおこがましいだろうかと一瞬迷った言葉を、アドルが口にした。

「お前を、必要とした」

オズは頷いた。

「ああ」

面映《おもは》ゆい喜びを感じずにいるのは難しかった。

「色々あったけど、お前は毎日少しずつ前に進んでいった。頑張ったのはお前だ。でも、俺も勇気づけられた。俺はちゃんと、お前の助けになれてるんだと思えた」

深呼吸をする。この気持ちを認めるのは、自分にとっても勇気が要ることだ。

「銃を持って戦ってないときに、『生きてていいんだ』って気分になるのは、本当に久しぶりなんだ」

最後まで言い切って、ようやく、まともにアドルの顔を見ることができた。

そこにあったのは、憐れみでもなく、哀しみでもなく、共感ですらなかった。ただ、心を許した相手にだけ見せる、無防備で優しい表情があるだけだった。

「生きてていいんだ、か」

彼は呟き、そっと微笑んだ。

「ならば、お互い様だな」

優しい沈黙が、二人を包んだ。

トレーラーの外で、秋の虫が盛んに歌っている。そのさらに遠くで、何処かの夫婦が口汚く罵《ののし》り合っている。野球の中継に野次《やじ》を飛ばす酔っぱらいの声も聞こえる。

だが、一番うるさいのは、自分自身の心臓の音だ。

「感謝する。オズウェル・レイニア」

「俺の方こそ……アドル」

アドルの金の瞳がオズの唇を探る。伏せられた瞼を縁取る真っ白な睫毛が、微睡《まどろ》む蝶の羽ばたきのように、ゆっくりと持ち上がる。

それは問いかけだった。

二人で、一線を越えるか？

頷く代わりに、オズは唇を重ねた。

今度こそ、完膚《かんぷ》なきまでに、言い訳の余地も無いほど納得ずくで。

ベッドの上に堆積《たいせき》した洗濯物をどかすと、未開封の潤滑剤《ルブ》が発掘された。使用期限ギリギリだが、まだ使える。

「まるで女神からの賜り物だな」

アドルの言葉に、オズは馬鹿みたいに笑った。どうやら情緒のたがが外れてしまったようだ。狭いトレーラーの、これまた狭いベッドに、決して華奢《きゃしゃ》ではない男二人分の身体を押し込む。ぎらついた視線を絡ませ、次の瞬間にはキスを貪っている。体温に飢えた両手が、頰から首筋、背中、腰を抱いて、引き寄せる。息が上がっていた。まだひとつもボタンを外していないというのに。吐息《といき》を溶け合わすような口づけで繋がったまま、互いの服を脱がす。その間に、オズもアドルも、壁に頭をぶつけまくった。

セックスは二度目なのに、何故か前よりも余裕を欠いていた。

薄い壁一枚隔てた外側には濃厚な夜が満ちているだけだ。ここでは人の目や耳を気にしなくてもいい。五分ごとにネヴィルから届く『状況説明を求む』メールに苛々《いらいら》させられることもない。

アドルはオズの上に馬乗りになっていた。脱ぎ捨てたジャケットの下には、身体に吸い付くようなシルエットのシャツを纏っている。光沢のある生地の胸に、乳首が浮かび上がっている。オズは片手でボタンを外しながら、もう片方の手で胸元を擦った。

「う……ん」

アドルは悩ましげな声を出し、無意識に——あるいはわざと——腰を揺らした。

シャツを剝ぎ取り、素肌を露わにする。欲情に荒くなる呼吸が、均整の取れた彼の身体を艶めかしく波打たせていた。

見蕩《みと》れていると、アドルの手がシャツの裾から伸びてきて、唆《そその》かすように腰を擦った。

「早く脱げ。さもないと……」

脅すような台詞《せりふ》に、どうして掻き立てられるのだろう。オズは挑戦的に笑った。

「さもないと？」

アドルは目を輝かせ、オズのシャツを掴むと力任せに前を開いた。ボタンがいくつかはじけ飛んだが、どちらも気にしては居なかった。

アドルは、獲物を前にした獣のように笑った。

「見端《みば》のいい格好を見るのも悪くないが、乱れた姿はさらに良い」

ぞくぞく、と何かが背骨を駆け上がる。

アドルはオズの両手を押さえつけたまま、ゆっくりとかがみ込んだ。キスを期待して開いた口を嘲《あざけ》るようにかすめ、喉元にそっと噛みつく。鋭い牙が薄い皮膚をこすって、全身に鳥肌が立った。

「貴様は、俺のなすがままだ……」

酔いしれたような囁きと共に、熱い吐息が肌を撫でる。腰の奥が疼き、熱をもつ。

舌と口づけでオズを味わいながら、アドルは鋭い爪の先でか細い線を描いた。線は迷いなく敏感な場所を暴き、オズをさらに容赦なく駆り立ててゆく。

そしてとうとう、アドルの指先が両脚の付け根に辿り着いた。そこはすでに熱く芯《しん》を持ち、触れられるのを待ちわびている。

スラックスの布地の上から形をなぞるように、指が動く。

もどかしい刺激に歯を食いしばって耐えていたが、もう限界だった。

オズはアドルの拘束を解いて身を起こし、今度はアドルを押し倒した。

「よくも好き放題に苛《いじ》めてくれたな」

アドルは形ばかりの抵抗をしてみせてから、わざとらしく降伏した。それがオズを燃え立たせるか試すみたいに。

「ああ勇者様、どうかご慈悲を」

苦笑したオズを見て、アドルは悪戯めいた笑みを浮かべた。

「こういう趣向は好かんと見える」

オズは僅かに顔をしかめた。

「俺は勇者《ブランウェル》じゃない」

「確かに」

アドルは両手をオズの腰に這わせ、スラックスのボタンを外して、さらに奥へと侵入してきた。

「ブランウェルには、お前ほどの色香はなかった」

両手に絡め取られて、一気に滾《たぎ》る。アドルはオズの耳元に口を寄せた。

「お前だけだ」

まるで、耳元から這入り込む蛇《へび》。彼の声が、細胞を溶かす蛇の毒のように理性を侵してゆく。アドルがオズの耳朶を噛み、あたたかく濡れた舌で擽る。オズは手もなく、低く呻いた。

アドルの指がそれに触れ、試すように撫で上げる。

「お前の、この剣にだけ、俺の肉体を貫くことを許す」

賜り物の潤滑剤で解している最中に、痺れを切らしたのはアドルの方だった。オズが『準備万端』のラインを越えても、執拗に彼の中を刺激し続けたせいだ。

「ええい、もどかしい」

オズを押し倒して腰の上に馬乗りになったとき、アドルの黄金の瞳は蕩けそうなほどに潤んでいた。

「怖じ気《おけ》づいたわけではあるまいな？」

「まさか。さっき焦《じ》らされたお返しだ」

「ほう。そんな余裕があるのか？」

アドルはオズのものに手を伸ばした。潤滑剤にまみれてぬらついたものを、愛おしげに撫でさする。

それから、迎え入れるように腰を浮かして、ピタリと動きを止めた。

目と目が合う。

挑発的な笑みを湛えた金の目と、欲望に煙っているはずの青い目が。

オズがアドルの腰を摑むと、彼はゆっくりと腰を落とした。

「く……、ふ……っ」

小さく喘ぎながら、受け入れてゆく。

熱く潤う内壁を押しひろげて奥へと這入り込んでゆく感覚に、オズも思わず呻き、息が抜けた。

試すように上下に揺れながら少しずつ結合を深める。アドルの肌が、ゾクゾクと震えている。やがて根元まで入りきると、彼は喉の奥から、深い満足のため息をついた。

「ああ……すぐにでも達してしまいそうだ……」

繋がった場所がひくひくと蠢き、その兆しを伝えている。

だが、まだ終わりにするつもりは無い。一度で終わりにするつもりもない。

「動いてみてくれ。もっと良くなれるから」

オズはアドルの腰を支えて、促した。はじめはぎこちなかった動きが、次第に滑らかに、速くなっ

ていく。やがて、彼の律動はさらに貪欲に、情熱的になっていった。

「あ、は……っ、ン！」

アドルは憚《はばか》ることなく声を上げ、オズのものを何度も飲み込み、最奥に擦りつける。

潤滑剤と先走りと、互いの汗が混ざり合った肌が、触れあう度に生々しい、淫靡《いんび》な音を立てた。

奔放に揺らめく彼の肉体は燃えるように熱い。

まるで、炎を抱いているようだ。

「ああ、駄目だ。オズウェル。もう達してしまう」

震える声で弱音を吐くアドルの表情はうっとりと緩んでいる。

甘やかしてやれ、と本能が唆す。オズはその声に抗《あらが》わなかった。

アドルの腰を摑んで、思い切り突き上げる。

「あ……！」

息を呑み、激しく喘ぎ、全身が強ばる。そして、緩む。爛熟《らんじゅく》した果実のように、甘く、ぐずぐずと蕩ける彼の肉体を、オズは何度も突き上げた。揺さぶられる度、アドルは鼻にかかった声をあげ、身体から力が抜けてゆく。

「オズ、オズウェル」

息も絶《た》え絶《だ》えに、彼は言った。

「ああ、悦《い》い……！」

繋がった場所が、ぎゅっと締まる。

激しい痙攣が、アドルの身体をさざ波のように駆け抜けていった。オズの腹に、温かい雫が零れる。

アドルの脈動に合わせて、それは何度も、何度も迸った。

強ばった内壁が震えながら緩み、柔らかく蠢動《しゅんどう》する。それに唆されるように、オズもアドルの中に精を放った。

「まだ、終われない」

オズが囁くと、アドルは肌をわななかせて、こう言った。

「ああ……望むところだ」

二度目は、一度目よりもさらに深く、熱く、濡れていた。そして、激しかった。

窮屈なベッドの上でアドルを組み敷き、後ろから貫く。最初に放った精液でぐっしょりと濡れた内部は、溶融《ようゆう》した金属のようだ。彼の肉体に溺れ、さらに奥に這入りこみたいと、肩にしがみついて深く抉った。オズが動く度に、アドルは悦《よろこ》びの声を上げてのけぞった。

「あ、あ……っ！　もっとだ！」

アドルは加減を忘れさせる術《すべ》を心得ている。

オズはアドルを仰向けにさせ、今度は前から繋がった。左脚のふくらはぎを肩に担いで逃れられないようにしてから、何度も突き込み、掻き混ぜた。

激しい揺れにベッドが激しく軋み、そばに置かれていた空き瓶が床に落ちる。それでも、とまらなかった。

夏も終わりだというのに、トレーラーの中は蒸し風呂のような暑さになっていた。全身汗水《あせみず》漬くで、身体のどこを摑んでもぬめる。打ち付ける度、二人の肌は雫を飛び散らせながら震えた。

アドルの肢体が、官能に慄《おのの》く蛇のようによじれ、のたくる。

苦しげな、あるいは甘えるような喘ぎを溢しながら、アドルは高みに昇っていこうとしていた。

「ン、あ、オズウェル……！」

「ああ、クソ。また、いく……」

息を呑み、声を出すこともままならないほど感じながら、彼はこう言った。

「名前を、呼べ」

オズの腰を掻き抱き、爪を立てて引き寄せる。

「俺の名前を呼べ、オズウェル。お前が与えた名を」

懇願《こんがん》が、彼の黄金の目を潤ませている。

慈悲を請うような眼差し。

彼にそれを与えてやれるのは俺しかいない。俺が彼を貫き、彼を満たす。古《いにしえ》の勇者でもなく、一族の他の誰でもなく、俺が。

俺だけが。

「アドル」

オズは囁き、深く貫きながらアドルに口づけた。

彼の中に直接注ぎ込もうとするように、キスの最中《さなか》に何度も彼の名を呼ぶ。

「アドル、アドル、アドル……！」

その度に、彼の炎はさらに燃え立ち、繋がりあった場所が悦びに蠢動した。

「あ、あ、あ……っ！」

激しさを増す律動に、トレーラー全体がガタガタと揺れる。奥の方で、酒瓶が落ちて割れる音が聞こえた。

「オ、オズ。オズウェル……、頼む、もう――」

縋るように、唆すように背中を抱きながら、言葉にならない声と吐息の合間に、アドルが囁く。

「もう、とどめを、刺してくれ……！」

それは、まさに殺し文句だった。

骨と骨がぶつかり合うほど強く、激しく、オズは打ち付けた。

そして、アドルの身体の最も奥深いところに、全てをぶちまけた。

「――っ！」

「あ」

掠れた声をあげて、アドルが身を強ばらせた。

「あ……あ……っ！」

大気中の魔法粒子《マジカ》が震えた――と思ったら、アドルの身体の中心から雷と炎が現れ、彼の全身を、オズの体表を、ベッドを、部屋の中を舐めた。

トレーラーの魔法回路がはじけ飛び、バツンという音と共に、部屋の中が暗闇に包まれる。

もし酔っぱらっていたら、あまりにも良すぎるセックスが見せた幻覚だと思い込めたかも知れない。

だが、現実だった。

アドルが、魔法を使った。

薄闇の中で見つめ合う目と目の間を、様々な感情が行き来する。

驚き。喜び。そして、悦び。

恐れはなかった。

ほんの少しの恐れさえも、なかった。

「あ……っ」

不測の事態に見舞われても止《と》めることが出来ない絶頂が、彼を捕らえて飲み込んでゆく。

彼の屹立がビクンと脈打ち、吐精した。指一本触れられないまま、白く濃厚なものを溢れさせる。

「は、あ……っ」

波に弄《もてあそ》ばれる小さな貝殻のように、彼は何度も襲いくる官能に震えた。緩く仰《の》け反《ぞ》り、声を漏らしながら、長い忘我《ぼうが》の陶酔《とうすい》に身を委ねるアドルの姿に、オズは見入った。魅入られた。

そして、柔らかく開いた彼の唇に吸い込まれるように、唇を重ねた。

魂を蕩けさせる恍惚《こうこつ》のときが去り、重力が二人を捕まえる。二人は微かに呻きながら結合を解き、脱力して横たわった。

全力で長い距離を走り抜いた後のような虚脱感に、どちらともなく深いため息をついた。

しばらくそうして、静かに寝そべっていた。

真っ暗な部屋の中に差し込む月明かりが、アドルを照らしていた。

今までに見たどんなものよりも美しいと、オズは思った。

「おい」

不意に、アドルが思い出したように言った。

「いまのは、報告書には――」

「書くわけない」

オズが即答した。

そして二人は、トレーラーが揺れるほど笑った。

11　エンカウント

五百年にわたる石化から目覚めて半年。この生活にも随分適応できてきた。

アドルはコーヒーメーカーのスイッチを入れて、トースターにパンをセットした。つい先日使用許可が下りたスマートフォンの扱いにはまだ不慣れだし、解体して中身を見てみたい誘惑にかられる時もあるが、魔法テクノロジーとの上手な付き合い方は身についてきた。

最近は、本部に出かけているオズとメールで連絡を取り合うことだってできる。

「本日、帰宅、二十時……」

一分ほどかけて人差し指で文字を打ち込むと、ものの一秒で返信が返ってくる。

『了解。今夜は十九時前には帰れる』

「わ、か、つ、た……」

もたもたと画面をタップしていると、追加の返信が来た。

『夕飯、何か買ってくか？』

「ええい、せっかちな……」

そうこうするうちにコーヒーが入って、トースターからパンが飛び出す。アドルは諦めて、キスマークの絵文字だけで返した。

すぐに照れた生首の絵文字が返ってくる。愛《う》い奴だ。

それから間を置かず、別のメッセージが届いた。

『市内の過激派の動きが活発になってるらしい。何かあったらすぐに連絡をくれ』

「心配、する、な……」

返信を打っている最中に、またメッセージの着信音がして、画面が滑った。

『夕飯はピザでいいか？』

アドルは呻いて、もう一度キスマークを返した。

この頃は、アドルよりもオズの方が安定を欠いている気がしなくもない。何というか、前よりもずっと過保護になった。

過激派が関わってくると、過保護ぶりは一層過熱《かねつ》する。一度など、テレビで自由連盟のニュースが流れた瞬間にチャンネルを変えたこともあった。

心配する気持ちは、理解できないわけでもない。

最近、アドルは過激派について自分なりに調べ始めていて、そのことはオズにもしっかりと伝えていた。

彼らがなぜ魔王の再臨に拘《こだわ》るのか。彼らの多くが貧しい労働者階級の若者なのは何故なのか。彼らはどのように新しい構成員を勧誘するのか。何が彼らを惹きつける？　どんな言葉を囁けば、一人の魔族を、己の命をなげうつことも辞さない兵士に変えてしまえるのだ？　そして何より――どうすれば彼らを平和に導けるのだろう。

オズは、これをきっかけにアドルが過激派の思考に染まるのを心配しているのかもしれない。そんな心配はないと、何度言い聞かせてもまだ不安げだった。

未だ全幅《ぜんぷく》の信用を得られていないことに不満が無いわけではないが、こういうことには時間がかかるものだとわかっているから、しばらく様子をみるほか無い。

いずれにせよ、まだ時間はある。

支度を調えて、アドルはドイシュの店へ向かった。

ノルカの街はすっかり冬の装いを整えていた。年の瀬に行われる光辰祭《こうしんさい》に向けて、国中がそわそわと浮き立っているようだ。

光辰祭は五百年前にも行われていた。夜空に星をもたらした女神に感謝を捧げるため、家中の灯りを消して炉辺《ろばた》に集《つど》い、物語や音楽を楽しみながら眠らずに過ごす祭りだ。しかし、時代が移ろうに連れ、その有様《ありよう》は少なからず変化したようだ。灯りを消す代わりに街中を電飾で飾り付け、近しい者に贈り物をするしきたりが加わっている。

今の世に躊躇うことも、まだ多い。

一口に魔族と言っても、様々な立場の者が居る。平和を望むもの、闘争を求めるもの。ひたすら上を目指すもの、現状を守ろうとするもの。どんな生き方を選ぶことも出来る。それがこの混沌とした世界を一つにしている。

これが自由。

一度味わってしまったらやみつきになるところは、この世界の食べ物に似ている。

店に着く前に、近所のコーヒーショップで冬季限定のラテを買う。今日はドイシュが休みなので、開店から閉店までアドル一人で回していくことになる。こんな風に店を任される機会も増えてきた。

ふと、視線を感じたような気がして足を止めた。

ここのところ、何度か同じような感覚を覚えることがあった。

辺りを見回してみるが、それらしい人影はない。それなのに、何故だか懐かしい魔力の揺らぎを感じるのだ。

この感覚を前にも――いや、かつては毎日のように感じていた。

以前は気にも留めなかった。臣民《しんみん》が王を見つめるのは当然だ。だが今は、一介《いっかい》の魔族に過ぎない自分に目を留める理由はない。

きっと、気のせいだろう。

アドルは頭を振って歩き出した。

開店前に店内の掃除を済ませ、エントランスの鍵を開ける。ドアにかかった標識を『開店中《OPEN》』にひっくり返して準備完了だ。

アドルは甘いラテを飲み干して、ドイシュから頼まれていた古書の分類作業を進めることにした。

この店は、たいして忙しくならない。時折、歴史的資料を求めて学生や研究者が訪れる程度だ。常連の彼らは古魔族語に堪能《たんのう》なアドルの存在をあっという間に受け入れ、アドルも彼らに助言をしたりしている。

だから、ドアに取り付けられたセンサー式のチャイムが鳴ったときにも、アドルは顔なじみの誰かがやって来たのだと思い込んでいた。

ちょうどその時、アドルはとある手記を見つけたところだった。ガルシュク国の崩壊後にブリガドーンの門の観察を続けた男のもので、魔王が死んでから裂け目が年々大きくなっていったことが記されている。

これは興味深い。

ドアベルは鳴り続けていたが、アドルは顔を上げもせずに言った。

「ようこそ。何か探しているものがあれば声をかけてくれ」

「貴方です」

客は静かに言った。

「貴方様を……お探し申しておりました」

瞬きをして、アドルは顔を上げた。

あまりにも見覚えのある、紫紺《しこん》の目。

そんなことはあり得ないと思いながらも、アドルは立ち上がり、その名前を呼んだ。

「ルマルク……ヴァリズ・ルマルクか!?」

「陛下」

彼は滑らかな動きで、フードを取って跪いた。まるで、最後にそうして傅《かしず》いた時からたった一日も経ていないかのように。

「陛下……」

フードを取り去ったルマルクの頭には見慣れた巻き角があった。ほんの少しも欠けていない、完璧な双角《そうかく》が。この国で生活する以上は、片角を切る処理を施すことが義務づけられていたはずだ。

脳裏《のうり》で微かな警鐘《けいしょう》が鳴り始めたが、アドルは聞こえない振りをした。

「かしこまるな。俺はもう王ではない！」

アドルは歩み寄り、かつての参謀を立ち上がらせた。

ヴァリズ・ルマルクは父の代からの忠臣で、アドルに魔王としての振る舞いを教えた教師であり、アドルが王になってからは参謀の一人として力を尽くした。アドルの素顔を知る、数少ない魔族の一人だった。

「一体、どうやって生き存えた……？」

ルマルクは感極まったようなため息をついた。

「わたしは、自らに石化の術をかけました」

「自ら石化しただと？　何故そんなことをした」

「人間どもが城に攻め込んだあの夜のことです。城の者どもは、もはやこれまでと自ら死を遂げました。ですがわたしは、わたしだけでも、かの憎むべき勇者との戦いを見届けなくてはと、御許《おもと》にはせ参じたのです」

ルマルクは俯き、辛い記憶を振り切るように顔を上げた。

「勇者の奴めが、貴方様を石化させるところを見ました。家臣は皆息絶えましたが、わたしだけでも五百年後の世で陛下をお迎えせねばと、陛下より早く目覚めることが出来るように術を編んだのです。大きな賭《か》けでしたが、ご覧の通り……！」

「そうだったか……」

アドルは静かに言った。

「五十年かけて準備万端整え、貴方様の復活をお待ちしておりました。それなのに、アデルタの蛮人《ばんじん》どもが陛下を連れ去り、隠してしまった。このルマルク、どれほど心配したことか……」

胸を打つ言葉を噛みしめながら、アドルはルマルクの肩に手を置いた。

「そなたの忠義、痛み入る。本当に、長いこと心配をかけたな」

「もったいなきお言葉でございます」

ルマルクは、涙を堪えるように目頭を押さえた。

アドルは彼の背中にのし掛かる老いをしっかりと見た。自分の復活には手厚い支援が用意されていたし、オズが助けになってくれた。だが、ルマルクは自力で活路を開くしかなかったのだ。

「随分苦労をかけたことだろう」

「めっそうもございませぬ。いつか陛下をお迎えできるという希望があったからこそ、成し遂げることが叶《かな》いました」

相変わらず、忠良《ちゅうりょう》の鑑《かがみ》のような男だ。

アドルは、ドイシュが顔なじみの客のために用意しているソファにルマルクを座らせた。コーヒーを出してやると床にひれ伏しそうな勢いでありがたがったので、またしても立ち上がるのに手を貸すことになった。

「それで、今はどのように生計を立てているのだ？」

その時――ルマルクの目に強い光が過った。

「治安を維持する仕事、とでも申せばよろしいでしょうか」

意味ありげに言葉を濁《にご》してから、ルマルクは窺うようにアドルの顔を覗き込んだ。

「魔族が不当な扱いを受けぬよう、部下を率いて日夜戦っております」

アドルはようやくピンときた。

「そなた……過激派と関わっているのか？」

ルマルクはゆっくりと頷いた。

「さようでございます」

この感じは、『関わっている』どころでは済まない。嫌な予感に、心臓がバクバクと鼓動し始める。

「近い将来、陛下は必ず再臨なされる。そして、五百年にわたる不遇に耐え続ける我ら魔族を率いて戦い、自由をもたらしてくださる――そう説いているうちに、志を同じくする者が自然と集まったのです」

予感が確信へと変わっていくにつれ、臓腑《ぞうふ》がずっしりと重い鉛《なまり》の塊《かたまり》に変化する。

「今の世で、わたしは貂熊《ガデオス》と名乗っております。我が配下にあるギルマゴグ自由連盟は、貴方のお戻りを今か今かと待ちわびております」

「ではお前が……お前が貂熊《ガデオス》なのか」

すると、ルマルクの顔が誇りに輝いた。

「すでに陛下のお耳に届いていたとは、まことに光栄です」

貂熊《クズリ》は人前に滅多に姿を現さない小型の獣だ。森の奥深くに潜んで、己の尻尾《しっぽ》を決して掴ませない。

しかしひとたび狩りを開始すれば、熊をも仕留めるほどの戦いぶりを見せる。

その貂熊《ガデオス》が、危険を冒《おか》して会いに来た。理由はあまりにも明白だ。

なればこそ、どうしても言っておかなければ。

「俺のために骨を折ってくれたこと、感謝の言葉も無い。だが――骨を折ったなどという言葉では済まないことくらいわかっている。血の滲むような日々だっただろう。それでも――。

「俺は、今の生活を捨てるつもりはないのだ」

食い下がられると思っていた。

王座についていたとき、ルマルクの立案する作戦は総じて的確で、過激だった。中には、人間の子供を攫って親の前で磔《はりつけ》にするというような案もあった。戦意を削《そ》ぐには効果的だが、血塗《ちぬ》られたやり方だ。アドルは何度も彼の案を退け、その度に、手段を選ばず戦うことの必要性を説かれていた。結局、最後まで許可を出すことはなかったが。

「俺は、もはや王ではない。それを悔やんでもいない。今はただ、老爺《ろうや》と共にこの小さな書店を守りながら穏やかに暮らしていきたいのだ。どうかわかって欲しい」

オズとのことは言わずにおいたが、ルマルクはそれさえも見抜いているような気がした。

だが、反論に身構えていたアドルは、ルマルクの顔を見て驚いた。そこには、深い理解の表情が浮かんでいた。

「やはり、そう仰《おっしゃ》ると思っておりました」

アドルは思わずこう言っていた。

「それだけか？　もっと粘《ねば》るかと思っていたのだが」

ルマルクは小さな笑みを浮かべた。

「実は、少し前から陛下のことを見守っておりました。人間と一つ屋根の下でお暮らしあそばされていると知ったときには、それは憤《いきどお》りましたとも。しかし、ノルカにお移りになった陛下をこの目で拝見して……考えを改めました。実に満ち足りたお顔をしておられる」

引き下がってくれて、心の底からホッとする。

「そうか。わかってくれるか」

「ええ、ええ。わかりますとも」

ルマルクは、好々爺《こうこうや》と言えそうなほどの笑みを浮かべてアドルに頷いてみせた。それから、ふと、表情を曇らせる。

「しかし、もしかしたらお気持ちが変わるやも知れませぬ。こちらにはせ参じたのは、どうしてもお耳に入れたいことがあったからでして」

「なんだ、それは？」

その時、ドアが開いて別の客が入店してきた。

常連に気さくに声をかけるアドルを横目に、ルマルクはさりげなく顔を隠す。

客が本棚の向こうに消えると、ルマルクは声を落として囁いた。

「ここでお話しするわけには参りません。お仕事の後で、改めてお時間を賜れますでしょうか？　誰の邪魔も入らないところでお伝えせねばなりません」

「ああ、いいだろう。店を閉めた頃にもう一度来てくれ」

「ありがたき幸せにございます。それでは、退散いたします」

ルマルクは再びフードをかぶり、足音も立てずに出て行った。

姿が見えなくなってから、今夜のオズとの約束を思い出したが、手遅れだった。

『今夜は自由連盟の長と会うことになった。そういえば、貂熊《ガデオス》の正体は俺の昔の配下だったぞ』とは言えない。

そんなことをすれば、オズはアドルを真綿《まわた》で包んで衣装箪笥の奥にしまい込もうとするだろう。せっかく自立した日々を送れるようになったのだ。以前の缶詰生活には戻りたくはない。

だが、ルマルクの話は聞いてみたい。過激派の頂点に君臨する彼と、きちんと話がしたい。魔族の処遇《しょぐう》を向上させるためには暴力に訴えるしかないと思っているのだとしたら、その考えを変えさせたい。共に変わってゆきたい。かつて彼の君主であった身として。

それこそが、俺がこの世界で成し遂げるべき使命だ。

悩んだ挙げ句、アドルは無難な嘘をつくことにした。

『オズ。今夜は店の大掃除があるのを忘れていた。ピザは明日に延期してくれ』

かつて王だった時、内心の怯懦《きょうだ》を隠すために多くを偽《いつわ》ったが、嘘を吐《つ》くのはこれが初めてだった。

緊張で手汗をかきながら送信ボタンを押す。

三秒後、あっけないくらい簡単に『了解』という返事が返ってきた。

†

オズはアパートのキッチンでスツールに腰掛け、アイランドカウンターに置かれたノートPCを見つめていた。

表示された画像はネヴィルから送られてきたものだ。三日前に撮影されたその写真は、閉店後のドイシュ古書店で何者かと会話しているアドルを捉えていた。相手の顔はよく見えない。おそらく、身元を隠すために自分の顔に妨害《ぼうがい》魔法をかけているのだろう。

これは、貂熊《ガデオス》が人前に姿を現すときの常套《じょうとう》手段だった。

自由連盟がアドルに接触を図るであろうことは予期されていた。ただ、予想よりずっと早いし、貂《ガデ》熊《オス》自身が表に出てくるのも予想外だった。

貂熊《ガデオス》は自分の正体を隠したままアドルに接近したのに違いない。だからこそ、アドルもこんなに無防備な笑顔を見せているのだ——そう思おうとする。

だが、軍人として訓練された頭の最も冷静な部分は『そうではない』と言っている。

アドルが、この男こそが貂熊《ガデオス》なのだと知らずにいたなら、どうしてオズに嘘をつく必要があった？　会ってはいけない相手だとわかっていたからこそ嘘をついたし、秘密にしているのだ。

思えば、危険信号はずいぶん前から灯っていた。

アドルが自由連盟について調べたいと言い出したこともそう。彼らの考えを変えられるはずだと息巻いていたこともそうだ。

そんな風に簡単にことが進むわけがないとわかっていても、オズはアドルを自由にさせた。その結果がコレだ。

「店の大掃除……か」

隠れて貂熊《ガデオス》と会うための嘘としては、あまりにも……あっけなさすぎる。

嘘だと？　あのアドルが？　かつての『魔王』なんて肩書きが冗談に思えるほど高潔なあの男が？

信じられない。

西向きの窓から、夕陽《ゆうひ》が差し込んでいた。赤々とした斜光が、ＰＣに表示された画像から目をそらせずにいるオズの首筋を焦がす。

嘘をついてまで貂熊《ガデオス》と会ったのには、なにか理由があったはずだ。弱みを握られたか、誰かを人質に取られたか――自由連盟のすることだと思えば、どんな手段に出たからと言って驚くにはあたらない。

それでも、もし……。

もし、アドルが望んで貂熊《ガデオス》と会っていたら？

信頼関係を築けたと思っていた。いや、いまでもそう思っている。

ネヴィルの指示を散々無視して、自分なりに真正面からアドルと向き合った。心を許すなと言う大原則を破った以外は、完璧に任務を遂行できている。

全部、勘違いだったなんて思いたくない。

「早く帰って来いよ……アドル」

オズはそう呟き、カウンターに突っ伏した。

早く帰って来い。全てが丸く収まる、完璧な理由を携《たずさ》えて。


すっかり日が暮れた頃、玄関の鍵が開く音がした。

「オズ？　帰っているのか？」

玄関から訝るような声がする。ごそごそと音がして、部屋の明かりがついた。アドルは、真っ暗なキッチンにいたオズを見て、驚きと心配が混ざった表情を浮かべた。

「いるではないか！　なぜ明かりもつけずに……」

オズの顔を見たアドルの声が小さくなり、途切れる。

「どうかしたのか？　なにか……望ましくないことがあったか？」

アドルの気遣うような声を聞くと、このまま、全てをうやむやにしてしまいたい気持ちに駆られる。

彼を疑いたくない。嘘をついていたのか、などと、問い詰めたくない。

それでも、オズは言った。

「この間、店の大掃除があるって言ってた日……本当は、何があった？」

アドルの表情が変わった。狼狽ではない。後ろめたささえ覗《うかが》えない。彼は剣の切《き》っ先《さき》を向けられたかのように、張り詰めた眼差しでオズを見た。

カウンターの上で開かれたままのＰＣを一瞥して、彼は言った。

「回りくどい尋ね方をしなくてもよい。何があったかわかっているのだろう」

アドルはマフラーを外し、コートを脱いでダイニングの椅子に放った。

「相手が誰だか、知ってて会ったってことか？」

オズが尋ねると、アドルは頷いた。

「そうだ」

「『そうだ』？　それだけか？　言い訳さえしないのか？」

「正直に言えば、お前が取り乱すだろうと思った」

かつて、自分がアドルに言った台詞をそのまま返される。彼の声は、冷たく、硬い。

「だが、無意味だったな。仕事中にまで俺を監視していると教えてくれていたら、無用な嘘をつかずに済んだものを」

責めているのはこちらなのに、どうして責められているみたいな気分になるんだ？

「監視しているのは、お前を守るためだ！」

半分は真実だった。もう半分は、今回のような事態を見逃さないためだ。それがわかっているから、自分の反論が弱々しく響いた。

アドルは小馬鹿にしたように笑った。

「守る？　そうか。貴様らアデルタの連中は、そういう方便を持ち出せば俺が納得するだろうと思っているわけだな。一度通用したのだから、次も同じ手で行こう、と。大した作戦だ！」

貴様らアデルタの連中。

そんな風に、対岸に追いやられるとは思っていなかった。

「連盟がどれほど危ない組織か、お前だってわかってるはずだ。だからこそ、変えたいと思ってたんだろ」

オズの言葉に、アドルの金の目がギラリと光った。

「連盟は確かに危険だが、それは剣の危《あや》うさだ。あやつらは、自らの力を振りかざしはすれど、隠したりせぬ。だが――」

アドルが言葉を切り、息を深く吸い込んだ。

「貴様らはどうなのだ？」

厳しい口調だが、そこには確かに、やるせなさがにじみ出ていた。

「どうしてそんな――」

「貂熊《ガデオス》から聞いた。俺の真名の在り処を、貴様らは知っていたと」

一瞬、頭が真っ白になった。

最も知られたく無い事実を、知られた。

アドルの真名は勇者ブランウェルによって彼の記憶から奪われ、勇者の書に記された。貂熊《ガデオス》の手にある勇者の書を紐解《ひもと》けば、アドルは強大な力を取り戻すことができる。

「お前と、国家安全情報局の連中はそれを承知で、無力なままの俺を飼い殺そうとしていた……と、貂熊《ガデオス》は俺に言った。これは本当のことか？」

アドルの目が、射貫くようにオズを見つめている。

「それは……」

言い訳はいくらでも並べ立てられる。お前の安全のためだった。順を追って説明するつもりだった。飼い殺しなんてするつもりはない――と。

こうなる前にはそれなりの効力があるように思えた説明も、いざそれが必要となってみると、ただの方便に過ぎないと思い知る。

「そう、だな」

アドルはきっと、失望と軽蔑《けいべつ》を露わにした目で自分を見ているだろう。向き合えなくて、オズは視線を逸らした。

アドルは長いため息をついて、言った。

「貂熊《ガデオス》の言葉が嘘なら良いと思っていた。だからこそ、それを確かめるまではお前に言わずにおこうと思っていたのだ」

自嘲気味にフンと笑って、アドルは言った。

「俺も愚かだな。何度貴様らに丸め込まれたら気が済むのか」

痛い言葉に、つい、オズの口から反論が飛び出す。

「じゃあ、もし正直に言ってたら、お前は――！」

俺の傍に居つづけてくれたのか？

いや、駄目だ。そんなことは訊《き》けない。

代わりに、オズはこう尋ねた。

「正直に言ってたら、奴らに味方しなかったと言えるか？」

今度は、アドルが答えに窮する番だった。

「アドル。俺は、お前を飼い殺そうなんて思ってない。強大な魔力なんか使えなくたって生きていけるようになって欲しかっただけだ」

女神に誓《ちか》って、本心だ。

だからこそ気後れを押しやって、アドルの目を真正面から見た。だが、燃えたぎるアドルの視線に晒されていては、本心さえも空々しく聞こえてしまう。

アドルは言った。

「ならば、俺をだしにして過激派の求心力を弱め、連盟を弱体化させる計画も知らなかったのだな？」

驚きの表情を隠すべきだった。全てを暴かれてしまった無力感も。だが、上手くいかなかった。

「そうか……」

オズの顔をじっと見つめてから、アドルはぽつりと言った。短い言葉に、苦々しさが強くにじみ出ていた。信じたくなかったと思っていたのだ。

「これも、あやつの言ったとおりだったか……」

「アドル――」

彼は、オズの言葉を遮って続けた。

「情報局の連中が、次にどんな計画を用意しているのかも知っているのか？」

「次の計画？」

アドルはオズが座っているカウンターテーブルの向かい側に来ると、テーブルを爪の先でコツコツと叩きながら、言った。

「近いうちに、俺が偶然とある人間の少年をテロの脅威《きょうい》から救う。一躍脚光を浴びたところで正体を明かし、魔王の復活を世間に公表する。俺は英雄となり、人間に反抗的な魔族の反感を宥める傀儡《かいらい》となる。実によく出来た筋書きだ。そう思わんか？　プロパガンダ……たしかそういう言葉だったと思うが」

そこまでの計画は、知らされていなかった。

オズの表情を見て、アドルは苦笑した。

「なるほど。貴様もすでに蚊帳《かや》の外に置かれていたというわけか」

認めたくは無いが、認めるほか無かった。

アドルが、オズに向かって身を乗り出す。

「アデルタの傀儡に仕立てられていたのは、貴様も同じだ。これでもまだ、連中の言いなりになってこの茶番を続けるつもりか？」

その言い草に、オズはきっと顔を上げた。

「茶番の何が悪い」

アドルの眉がぴくりと動いた。

「何だと？」

オズは立ち上がり、行き場の無い憤りを蹴散《けち》らすように歩き回った。

「確かに、連中のやり方は清廉潔白《せいれんけっぱく》とは言えない。だが、全ては人間と魔族のいざこざを終わらせるためだ！　俺はそれを信じたから、この作戦に加わった。だからこそお前と出会えたんだ！」

日の当たらぬ谷底を孤独に旅するような日々の終わりに、使命を与えられた。誰かに頼りにされ、必要とされる喜びを知った。不器用なりに、出来損ないなりに誰かに尽くせば、実を結ぶのだと思えた。

「それを茶番というなら、いいよ、好きに呼べ。でも、全部が無駄だったとは思わない」

だが、アドルの表情は頑ななままだった。

「貴様がこの作戦に加わったのは、その脚と引き換えだろう。その立派な義足があれば、古巣に戻ることができるからな」

彼は、一層冷たい声で続けた。

「古巣に戻れば、貴様は再び『勇者』に返り咲《ざ》けよう。歌に歌われるような活躍をして、己の価値を証明できる。それがお前に与えられた餌《えさ》だったはずだ。お前はそのために、そのためだけに、俺を手玉に取ったのではないのか！」

殴りつけられるような言葉が、腹の底に響く。

確かに……最初はそんなふうに考えていた。魔王の社会復帰なんて冗談じゃ無い。さっさと任務を終わらせて、過去の栄光を取り戻そう、と。

「そうじゃない。それは、違う」

オズはアドルに向かって一歩踏み出した。

「はじめは、確かにお前の言うとおりだった。でも、お前と同じように、俺も変わったんだ。あの夜、俺のトレーラーでそう言っただろ。あれは嘘じゃ無い。心からの気持ちだ」

二人は、触れあえそうで触れあえない距離で見つめ合った。

「アドル――」

「俺がどれほど貂熊《ガデオス》の言葉を信じたくなかったか……貴様にわかるか？」

その言葉が、その声が、オズの心臓を締め付けた。

「ああ」

オズは言った。

「ああ。よくわかる」

他人に持たされたナイフで切りつけ合う――一歩引いて見てみれば、そんな口論だった。心の底では、どちらも同じ気持ちを抱えているのに。

アドルは小さな声で言った。

「貴様は、俺に隠し事をするべきではなかった」

それでも、まだやりなおせる。

長いため息をついて、オズは言った。

「真名のことを話せば……俺はこれ以上お前と一緒にいられなくなる。それは嫌だった。それだけは、どうしても嫌だったんだ」

己の弱さと矮小《わいしょう》さ、そして身勝手な浅ましさをさらけだすことが、どうして誠実さの証しとなり得るだろう。それでも、オズは言った。

「悪かった」

アドルはオズの言葉を退けなかった。

だから、オズはアドルとの間にある距離を詰めて、彼の手を取った。

「教えてくれ……アドル。どうして貂熊《ガデオス》と会ったんだ」

最初から、そう尋ねさえすれば良かった。

「俺に嘘をついてでも、奴と話すべきだと思った理由があったんだろ？」

そのはずだ。もしもアドルが、オズが信じたままの男なら。

愛したままの男なら。

じっと見つめると、アドルの瞳をぎらつかせていた、頑なな怒りが少しだけ和らぐ。

アドルは、ため息をついた。

「これだけは最初に言っておく。俺は貴様らを裏切っていない」

安堵のあまり、大きく息をつきそうになる。だがオズは、身じろぎもせずに続く言葉を待った。

「ドイシュの書店を守り、ここで穏やかな暮らしを続けていくのが俺の余生だと思っていた。だが、あやつが俺に会いに来たときに気付いた。俺が為すべきことはこれだ、と」

「これ？」

アドルは、笑みと呼べなくもないものを浮かべた。それから、彼の表情が凛《りん》と冴《さ》える。

「もう一度、俺は魔族を導く者になりたい。戦ではなく、その反対の道へと。だからこそ、彼と話をする必要があった。お前に嘘をついたのは——」

今度こそ、アドルははっきりと笑みを浮かべた。些細な悪事を白状するような、後ろめたさが少しだけ混じった笑みだ。

「話せば、お前はまた、俺と情報局の間で板挟みになるだろう。てれびを買わせたときのようにな」

「アドル……」

「俺ひとりの胸に留《とど》めておけば、お前に累《るい》は及ばぬだろうと思った。貂熊《ガデオス》から聞かされた話に腹を立ててるあまり、そんなことも忘れてしまっていたが」

アドルは、自分の手元に視線を落とした。そこに嵌《は》まった透明な枷《かせ》を見つめるように。

「ままならないな……俺も、お前も」

勇気づけるためか、あるいは、勇気を必要としたからか——オズは、アドルの手を取る両手に、そっと力を込めた。

「アドル——」

その時、周囲の魔力がぐにゃりと歪んだ。

地震に見舞われたように足下がおぼつかなくなり、目眩と共に膝から力が抜ける。内臓をもみしだかれるような不快感に、吐き気がこみ上げる。空気中の魔法粒子《マジカ》が密度を増してゆく。舌触りを感じられるほど。

まずい、と思った。

「アドル!!」

アドルの手を引いて抱きしめる。次の瞬間、部屋の窓が粉々に砕けた。

飛び散るガラスの破片が背中に刺さったが、痛みは感じなかった。

腕の中で、アドルが驚きに目を瞠る。彼はオズの肩越しに、侵入者の姿を見つめていた。

「ルマルク……!?」

ルマルク。どこかで聞いた名だが、思い出せない。

アドルを庇《かば》ったままふり返る。破壊された窓から、一人の魔族が侵入してきていた。

紫紺の瞳に、大きな巻き角の男。背格好は、アドルの密会相手と一致する。

「お迎えにあがりました、陛下」

オズは無意識のうちに、アドルをきつく抱きしめていた。リビングのテーブルに置かれた銃には手が届かない。反撃のきっかけを作らなくては。

「お前が貂熊《ガデオス》か。想像してたよりも雑魚《ざこ》っぽいな」

軽口を叩くと、貂熊《ガデオス》の目が真っ青に光った。何かに引っ張られるような感覚と共に、身体がアドルから引き剝がされて宙に浮く。衝撃に備える間もなく、オズは部屋の反対側の壁にたたきつけられた。

「ぐ……っ!」

ガラス片が深く突き刺さり、身体の中で砕けたのがわかる。息をすると、気絶しそうなほど痛い。

だが、銃を摑めた。テーブルが倒れたおかげで、貂熊《ガデオス》からの死角に隠し持つことが出来ている。チャンスさえあれば反撃できる。

貂熊《ガデオス》が、オズを見下ろして醒《さ》めきった声で言った。

「下賤《げせん》な人間風情《ふぜい》が、陛下の御身《おんみ》に軽々しく触れるでないわ」

オズは頭を振って、ガラスの欠片を振り落とした。

思い出した。ルマルクという名を、どこで聞いたのか。

アドルが前に言っていた。魔王らしい振る舞いをアドルに教えた師匠の名だ。

こいつが、アドルを『魔王』にした。

ルマルクは宙に浮かんだまま、アドルに手を差し伸べた。

「さ、陛下。わたしと共に参りましょう」

アドルは首を縦には振らなかった。

「ルマルク、俺は……」

彼の目が、貂熊《ガデオス》とオズの間を行き来する。

「機は熟しましたぞ、陛下。さあ──」

貂熊《ガデオス》の意識が、完全にオズから逸れた。

その一瞬のすきに、オズは隠し持っていた魔法銃を構えた。身体に染みついた動きに身を任せて、スライドを引き、装塡《そうてん》し、引き鉄《ひがね》に指をかけ、狙いを定める。頭と胸に一発ずつ。破魔の呪文が刻まれた弾はホローポイント。体内で裂けて拉《ひしゃ》げながら、対象の魔力を奪う。

胸を狙った一発は、貂熊《ガデオス》が咄嗟《とっさ》に掲げた掌《てのひら》を貫通しただけで、痛手を与えるには至らない。頭に向けて撃ったもう一発も結界に阻《はば》まれ、鉛の塊となって床の上に落ちた。

「莫迦《ばか》めが！」

貂熊《ガデオス》は口元を歪めて吐き捨てた。

「このような虫ケラに、陛下のお心を煩《わずら》わせる価値はありません」

紫紺の目がギラリと光ったと思ったら、身体を押しつぶすような圧迫感がのし掛かって来た。

「ぐ……っ！」

「陛下のお心が決まるまでの間、こやつが壊れてゆく様を見るのも一興ですな」

こいつ、俺をダシにつかってアドルを連れていこうとしてやがる。

オズは歯を食いしばって、何でもない顔を装ってみせた。

「アドル、大丈夫だ。すぐに助けが来る。そしたら、こんな雑魚は二秒で蜂《はち》の巣だ」

押しつぶされたカエルみたいな声しか出ないが、少なくとも笑顔は浮かべていられる。

「このお方の名は『アドル』などではない、塵《ごみ》め！　陛下にふさわしい御名《みな》はただひとつ。それを、わたしがお返し申し上げるのだ！」

貂熊《ガデオス》は唸り、さらに力を加えてきた。

「ぐ、う……っ！」

背骨が軋み、危険なほどたわんでいる。あとほんの一押しで全てが終わってしまう。

その時、凛とした声が響いた。

「もうよせ、ルマルク」

アドルがすっと立ち上がり、足音も立てずに貂熊《ガデオス》――もとい、ルマルクの方へ向かっていった。

「こんな下郎《げろう》相手に、魔力を無駄遣いするでない」

ルマルクは喜色満面《きしょくまんめん》で腰を折った。

「仰せの通りに」

すると、魔法の影響が嘘のように消えた。

酸素が肺に流れ込み、視界に色が戻ってくる。

それなのに、這いつくばったまま見上げるアドルの背中は、果てしなく遠い。

これじゃ駄目だ。

駄目なんだ。

「ま……て……」

声もまともに出せないうえに、口の中に嫌な味の血が溢れた。肺が傷ついたのだろう。

呻きながら身体に力を込めるが、痛みが爆発するばかりで、ろくに言うことを聞かない。手足は重く、忌々しい義足は、もっと重い。

アドルを行かせてはいけない。人間と魔族の紛争を終わりにするためには、彼が必要だ。

いや。

そんなことはどうだっていい。

俺には、お前が必要なんだ。だから、頼む。頼むから――

「待、て……くれ、アドル……」

オズは力を振り絞り、アドルに向かって手を伸ばした。

「行くな……」

アドルは僅かに振り向き、憐れむような目でオズを見た。

それからひとつ瞬きをすると、アドルの顔には決然とした表情が表れていた。

「さらばだ、小僧」

彼は言い、それからルマルクの手を取った。

異常事態を察知した警備兵が駆けつけたちょうどその時、アドルはルマルクの開いた転送門《ポータル》に吸い込まれて消えた。

作戦は失敗した。これ以上無いほど最悪の形で。

駆けつけた救急隊員によって緊急搬送《はんそう》されたオズは、鎮静剤《ちんせいざい》が効き始めるまでアドルの名を呼び続けていた。

12　新たなフェーズ

オズの体内から硝子の破片を取り除き、傷ついた内臓を修復する手術には半日を要した。医療魔法を用いた手術費用は高額で、もし国家安全情報局が全額負担してくれなければ、人生を三回やり直したところで、オズには到底《とうてい》払いきれない。

幸運なことに、オズは国家安全情報局にとって必要な人材だった。まだ。いまのところは。

身体の至る所に管を取り付けられたまま、回復を早める魔法陣が刻まれたベッドの上で丸二日。追いかけられ、責め立てられ、急かされ続ける夢を見ながら安静に過ごした。三日目の昼には義足を再装着し、自分の足で歩き回れるまでに回復した。

摘出された硝子の破片は一六〇にもおよんだ。医者の話では、重力魔法から解放されるのがあと一秒遅ければ、取り返しがつかない状態になっていたという。

そして今、オズは消毒液の匂いをさせたまま、ネヴィルの執務室に座っている。

設《しつら》えられたテレビからは、慌ただしい様子で最新ニュースが報じられている。どうやら、ギルマグ自由連盟をはじめとする魔王再臨派がラナタイルにある魔王城趾《じょうし》の結界を破り、占拠したらしい。

ネヴィルは、オフィスの固定通話器で、オズが迷惑をかけたらしい誰かと話をしていた。相づちを打ちながら、ちらちらとオズを見ている。

「ええ、仰りたいことはわかります。しかしこちらにも事情がありまして」

受話器から納得していなさそうな声が漏れてきている。ネヴィルは少しも動じず、情報局名物の殺し文句で通話を終わらせた。

「残念ながら、私にはそれをお教えする権限が無いんです。ご協力どうも。では失礼」

彼は受話器を置くと、入院患者用のガウン姿のオズをまじまじと見た。

「医者の見解では『脱走した』ということらしいが」

オズは肩をすくめた。

「出て行くってことは、ちゃんと伝えた」

まあいい、とネヴィルは言った。

「どのみち、君が回復したら話し合いの席を設けるつもりだった」

何について話し合うのかネヴィルは言わなかったが、オズは『全てを台無しにした責任をとってもらうぞ』と耳元で叫ばれているような気がした。

「責任はとる」

オズが言うと、ネヴィルはデスクの椅子に深く座り込んだ。背もたれが軋んで、嫌な音を立てる。

「いいや。その必要は無い。作戦は新たなフェーズに移行した」

オズは驚いて顔を上げた。

「新たなフェーズ……？」

「ちょうどこれから会議がある。君も顔を出したまえ。無駄な説明が省ける」

ネヴィルは勢いをつけて椅子から立ち上がると、オズの返事も待たずに執務室の外へ出て行った。二歩踏み出したところで引き返すと、閉まりかけたドアを押さえたまま、オズの格好を眺めた。

「スーツを持ってこさせる。着替え終えたら地下四階の突き当たりの部屋に来い」

そして、足音高く去って行った。


「ラナタイルの魔王城趾に集結した再臨派魔族の数は一万近い。分析官の報告によると、標的《ターゲット》の副官をはじめとした、首脳陣の半数以上が結界内に居ることが確認された。標的《ターゲット》は我々の協力者《アセット》と共にラナタイルに潜伏中と思われる」

標的《ターゲット》は、保安上の理由から名前で呼ばれることは無いが、ここにいる誰もが、そいつの正体を知っていた。

国家安全情報局は、国内外の脅威に対する監視を行う機関だ。同時に、その脅威を排除する作戦の立案にもかかわる。作戦とは、陸軍中将が直接の指揮を執《と》り、再臨派の頂点に君臨する魔族——貂熊《ガデオス》のルマルクを殺すためのものだ。

オズが参加しているのは、その作戦会議だった。右隣にネヴィルが、左にはジャクソンが座った。

情報局と軍、政府の中でも錚々《そうそう》たる面々が地下のオフィスに隠り、スクリーンに映し出されるラナタイルの現状を見つめている。借り物のスーツに身を包んだ元兵士の存在は、明らかに場違いだが、そんなことを気にしている余裕はなかった。

ネヴィルが言っていた『新たなフェーズ』とは、アドルを誘拐《ゆうかい》した貂熊《ガデオス》が何らかのアクションを起こしたところを叩く、というものだった。

つまり……情報局には、アドルを社会復帰させるつもりなど最初からなかった。アドルは貂熊《ガデオス》をおびき寄せるためのおとりだった。だからこそ、過激派の運動が高まりつつあったノルカへの移住が許可されたのだ。

『貴様もすでに蚊帳の外に置かれていたというわけか』というアドルの言葉が、今更ながらに沁《し》みてくる。

「最初から騙《だま》してたんだな。俺とアドルを」

呟くと、ネヴィルは悪びれもせずに言った。

「疑似餌《ルアー》は本物に似せて作るものだ。君に演技が出来るとは思えんしな」

得意げな横顔を殴りつけてやりたい。だが、スパイを信用したのがそもそもの間違いだ。

魔王を社会復帰させて、人間と魔族の架《か》け橋《はし》に——なんて、そんなお伽噺を信じた自分が愚かだったのだ。

「くそったれ」

呟くと、ネヴィルはやれやれといった顔で小さく首を振った。

後悔に苛《さいな》まれるオズをよそに、陸軍少佐に大統領補佐官、オズの何倍も頭がいい分析官と、彼らの元締めである情報局長が、きびきびと話し合いを進めてゆく。

「魔王が力を取り戻す危険性は？」

「魔力探知機に反応がないことから、真名返還の儀式は実行されていないと見られる。おそらく、大気中の魔力の働きが活発になる満月の日を狙っているはずだ。つまり――作戦実施までの猶予はあと一週間だ」

「標的《ターゲット》の姿は確認できたのか？」

対魔特殊作戦軍《マジカフォース》を率いるヴィスラー少佐が尋ねる。

スクリーンの横に立つ局長のマンセルは冷静に答えた。

「直接確認には至っていないが、ハインウッド北西部で捕らえた自由連盟の幹部から自白を引き出した」

マンセルは淡々と説明を続けた。

「分析官が標的《ターゲット》の存在を確認し次第、作戦を実行し、これを排除する」

マンセルの横に、ラナタイルの魔王城の見取り図が表示される。

「魔王城には強力な結界が張られていて、外的要因で排除することは困難だ」

ヴィスラー少佐が頷いた。

「一度内部に侵入出来れば、必要最低限の犠牲で標的《ターゲット》を排除する」

そこに、『はずだ』や『であろう』といった言葉が入る余地は無かった。対魔特殊部隊《マジカフォース》はエリート中のエリートだ。やると決めたことは、必ず成し遂げる。

その後、会議に参加した者たちからいくつかの質問が飛び、それぞれに答えが返された。

「では、これから我々は標的《ターゲット》の所在を確定し、味方の侵入経路を確保する。そして少佐、貴方にはチームを招集し、いつでも動けるように訓練を進めておいていただく。他の者は――」

局長が総括《そうかつ》に入った。

オズは隣に座るネヴィルに思わず話しかけていた。

「アドルはどうするんだ」

「今はよせ」

「今話せよ。大事なことだろ！」

このちょっとした悶着《もんちゃく》に、局長が気付いた。

「何かね？」

途端に、部屋中の視線が集まってくる。オズは一呼吸してから尋ねた。

「拉致《らち》された協力者《アセット》は、どうするおつもりですか」

局長と、少佐の視線が十字砲火のように浴びせられている。

「拉致？　協力者《アセット》は自らの意志で標的《ターゲット》に同行したと報告をうけているが」

そういうことにしておいた方がやりやすいからだろ、とオズは心の中で噛みついた。

「俺を助けるために、仕方なくそうしたんです」

「だとしても、すべきことは変わらない。我々の第一目標は標的《ターゲット》の排除だ」

感情のこもらない、その眼差しこそが答えだった。

「協力者《アセット》への対処はその場の状況次第だ。だが魔力を取り戻す前に作戦を決行するのだから、さほどの脅威にはなるまい」

「もし、突入前に魔力を取り戻したら？」

「魔力を取り戻す可能性はあるが、それは懸念材料ではない」と局長が答える。

オズは眉を顰《ひそ》めた。

「何故です？」

「彼が石化状態を解かれたあとで、安全のための処置を施した。協力者《アセット》が一定以上の魔力を使用した場合、死にいたる呪いだ」

オズは思わずたちあがっていた。

「死にいたるってなんだよ⁉」

「座れ、レイニア」

オズはネヴィルの命令を無視した。

「お前ら、最初からあいつを利用して、殺すつもりで――」

後ろからジャクソンの手が伸びてきて、無理矢理椅子に座らされた。ネヴィルの指が首筋に何かを描いた――と思ったら、身体から力が抜け、声が出せなくなった。

「っ、あ……」

沈黙の魔法をかけられた。ネヴィルは魔術師だったのだ。

ネヴィルがそっと身を寄せて、小さな声で――だがきっぱりと、囁いた。

「心を許すなと言ったはずだ」

オズは目だけを動かしてネヴィルを見た。

ネヴィルは相変わらず、全てを掌握《しょうあく》していると言わんばかりの穏やかな顔をしている。

あらゆる場面に対処すべく訓練された特殊部隊員の本能が、瞬時に働く。

オズは頭の中で、ネヴィルの後頭部に右手を伸ばすところを思い描いた。右手だけでも呪縛《じゅばく》から脱して、後ろ髪を摑んで頭を机にたたきつければ、精神の集中が乱れて、オズにかけた魔法の影響が緩むかもしれない。

一瞬のうちに頭の中で繰り広げられた計算は、しかし、ネヴィルにも読まれていた。彼はオズの方をチラリと睨むと、脅すように目を眇めた。

身を強ばらせる暇もないうちに、背中に激痛が走る。治りきっていない傷がわずかに開いて、血が滲むのがわかった。

「……っ！」

ネヴィルは声に出さずに、口だけでこう言った。

「わたしに、君を殺させるな」

痛みの代わりに、今度は不自然なほどの無力感が滲んだ。四肢《しし》がゴムのようになり、椅子の横にだらりと垂れた。オズは尚も抗おうとしたが、眉一つ動かすことができない。

人間の、しかも勇者の血統であるオズの行動を制限できるほどの魔法を、口も手も動かすことなく発動させることができる魔術師だと……？

この男はただの魔術師ではない。その存在からして国家機密扱いされる特級魔術師だろう。

オズは、敗北を悟った。そうする以外に、できることがなかった。

オズとネヴィルの間に起こった静かな攻防をよそに、会議は続いていた。

「現段階では復活に関する不確定要素が多い。だからこそ本作戦は、協力者《アセット》が力を取り戻す前に決行される必要がある」

少佐が淡々と語った。

「彼の状態がどうあれ、抵抗するようなら排除する。それだけだ」

その後に降りた重たい沈黙を、局長が厳《おごそ》かに破った。

「標的《ターゲット》は滅多に姿を現さない。何度も追い詰め、その度に取り逃がしてきた。生存さえ定かではなかったが、今回、実に五年ぶりに奴の足取りを掴めた。こいつを潰せば、再臨派は雲散霧消《うんさんむしょう》する。長い戦いの末、ようやくこのアデルタに平和が戻ってくる。それは人間と魔族の双方が望む平和だ。作戦は成功させなければならない。どんな犠牲を払ってでも」

決意に満ちたスピーチが、アドルの死を正当化していた。まだ弾も込めていないというのに。

異を唱える者など居なかった。

そして、会議は終わった。

†

「今ごろ、人間どもはラナタイルに兵を向けていることでしょう」

ルマルクはアドルに背を向け、飛行船から雲の海を眺めていた。

「奴らを引きつけておくために、今しばらくこうして身を潜めておかなければなりませぬ。どうかご辛抱《しんぼう》を」

「ああ」

アドルも、腰掛けたソファから足下を見た。飛行船の社交室《ラウンジ》の壁や床は強化硝子で作られていて、まるで、船の半分が突如《とつじょ》として欠け落ちたかのような錯覚を抱かせる。

逃走から二晩、この、空に浮かぶ艦で眠れぬ夜を過ごしてきた。

気体の力で浮遊し、化石燃料で動くこの乗り物は、魔法の力を用いずに稼働《かどう》する。魔力を感知するレーダーに探知されないため、潜伏場所にはもってこいなのだという。

雲の切れ間からは、紺碧《こんぺき》の海に浮かぶ流氷が垣間見《かいまみ》える。いま自分がどこを飛んでいるにせよ、ラナタイルの近くでないのは確かだ。

眼下にどれほど物珍しい景色が広がっていても、つい考えてしまうのはオズウェルのことだった。痛めつけられ、死の一歩手前まで追い詰められたオズの顔を思い出すと、胸が痛む。あれ以上オズを傷つけさせないために、咄嗟にルマルクの手を取った。そうするしかなかった。

正しい選択だったと思いたい。

「ラナタイルに向かわぬと言うのなら、我々はどこを目指している?」

アドルが尋ねると、ルマルクはふり返った。

「真名返還の儀式には、多くの魔力が必要となります。故《ゆえ》に、我々はダルシュを目指します」

「ダルシュ? あの地にいったい何が――」

言いかけて、はたと気付いた。

あそこには、確かに魔力の源がある。

「ブリガドーンの門」

アドルは囁きに近い声で言った。ルマルクは満足げに頷いた。

「その通りです。あの場所にあるのは門の兆しに過ぎませぬが、それでも十分な魔力を取り出すことが出来ます」

「下手に刺激を与えれば、門が開くぞ」

門が開いた時にどんな影響が生まれるか、オズから聞いていた。天変地異、疫病の流行、魔法被爆、そして魔物の流入。どれも甚大《じんだい》な被害をもたらす。

「ええ、承知の上でございます」

アドルはもどかしさに苛立ちながらも説明した。

「現代の裂け目の怖ろしさは、我々の時代に存在していたものの比では無いのだぞ。あまりにも規模が大きすぎる」

「存じておりますが、しかし、陛下に御名をお返し申し上げる以上に大切なことはございません」

「そんなことはない！」

アドルは立ち上がった。

「魔力と引き換えに多くの犠牲が出るのなら、名前など戻らなくてよい！」

すると、ルマルクは妙に阿《おもね》るような笑みを浮かべた。

「陛下はまこと、慈悲深くあらせられる。五百年前と何もお変わりありませんな」

彼は首を横に振りつつ、アドルのすぐ傍まで歩いてきた。

「ご安心ください。ダルシュの近くに魔族はほとんどおりませぬ。あのような辺境に好んで住むのは人間ばかりです」

アドルは思わずカッとなって、ルマルクにくってかかった。

「だから、死んでも構わぬというのか？」

ルマルクは虚を衝かれたような顔を見せた。それから、思い出したように従順な表情を取り繕う。

「陛下、ですが――」

「何故俺がこの船に乗ったと思う、ルマルク？」

「お力を取り戻し、再び我々の王となられるためでは？」

アドルは首を横に振った。

「そうではない。俺がお前についてきたのは、お前の考えを変えるためだ」

ルマルクは驚いた振りさえしなかった。アドルは言った。

「お前は人間に戦を仕掛け、仲間を憎悪で煽り、人間と魔族との対立を深めている。だが、それでは
いつまでたっても、この状況は改善しない」

ルマルクが一歩後ずさる。

「では、人間に命じられるがまま、奴隷になれとおっしゃるのですか？」

「そうではない！」

五百年前なら、このもどかしい会話に苛立ちを露わにしていただろう。でも今は、意見を異《こと》にする
者と対話する意味を理解している。

「ただ、歩み寄ることで開ける活路があるはずだと言っているのだ」

ルマルクは短い、皮肉めいた笑いを溢した。

「無益なことを！」

呆れたように首を振り、硝子張りの床の上をゆっくりと歩き始める。

「陛下はやはり、なにも変わっておられないのですな」

「そうか？」

「ええ！　そうですとも！」

彼の不遜《ふそん》な振る舞いを目にしたのはこれが初めてだ。だが、意外では無かった。ルマルクは有能な男だった。生まれた家が異なっていれば、間違いなく歴史に残る王になっていただろう。

「ナイラとかいう小娘を匿《かくま》うとお決めになった時と同じです。陛下は慈悲深くも、あの娘を受け入れてさしあげた。だが、それでどうなりました？　人間が陛下に感謝の意を述べたでしょうか？　女神が陛下にどんな加護をもたらしたでしょうか？　何もございませんとも！」

ルマルクは、五百年以上にわたって堪えてきた怒りを露わにしていた。苛立たしげに歩き回り、角を振り立て、目をぎらつかせている。

「人間は魔族から奪うのです。それが世の習いというもの。きゃつらの聖典に定められているのですよ。太古の昔に、我々を『呪われし者』と呼び始めた時からね！」

アドルは静かに、だが厳かに口を挟んだ。

「しかし、我々は『呪われし者』ではない。それをわかっている人間もいる」

ルマルクは足を止め、ソファの背もたれに両手をついた。まるで囚人の言い分に耳を傾ける尋問官のように。

「俺がナイラを受け入れたのは、彼女がそうだったからだ。彼女に我々という種族を知ってもらいたかった。手を取り合っていけると思って欲しかった。いつか彼女が再び人間と交わることがあれば、そう伝え広められるように」

ルマルクはすっと目を細め、背筋を伸ばしてまっすぐに立った。

「では……わたしはそれをお手伝いしたことになりますな。あの娘を人間に差し出したのは、このわたしでしたから」

時間が硬直したように感じられた。

長い沈黙を経て、アドルは眉を顰《ひそ》めた。

「お前が……？」

ルマルクは頷いた。

「人間どもに、ナイラ姫がガルシュクにいると教えたのはこのわたしです。これをきっかけに戦が始まれば、勝利を収めるのは魔族だと信じておりました。しかし予想通りには行かず、我々は苦戦を強いられました」

「何だと……」

ルマルクは、なおも饒舌《じょうぜつ》に語った。

「最後の戦いの折には、貴方が戦死なされたという嘘を城中に広めました。その混乱に乗じて、わたしはあの娘を連れ出し、アデルタ軍の将軍に差し出した」

アドルの背筋に、冷たい理解が広がってゆく。

あの時、城の者が次々に命を絶った。

勇者との最後の戦い——その勝敗を見ずして皆が死んでいったのは、王の勝利を信じていなかったからだと思っていた。

だが、そうではないのだ。

「お前が……！」

アドルはルマルクに詰め寄り、彼の胸ぐらを摑んだ。ルマルクは少しも動じず、怒りに燃えるアドルの眼差しを受け止めた。

「あなたが勇者と最後の舞踏をお楽しみ遊ばされている隙に、わたしは最悪の事態を回避したのです。もし娘が死ぬようなことがあれば、魔族は皆殺しにされていたでしょう。わたしがこうして陛下にお力添えすることも叶わなかったはずです」

「ナイラは国に戻ることを望んでいなかった！」

ルマルクは、にっこりと微笑んだ。

「だから何だというのです」

アドルの手から、力が抜けた。解放されたルマルクは小さく肩をすくめ、こともなげに言った。

「本人の望みなど関係ありません。それが『姫』たるものの務めでしょう」

ルマルクの底知れない笑みが迫ってくる。彼は獲物を追い詰めた獣のように、自信に満ち、凶暴な喜びを滾らせていた。

「そしていま、陛下は『魔王』たるものの務めを放棄なさろうとしている」

今度は、アドルが後ずさる番だった。

「俺はもう、『魔王』ではない」

自分の喉から溢れた弱々しい声に驚きつつ、アドルは言った。

「この世界に、魔王の再臨は必要ないのだ」

「わたしの考えは違います」

背中が、社交室《ラウンジ》の隅に置かれた戸棚に張り付く。ついに追い詰められてしまった。

「お前のやりかたは……争いを生むだけだ！」

ルマルクは微笑んだ。同情の色さえ浮かべて。彼は言った。

「貴方のやりかたでは、魔族の苦しみは贖《あがな》えない」

ルマルクがパチンと指を鳴らした。

その瞬間、背後にあった戸棚の扉が開き、中から無数の触手が飛び出してきた。

「な……！」

抵抗する間もなく、アドルの身体は触手によって雁字搦《がんじがら》めにされてゆく。

夢間《むげん》の獄《ひとや》。

五百年前、城の牢獄でこれと同じものを見た。見ただけでは無い。これを用いて罪人を罰するよう、自ら命じていたのだ。

「ルマルク、貴様……！」

彼は微笑みを浮かべたまま歩み寄り、指の背でアドルの頬を撫でた。

「おいたわしや。〈雷炎の魔王〉と呼ばれた貴方が、これほどまでに落ちぶれる様を見るのは、わたしとて心苦しいのですよ」

言葉とは裏腹に、ルマルクの目には煮えたぎるような悦楽が浮かんでいた。

「貴方が冠を脱ぐと仰るのなら、わたしがそれをかぶりましょう。これでようやく、我が民に約束した『再臨』を実現できる」

「放……せ！」

触手に魔力を吸い取られ、意識が遠のく。

靄《もや》のかかったような意識の向こう側で、ルマルクが何か言っていた。

「感謝しますよ。貴方はやはり、何も変わっておられない。だからこそ計画通りに事を進めることが出来た」

舌がナマコのごとく膨れ上がったように感じられる。全てが鈍《にぶ》くて、緩慢《かんまん》だ。

「ルマ……ル……」

「おやすみなさいませ、陛下。良い夢を」

最後に聞いたのは、ルマルクの嘲るような笑い声だった。

13　夢から醒めて

また、夢を見た。

瞼を開けて、トレーラーハウスの天井を目にしてもなお、余韻《よいん》を感じられるほど生々しい夢。一人の男にまつわる夢だ。

その男は、大勢の魔族に傅かれていた。王冠を戴《いただ》いた異形《いぎょう》の仮面を纏い、権勢《けんせい》を振るっていた。

彼は傲慢で、自信に満ち、時に冷酷で、漲《みなぎ》る魔力を自由自在に操っていた。

城は美しく、活気に溢れていた。魔法仕掛けの燈火《どうか》が隅々までを明るく照らし、ひとりでに奏でる楽器があちこちに置かれていた。

彼らは城内に花を生けたり石像を配したりするかわりに、自然そのものを飾っていた。回廊の壁龕《へきがん》には、苔《こけ》むした森や小さな滝から流れる水を湛えた泉があった。幽玄《ゆうげん》な光を放つ妖精たちがそうした空間に憩《いこ》って、楽しげに笑いさざめいていた。高い梁《はり》には野鳥が集い、中庭では獣たちが戯《たわむ》れている。

この魔法に満ちた城こそ、五百年前の魔王城なのだ。そして玉座に座るのが〈雷炎の魔王〉。オズがアドルと呼んでいた男だった。

夢はいつも唐突に始まり、目覚める直前まで続く。

オズが夢の中で誰かと言葉を交わすことは無かった。そこが、普通の夢とは少し違うところだ。オズは幽霊のように彷徨うことしか出来なかった。

そして目が覚めると、虚しさに襲われる。

こんな夢を見るのは罪悪感からだとわかっているからだ。

「ああ……クソ」

呻きながら身を起こし、酒の匂いがする空気を吸い込む。またソファで寝落ちしてしまったようだ。足下が妙に冷たいのを不思議に思って見てみると、寝る直前まで持っていたらしい酒瓶が転がって、中身が床にぶちまけられていた。

頭蓋骨《ずがいこつ》の中で血が動く度に、ひどい頭痛がする。

立ち上がった瞬間に脳がスイングして、吐き気に見舞われた。吐く場所を探したが、洗面台は汚れた皿で一杯になっている。慌ててトレーラーの外に出たものの、古い義足をつけているのを忘れて階段を踏み外し、転がり落ちた拍子に全てをぶちまけた。

奇《く》しくも、外は大降りの雨だった。

呻きながら起き上がって、トレーラーのステップに腰を下ろす。たたきつける雨をいいことに、顔にへばりつく泥や他のものをシャツで拭った。頭痛は相変わらずで、いっそ頭をかち割ってやろうかと思う。

ひどい有様《ありさま》だ。

まったく、目も当てられない。

情報局の連中がアドルを見捨てるつもりだと知ってから、これで三日になる。情報局を放り出され、このトレーラーに辿り着いてから三日。余計なことが出来ないように、左脚の義足を取り上げられてから三日。満月の夜まではあと四日。正確な日時はわからないが、貂熊《ガデオス》の暗殺作戦はそれよりも前に実行される。

二日間、自分に出来ることは無いか考えに考えた。だが、何もなかった。

左脚に旧式の義足をつけた満身創痍《まんしんそうい》の男。スパイの掌の上で転がされていただけの疑似餌《ルアー》に、出来ることなど何もない。その事実からは逃げられないのだと悟った瞬間に、手が酒瓶に伸びていた。

それから一昼夜、昏倒《こんとう》と覚醒《かくせい》の繰り返しを続ける内に、あの夢の世界に迷い込んだのだ。

まるで、誰かに導かれたみたいに。

「ただの夢だ」

オズは言い、口の中に残る嫌な味を吐き出してから、トレーラーに戻った。

もう一度眠りに逃げ込もうと思ったが、ベッドを使う気にはなれなかった。あの夜の残り香が、そこで自分を待っているような気がした。

だからオズはソファに腰を下ろし、拾い上げた酒瓶を勢いよく呷ってから目を閉じた。

そして再び、血によって結ばれた男の夢に落ちていった。

†

夢間《むげん》の獄《ひとや》は、捕らえた者に永遠に醒めない夢を見せる処刑装置だ。

アドルもまた、牢獄のような夢に囚《とら》われた。

日の当たらぬ谷間の影に生息する夢喰《ゆめく》い虫は、蔓《つる》に似た触手を持つ忌まわしい魔物だ。夢喰い虫を閉じ込めた檻に罪人を放り込めば、催眠作用のある触手が絡みついて魔力を吸い取り、決して逃れることの出来ない夢を見せる。囚人は抵抗する力を奪われ、長く緩慢な死へと誘われる。

行き着く先にあるのは、死。それがわかっていても、アドルは夢に溺れた。

五百年前、人間の軍勢に破壊し尽くされたはずの城は見事に蘇り、家臣も民も、みな息災《そくさい》で暮らしている。誰もが自分を知っていて、誰もが恐れ敬う。馴染みの匂い、味、感触、そして声。その全てを五感で感じ取れるほど真に迫った夢だった。

今は人間との戦の最中。だが、現実とは異なり、戦況はことごとく魔族が優勢だ。

配下の四軍の全てが華々しい勝利を手中に収め、余力十分な状態で次の戦を待ちわびている。今回は城を取り囲む攻城兵器もなければ、人間軍に寝返る者も居ない。

勝利は確実だった。

追い詰められた勇者一行が城内に侵入してきたときも、その確信は揺らいでいなかった。家臣には手加減するよう命じたほどだ。それでも勇者の仲間たちは次々と倒れていった。

そして、玉座の間に彼が現れる。

燃える碧眼《へきがん》。小麦色の髪。少年と見紛うほどあどけない顔。己の正義を疑わぬ決然とした表情は、今は怒りに滾っていた。

傷だらけの鎧は鈍い輝きを放ち、抜き身の剣は憎しみを湛えた牙のように燦めいている。

ああ！　これこそ夢にまで見た瞬間だ。

「かかってこい……ブランウェル！」

剣を交えるほどに、勇者の脆弱《ぜいじゃく》さを味わう。勢いの無い剣筋。空《うつ》ろな視線。精彩を欠く身のこなし。怒りばかりが先立つ闇雲な戦いぶり。

後ろ盾も無く、加護も無く、ただ純粋な使命感に駆られて、『人間の敵』を討たんと剣を取っただけの愚者。仲間の骸《むくろ》は、彼の背後でゆっくりと温度を失ってゆく。

それは、なんと凄絶《せいぜつ》な孤独であったろうか。

なんと厳然たる敗北であったろうか。

魔王の一閃《いっせん》で剣を折られた勇者は、とうとう膝を屈した。

彼はそのとき、悲鳴を聞いたろうか。人間たちを待ち受ける、過酷な未来《あした》から聞こえてきた悲鳴を。

「勇者よ」

敗北を受け入れ、項垂《うなだ》れていた勇者が顔を上げる。

そこにいたのは、予想もしていなかった人物だった。

時が、凍り付く。

「な……」

そこにいたのは、オズウェル・レイニアだった。

彼は、この状況が信じられないという表情を浮かべていた。

「アドル……？」

魔王は剣を取り落とした。

鋼《はがね》の音が、大理石の広間に谺《こだま》する。

「何故、貴様がここに……？」

傷は癒えたのだろうか。裏切られたことに腹を立てているのでは無いか。俺のことなど見限ったに違いない。失望したはずだ。所詮《しょせん》、魔王は魔王なのだと思っただろう。

彼は今にも剣を奪い、俺を殺そうとするかも知れない。そうなる前に剣を拾え。雷炎を放ち、勇者にとどめを刺せ。

そう、夢が囁きかけてくる。

アドルはのろのろと片手をあげ、手の中に雷炎を呼び起こした。掌に汗が滲むせいで魔法が安定しない。だが、無力な人間にとどめを刺すには十分すぎるほどの威力がある。

オズは静かに、アドルを見上げていた。

あまりにも無防備で、あまりにも真摯な眼差しだった。

「昔、まだ石像だった頃のお前に会いに来たことがあったっけ……」

オズは、妙にしまりのない口調で言った。

「その時は、何故かお前が自分の家族よりも近い存在に思えた」

「馬鹿なことを。お前と俺は似ても似つかぬ」

そうだよな、とオズは言い、ヘラヘラと笑った。

「でもな、俺はその時こう思ったんだ……俺がお前を目覚めさせたいって。こいつを、誰にも渡したくないって」

彼は俯き、自嘲気味な笑みを溢した。

「ほんっと、馬鹿だよな。出来損ないの俺が、そんな大役を任されるはず無かったのに」

危なっかしく左右に傾《かし》ぐ頭をなんとか持ち上げて、オズはアドルを見上げ、また俯いた。

これは……間違いなく酩酊《めいてい》している。

「結局望み通りにならないのにムカついて、家を出た。でもさ、そのおかげで俺は命を狙われずに済んだし、こうしてお前と会えた」

右手の中で、解放の時を待っていた魔法の勢いが、ほんの少し収まる。

「何故、俺を目覚めさせたいと思ったのだ？」

するとオズは、微かに首を傾げて考え込んだ。それからひとりでにクククと笑い、こう言った。

「さあ……一目惚れってやつかな？」

オズは力の入っていない指先で、アドルの顔の辺りを示した。

「その不細工なマスクがあっても無くても……お前は俺の運命だ」

アドルの右手の中で、魔法がゆっくりと萎《しぼ》み、やがて消えた。

オズの前に片膝を突き、顎に手をやって上向かせる。

触れられた感触に驚いたのか、オズの瞳に鋭い光が戻ってくる。

「うわ、なんだこれ。夢にしちゃリアルだな」

「オズウェル」

息のかかる距離でそう呼ぶと、オズの意識がさらにはっきりしてくるのがわかった。それでもまだ、完全に醒めてはいない。

アドルはオズの顔を両手で包み、扮装の魔法を解いて己の素顔を晒した。そして、彼を引き寄せて口づけをした。

驚いたオズの背中が強ばる。だが彼の唇は、一瞬の躊躇いを押しやるように、力強く口づけを返してきた。舌には微かに、酒の味が残っている。雨と泥の匂いを感じた。ろくに風呂にも入っていないのか、獣じみた匂いもした。

それでも、この口づけを永遠に続けていたいと思えた。

ふと、脳裏に何かが過る。

水面に向かって浮上してゆくみたいに、身体が浮くような感覚に襲われる。夢の世界が崩壊する前兆だ。

アドルは唇をはなし、オズの目を覗き込んだ。

「オズウェル・レイニア。まだ、俺を信じているか？」

彼の青い目の中に、いくつもの疑問が浮かぶ。だが呼吸を一つ、二つ重ねていくうちに、ひとつの確信だけが残った。

彼ははっきりとこう言った。

「ああ」

アドルは、ほんの一瞬目を閉じた。

それから、おもむろに立ち上がり、玉座の間の壁際まで歩くと、右手を大きく振った。美しい幻想はたちまち掻き消え、廃墟と化した城の姿が露わになる。

アデルタ軍によって蹂躙された、栄華《えいが》の骸。そう。これがまことの姿。

俺が受け入れるべき敗北だ。

アドルは投石機が壁に開けた大穴の縁に立った。そこから、今まさに昇ろうとしている朝日が見えた。無慈悲なほど美しい曙光が、骸さえ消え果てたかつての戦場を静かに照らしていた。

「あの時、勇者ブランウェルはこう言った。お前は時の果てに再び蘇って、その平和を見届けろ。そしてもし――」

その先に続く言葉を、ずっと思い出せずにいた。だが、今わかった。

「もし我々が何かを間違えていたら、今度はお前が、それを正して欲しいと」

アドルは振り向き、オズを見つめた。何かを疑うような彼の眼差しに、恐怖の色が滲んでゆく。

「何する気だ、アドル――」

「いいか、オズウェル。俺を信じているなら、ダルシュに来い」

オズは「待て！」と叫び、床を蹴って駆け出した。

アドルは、大穴の縁を摑んでいた手を放した。

こちらに向かって伸ばされたオズの手が、空《くう》を掻く。

落下。あるいは浮上。

そして、夢は終わった。

†

「アドル！」

起きた瞬間にソファから飛び出したオズは、勢いのままトレーラーハウスの壁に激突した。

「ああ……っ、ちくしょう……」

頭を抱えて、呻きながら蹲る。鼻から生ぬるい血が流れ始めた。どうやら折れたらしい。心臓の鼓動は痛みのせいではない。たったいま見ていた夢のせいだ。

最初は、ただの夢だと思っていた。だが、あのリアルな感触は、とても夢とは思えない。唇にまだ彼の熱を感じるほど、真に迫っていた。

鼻から零れた血が、掌に落ちる。血は、アドルを目覚めさせるために左手につけた傷痕をなぞるように伝っていった。

その時、ハッとした。

俺とあいつは、血で繋がっている。

もし、アドルを石化から解くために使われたオズの血が、二人の意識を繋げたのだとしたら？

もし、あれがただの夢では無かったなら、アドルの言葉の一つ一つが意味を持つことになる。

「ダルシュ……」

俺を信じているなら、ダルシュに来い。

俺を、信じているなら。

オズは両手で鼻梁《びりょう》を挟み込んでから、勢いをつけて曲がった軟骨をまっすぐにした。それから生乾きの鼻血を拭うと、服を着替えて車に飛び乗った。

†

「お早いお目覚めですな」

夢の余韻を振り払おうと頭を振る。顔に手をやろうとしたが、身動きが取れないことに気付いた。頭を巡らすと、夢喰い虫の触手に四肢を戒《いまし》められているのがわかった。さながら、磔刑《たっけい》に処される罪人だ。

眠りに囚われる前にはなかった魔法陣が、硝子で出来た壁や床のいたるところにびっしりと書き込まれている。ルマルクは、透明な壁の隙間を埋めるように新たな魔法陣を書き入れているところだった。

ここは……相変わらず、飛行船の中だ。だが、床に描かれた魔法陣の向こう側にある地上の景色はがらりと変わっていた。

緑の草に覆われた、なだらかな丘陵《きゅうりょう》地帯。放牧された家畜や民家まではっきりと見える。何の変哲もないのどかな田園風景。ニュースで何度も目にした光景だった。

「ダルシュ……」

アドルの目にもはっきりと、それが見えた。

虚空《こくう》に棚引《たなび》く煙のような、一筋の線。それは、地平線に届こうかというほど長く伸び、不気味に揺らめいていた。ブリガドーンの門の前兆だ。

アドルは、異界との境界にある薄い膜を向こう側から引っ掻く何かの存在を感じて、身震いした。

オズの言っていた通り、現代の裂け目は五百年前とは桁外《けたはず》れの規模だ。これが開いてしまえば、どんなことが起こるのか想像もつかない。

どうにかして、阻止《そし》しなくては。

魔法陣の向こう側に広がっている空に味方の姿を探してみても、雲が散らばるばかり。

やはり、あの夢はただの夢だったのか？

いや。そんなはずはない。あれは現実だった。

オズは来る。必ず、俺の元に来る。

目覚めたアドルの前に、ルマルクがやってきた。彼は、用意されていたリネンで手についたインクを拭った。

「夢喰い虫では力不足だったようで、まことに遺憾《いかん》です。安らかな寝顔のまま冥府《めいふ》へお送りしてさしあげようと思ったのだが」

「こんなことはよせ、ルマルク！」

アドルは言った。

「破壊では、世界は良くならない。力に力で抗ったとて、彼らの敵意が消えるはずがないではないか！　また、いつ終わるとも知れぬ戦いが起こるだけだ！」

ルマルクはにっこりと微笑んだ。

「それで良いではないですか」

「なんだと……？」

「抵抗するものは抵抗し、恭順《きょうじゅん》を示すものはそうするでしょう。戦いが起こる？　望ましいことです。魔族は戦ってこそ魔族。そうして強いものが生き残り、我らはさらに強くなるのです。貴方にも、幼い頃からそうお伝えしてきたはずですが」

ルマルクは、失望した教師のように首を振った。

「だからこそ魔王は誰よりも強く、苛烈であらねばならない。だが、貴方は柔《やわ》だった。不幸にも、それが魔族の衰退を引き起こしたのです」

それは違う、と言いたかった。

しかし、心の何処かではわかっていた。それを認めるほかないことを。

「わたしは不出来な生徒を持った教師として、責任を取ろうとしているだけなのですよ。それを、貴方に責められるいわれはありません」

ルマルクは再び、インクの皿に指を浸して、魔法陣を書き始めた。

「それでも……お前のやり方は間違っている」

彼は返事をしなかった。

最後のひと文字を書き終えて、もう一度、リネンで指を拭う。ルマルクが合図すると、控えていた手下が古びた木箱を運んできた。封印の魔法陣が刻まれている。

ルマルクは人差し指の一振りで封印を解き、中に入っていたものを取り出した。恭《うやうや》しい手つきでそれを持ち上げ、テーブルの上に置く。

「これが、勇者の書です」

一見しただけでは円盾《えんじゅん》のようにも見える。丸い形をした大きな本だった。

「儀式によってのみ、この書は貴方様の真名を明かします。そして、貴方は強大な力をその身に宿すのです。望もうと、望むまいと」

ルマルクが丁寧にページをめくると、古びた羊皮紙がパリパリと音を立てた。

「昨年、レイニア家の者が我らの手によって葬《ほうむ》られたことはお聞き及びでしょう」

オズの兄と、その妻のことだ。葬られた、という言い方は正しくない。

「貴様が、同胞に自爆を命じて暗殺したのだろうが！」

「やはりご存じでしたか」とルマルクは笑みを浮かべた。

「あれは、魔族の肉体そのものを爆弾に変える魔法です。身に宿した魔力が多ければ多いほど、その威力は増す。このわたしが考案しました」

なぜ今、ルマルクがその話をしているのか――深く考えるまでも無く、嫌な予感が背すじを凍り付かせる。

「貴様、まさか……」

「あの魔法は、爆弾に変化させる者の真名が判明していなければ発動しないのです」

だから、ルマルクはアドルを必要としていたのだ。

「真名返還の儀式に続いて、貴方を爆弾に変える呪文を施します。これによって魔力レーダーに探知され、人間どもに勘づかれるでしょうが……気付いた時にはもう遅い」

ルマルクは、授業をする教師のようにゆっくりと歩きながら説明を続けた。

「連中が手を打ってくる頃には、貴方はこの世で最も強力な爆弾に姿を変え……門をこじあけていることでしょう。そのお命と引き換えに」

ルマルクは、まるで歌うように滑らかにこう続けた。

「最初に門が開いたとき、膨大な量の魔法粒子《マジカ》の流入がおこり、魔族が生まれました。わたしはそれを再現するつもりです。この規模の門ならば、影響はアデルタ全土に及ぶでしょう。魔族はもはや少数派ではなくなるのです」

はじめてルマルクの計画の全貌《ぜんぼう》を知ったアドルは、言葉を失った。

俺が爆弾となって門をこじあける？　そして、人間を魔族に変えるだと？

異界《ブリガドーン》への門が開けば、被害はそれだけではすまない。魔物の流入に疫病、天変地異——ありとあらゆる災厄がおこる。今までに無い規模になるだろう。世界は一変する。

俺が、その引き鉄となるのか？

アドルの様子をみて、ルマルクは小さく頷いた。

「では謹《つつし》んで、このわたしが貴方に真《まこと》の名をお返しいたします」

「やめろ……！」

アドルは力の限りもがき、逃れようとした。だが、身体は濡れ紙のように萎え、まったく言うことを聞かない。

「よせ、ルマルク！　今ならまだ止められる！」

力を振り絞って発した言葉にも、ルマルクは耳を貸さなかった。彼はアドルの声など聞こえないというように、穏やかに微笑んだ。

そして、勇者の書に記された、返還の呪文を読み上げ始めた。

†

「もう手遅れだ」

ネヴィルはうんざりしているのが声に出ているのを隠そうともしなかった。

「君のわがままに取り合っている暇は無い。切るぞ」

「待て！　最後まで話を聞いてくれ」

オズは時速一二〇キロメートルで車を飛ばすのと、スマホの向こう側に居るネヴィルに追いすがるのとを同時にこなしていた。

「いま俺を無視したら、お前は絶対に情報局を追い出される。というか、俺が騒ぎ立ててお前に責任を取らせる」

一瞬の沈黙の間に、ネヴィルの脳裏にいくつかのオプションが並んでいくのが手に取るようにわかった。中には当然、オズを消す選択肢も入っているだろう。簡単にはいかないことも、よくわかっているはずだ。

ため息をついて、ネヴィルが言った。

「三分だけだぞ」

「アド――協力者《アセット》にかけた呪いは、もう解除できないんだな？」

「ああ。言ったとおり、手遅れだ。何発か火の玉を放つくらいのことは出来るだろうが、それ以上となると、命と引き換えになる」

出鼻《でばな》を挫《くじ》かれたが、予想はしていた。

オズが、奇妙な夢の話をかいつまんで説明すると、ネヴィルは苛立ちを露わにした声で言った。

「つまり、酔って見た夢の内容を伝えるために、わたしの貴重な時間を奪っているということか？」

「馬鹿げて聞こえるのはわかってる。でも――」

ネヴィルは大きなため息をついた。

「いいか、レイニア。君の気持ちも理解できる。だが、魔王はもうこの世界には必要ない。過去の遺物だ」

「そんなことはない」

目の前に居たら殴っていただろうが、この状況では怒りを飲み込んで会話を続けるしか無い。

あいつは世界を変えようとしてたんだ。少しずつだけど、前に進んでた。たとえ、それを知っているのが俺だけだとしても。

「ネヴィル、ラナタイルに居る連中をダルシュに動かすのにどれくらいかかる？」

「ダルシュが今回の件とどう関係するんだ。あそこには――」

「ブリガドーンの門がある」

その言葉の威力はてきめんだった。一瞬の沈黙の後、ネヴィルは言った。

「まさかそんな――」

「本当にあり得ないと思うか？」

ネヴィルの頭が回転する音が聞こえるようだ。

「仮にそうだとしても……現状、門は安定している。こちら側からこじ開けるなら、莫大《ばくだい》な魔法エネルギーが――」

言葉が途切れ、息を吸い込む音が聞こえた。

「それで、協力者《アセット》を使うのか」

「ああ。コンを殺したのは普通の自爆テロじゃなかった。貂熊《ガデオス》によって爆弾に変えられた魔族を使ったんだ」

だから、コンは驚きのあまり反応が遅れた。娘を守るのがやっとで、生き残れなかった。

オズはハンドルを握りしめた。

「そうか……あれは実証実験だったということか」

ネヴィルがぶつぶつと呟いている。

「協力者《アセット》は魔力の容れ物――生《い》け贄《にえ》に過ぎないから、魔法を使う必要は無い。一定量の魔法使用で発動する我々の呪いも効力を発揮しない……」

魔王が復活すれば、彼の体内にはすさまじい量の魔力が戻る。概算《がいさん》で、アデルタ国民が使用するエネルギーの十年分にもなる。もし、貂熊《ガデオス》がアドルを爆弾に変えることが出来るとしたら、どんな兵器も敵《かな》わないほどの威力を持つ爆弾になるだろう。

「説得力はある」

ようやく、ネヴィルは認めた。

「だが、証拠は無い。夢だけでは、上は納得させられないぞ。儀式が始まれば魔力を探知できるが――」

オズは苛立たしげに呻いた。

「始まってからじゃ遅い！」

まるで、ジャングルの藪《やぶ》の中を歩いているような気分だった。どれだけ草を掻き分けても、ちっとも前に進めない。

「あんたが動けないなら、俺だけでもダルシュに運んでくれ」

「君一人でどうするつもりだ」

「一人じゃない。あんたが根回ししてくれれば」

「それはどういう――」

その時、上空を大きな影が通過していった。ネヴィルにも、ジェットエンジンの音が聞こえたに違いない。

「待て、君は今どこに居るんだ？」

オズはハンドルを切って、アデルタ陸軍のローンモール飛行場の検問所に車を進めた。門衛《もんえい》が車を止めたところで、ウィンドウを下げる。

オズはスマートフォンを手に取り、マイクに向かってこう言った。

「俺を今すぐ、ダルシュに居る対魔特殊作戦軍《マジカフォース》チームαのところまで送るように言ってくれ」

そして、訝しげな顔で車内を覗き込む門衛に、スマートフォンを手渡した。

オズにさらなる説明を求めるネヴィルの、わめき声が遠ざかる。

ようやくネヴィルにも、質問の答えが返ってこない苛立ちを味わわせることが出来た。

14　いつか、勇者様が

ロイエルド・デゾム・アゾト。

初めて耳にしたような気もするし、耳に馴染むような気もする。

それが己の真名だとわかったのは、耳にした瞬間に、身体の内側に力が満ち溢れたからだ。

まるで嵐を孕《はら》んだ夏の積乱雲のように、あるいは冬枯れの森を飲み込む炎のように、力が湧《わ》き上がり、四肢の隅々にまで満ちてゆく。アドルの身体を戒めていた夢喰い虫の触手は、火にあぶられた髪の毛のように縮《ちぢ》れて朽《く》ちていった。

だが、自由にはなれなかった。

飛行船の客室の壁や窓にびっしりと書き込まれた魔法陣が輝きを発し、宙に浮かび上がる。アドルは、文字や記号で埋め尽くされた結界に閉じ込められた。

「ルマルク!!」

真名の返還によって戻ってきた魔力を使って結界を破ろうと足掻いてみたが、無駄だった。魔法は全て自分の身に跳ね返ってくる。

「く……そ……っ」

不意に、あたりが薄暗くなった。ごろごろと雷鳴を轟《とどろ》かしつつ、暗雲が垂れ込め始める。

ルマルクは真名返還の儀式のために、開きかけた亀裂《きれつ》から魔力を吸い取った。それが刺激となったのだろう。飛行船の下に横たわる亀裂が身じろぎしたのが、アドルにも伝わってきた。それは眠りを妨《さまた》げられた獣のように、不機嫌に唸っていた。

「抵抗なさってもむだです。その結界を中から破ることは敵いません」

結界の向こう側で、ルマルクがさらに呪文を唱える。

今までに耳にしたことのない呪文だが、古魔族語の羅列《られつ》から、それがどういう意味を持っているのかはわかる。

「よせ！」

中空に細かな文字が浮かび上がり、自分の身体に張り付いてゆく。縄《なわ》のようにうねる文様《もんよう》は、導火線の呪文だ。

「これで、貴方は生ける爆弾となったのです。この呪いは貴方の真名と結びついている。貴方の真の名がロイエルド・デゾム・アゾトであるかぎり、決して解除することはできません」

ルマルクが額の汗を拭った。その顔には、達成感すら表れている。

飛行船を取り巻く景色は、見るも禍々しい様相に変わろうとしていた。とぐろを巻く暗雲の表面に無数の電光が走り、霹靂《へきれき》が響き渡る。遙か遠くの大気さえ、黄みがかった不吉な色に染まっている。

空気はじっとりと湿り、重く息苦しい。

異界の門が、待っている。

アドルは、怖ろしく巨大な何者かが期待に息を凝《こ》らしているのを感じ取れる気がした。

「貴方はこれより、異界への供物《くもつ》として捧げられます。最後に何か仰りたいことは？」

アドルは、かつての家臣であり、教師であった男を睨みすえた。

「お前の企みは挫かれる。俺には無理でも、勇者の血を引くものが、必ず！」

ルマルクは微笑んだ。

「ならばわたしが魔王として、勇者の前に立ちはだかりましょう。ただし此度《こたび》の結末は、五百年前とは違います。ご安心召《め》されよ」

ルマルクが一歩後退し、右手を掲げる。

「ルマルク――」

「では、おさらばです。ロイエルド・デゾム・アゾト」

乾いた音を立てて、指が鳴らされる。

その瞬間、足下の硝子が割れて、アドルは空中に放り出された。

†

「降下空域到着まで、残り五分」

酸素マスクに装着された無線機が、オズと、チームの仲間たちにそう告げた。

輸送機の高度は約一万メートルに達している。ここまでくると、眼下に見える景色は『地上』というより『惑星』といいあらわしたほうがしっくりくる。

開放されたドアからは、息を呑む光景が見えていた。

なだらかに弧《こ》を描く地平線に被さるような大気の層と、その上にひろがる濃紺の空間。上に向かって手を伸ばせば、生《き》のままの宇宙の温度を感じることが出来そうだ。

対魔特殊作戦軍《マジカフォース》チームαの精鋭五人がオズのすぐ傍に居て、同じ景色を眺めていた。

「オズがゲロ吐く方に五百ゴールド」

「じゃあ俺は七百」

「これじゃ賭けにならない」

無線から、仲間の声が聞こえてくる。オズは一番高値をつけたスタンの脇腹を突いた。

「吐くわけないだろ」

「一年のブランクを甘く見るなよ」

スタンは笑い、降下に備えて口をつぐんだ。他の隊員たちも、チームリーダーに倣って沈黙する。

ゴーグルを装着し、グローブをつけた手をぎゅっと握る。一つ一つ装備を確かめ、これ以上の確認は必要ないことを自分自身に納得させようとする。

その時、ドアの傍に立つ降下長が片手をあげた。

「待て。状況が変わった」

彼は地上からの報告を頷きながら聞いていたが、やがてこう言った。

「レーダーに魔力反応があった。その影響で裂け目が活発化している。すでに触手の侵入も始まっている」

儀式が始まったのだ。

「クソ……」

無線機からいくつかの悪態が聞こえた。

まさか、このまま引き返すことになるのだろうか。横目でちらりとスタンを見るも、ゴーグル越しでは彼の表情は覗えない。

ややあって、スタンが言った。

「作戦に変更はない。我々は標的《ターゲット》を排除し、ブリガドーンの開門を阻止する」

降下長はこくりと頷いた。

「了解した」

スタンが、ほんの一瞬オズを見た。相変わらず表情は見えないが、小さく頷いた。それだけで、伝えるべきことは十二分に伝わる。

「降下空域到着」

降下長の声が告げ、隊員たちがドアに向かって進んでゆく。トップバッターはスタン。しんがりがオズだ。

「行くぞ！」

スタンの号令に、隊員が次々とドアの外に身を躍らせた。

こういうときは、なるべく考え事をしない方がいいと言われる。でないと、空の境界みたいな場所からウイングスーツで身投げする狂気について、客観的な視点を保つことが出来なくなるからだ。

でも、この瞬間においては——客観的な視点なんかくそくらえだ。俺はアドルを助けに行く。

前に居た隊員が降下し、目の前にはだだっ広い空虚がひろがるだけになる。

オズは息を吸い込み、それから、重力に向かって身を躍らせた。

輸送機のエンジンから流れ出す気流の塊が身体にぶつかり、砕け散る。気温はマイナス五十度を下回り、手が届く距離に宇宙空間があるように見えても、ここはまだ大気と重力の支配圏だ。ちっぽけな肉体は、いいように翻弄《ほんろう》されて錐《きり》もみになる。

指定高度に到達し、眼下でスタンのウイングスーツが開いた。濃厚な青空の中で、スーツに織り込まれた魔法陣が目映《まばゆ》く輝く。続いて他の隊員たちもスーツを拡げ、落下速度を低減していった。六匹の巨大モモンガは空中でフォーメーションを組み、降着地域を目指して雲の切れ間を突き進んだ。

空気中の魔法粒子《マジカ》濃度を知らせるカウンターが、ガリガリと音を立て始める。門に近づいている証拠だ。

「見えたぞ」

凶暴な風の音を圧して、スタンの声が聞こえた。

まず目に入ったのは、たちの悪い裂傷《れっしょう》のような裂け目だった。南北に走る裂け目のちょうど中程が開き、何本かの触手が伸びている。手当たり次第に触れたものに巻き付き、異界へと引きずり込む貪欲な腕だ。

飛行船は、その裂け目の上空二千メートルほどの地点を航行していた。

「目標発見！　これより接近を開始する！」

オズたちが目指す飛行船の客室は、巨大なガス袋の腹に位置している。死角から乗り込むためには、気流の乱れの中、数キロに及ぶ距離を水平飛行しなければならない。

いくら魔法を搭載したウイングスーツでも、命知らずの芸当と呼ばざるを得ない。だが、それをやってのけるのが対魔特殊作戦軍《マジカフォース》なのだ。

時速三百キロを超すスピードで空を裂く。空では遠近感が狂うものだ。親指の爪ほどのサイズに見えた飛行船はみるみるうちに巨大化し、瞬く間に、鼓動を速めるほどの距離に接近する。

目的地は目の前に迫っていた。客室は半分が特殊カーボン製、もう半分は強化硝子で出来ている。硝子の壁は魔法陣で覆われていて、中が見えない。明滅する光が漏れ出ている様子をみるに、今まさに儀式が行われている最中のようだ。

はやく、あそこに辿り着きたい。

「ブレーキ発動！」

号令にあわせて右手でサインを作ると、魔法仕掛けのグローブがそれを感知し、ウイングスーツの後部からドラッグ・シュートと呼ばれるパラシュート状の魔法陣が現れた。空気抵抗によって速度がガクンと落ちたところで右手を伸ばし、客室の外壁に向けてボルトを放つ。ボルトは外壁を貫通した後に鉤爪《かぎづめ》を繰り出し、ロープで繋がれた隊員の身体を支える。

「降着地点に到着。侵入を開始する」

司令部に報告するスタンを尻目に、オズは客室の最後部にぶら下がったまま、他の隊員たちが侵入口を確保するのを待った。

その時だった。何かが砕ける音が聞こえたのは。

客室の床面より低いところにいたオズには、それがはっきりと見えた。

粉々に砕けた硝子の雨。

時速七キロメートルで、雨は地上に落ちる。

その中に、彼が居た。

「アドル――」

何も考える必要はなかった。躊躇いなどない。彼がいるなら、俺もそこに行く。

「オズウェル！」

スタンがオズを呼び止める。群れの掟《おきて》が染みついた獣の習性で、オズはスタンの方を見る。

行かせてくれ。頼む。

一瞬の後に、スタンが言った。

「こっちは任せろ。必ず戻ってこいよ！」

オズは頷いた。ひとつの頷きにどれほどの感情を込められるにせよ、ありったけの感謝を込めた。

「了解！」

そして、飛行船と自分を繋いでいた命綱を裁《た》ち切り、愛しい男を追いかけた。

†

落ちる、落ちる、落ちる。

大気の塊になぶられ、天地もわからないほどもみくちゃにされながら、なすすべもなく落下してゆく。

取り戻したはずの魔力は、ルマルクの魔法陣によって身の内に押しとどめられたまま手がつけられないほど暴れ狂っている。

落ち行く先にはブリガドーンの門が待ち受けている。次の瞬間にでも、この身は漆黒《しっこく》の触手に捕らえられ、異界へと引きずり込まれるだろう。そしてこの身は爆散し、世界に巨大な風穴を開ける。

そうなる前に、謝ることができたらよかった。世界を破壊して申し訳ない、と。

だが結局、それが魔王の役割なのかも知れない。皆が愛するものを壊して、消えてゆくのが。

ロイエルド・デゾム・アゾト――いまとなっては、まるで他人の名のように思える。古魔族語で『嵐を愉しむ者』という意味だ。実に魔族らしい、好戦的な名だ。

こんなものは俺の真名ではないと言えたらよかった。

俺の名は、もっと優しく、美しい響きを持った言葉でありたかった。

彼が与えてくれた、あの名前のように。

「アドル！」

聞こえるはずの無い声が聞こえた瞬間、アドルは目を開けた。

そして、薄曇りの空からこっちに向かってくる人影を見た。奇妙なヒレのついた戦闘服に身を包んだ男が、まっすぐに近づいてくる。

雲の切れ間から射《さ》す光が見せた幻《まぼろし》だろうか。その身体は、不思議な光輝《こうき》に包まれているように見えた。かつて、自分を倒しに来た勇者が纏っていたのとそっくりな輝き――女神の加護を受けた者だけが放つ光だ。

俺の勇者。俺の――

「オズウェル……！」

彼は顔を覆うものを全て剝ぎ取り、素顔を晒してもう一度こう呼んだ。

「アドル!!」

アドルは両手を拡げて、彼を待った。

そこにオズの手が、腕が、身体全体がぶつかってくる。オズは、アドルがどう足掻いても壊せなかった魔法陣の障壁を力業《ちからわざ》で破って、アドルを抱き留めた。アドルを閉じ込めていた魔法陣の檻が粉々に砕け、跡形もなく消えていった。

「摑まえた！」

彼はアドルを抱く腕に力を込めると、装備を操作して、魔法陣からなる落下傘《らっかさん》を開いた。

ああ。この抱擁《ほうよう》を、どれだけ待ち焦がれていたことか。

「遅いぞ、小僧！」

アドルは言った。オズの視線を摑まえるためだけに。

案の定、彼はアドルを見た。暗闇に射す一条の光を閉じ込めたような瞳の輝きが、暗雲を晴らしてゆく。

「悪い。デートの準備に手間取っちまった」

絡み合う視線が、言葉に出来る以上の感情を互いに伝える。

そして、二人は口づけをした。パラシュートで降下しながらのキスは荒っぽく、歯がぶつかって血が滲んだ。それなのに、分かたれていた魂が再びひとつになったような充足感と安堵に包まれた。

吐息を込めて、オズが名前を呼ぶ。

「アドル……」

ああ、そうだ。

これこそが、俺の真名だ。

心の底から、喜びと共に、それを認めた。

瞬間、己の身を縛るものは消え失せ、魂を戒めていたものも搔き消えた。

どこからともなく清浄な風が吹き、二人を包む。

「うわ！」

風に煽られ、危うげに身体が揺れる。オズはアドルを抱く腕に、さらに力を込めた。

当のアドルは――そんなことを気にしている場合ではなかった。

さっきとは比べものにならないほど膨大な魔力が、滔々《とうとう》と流れ込んでくる。それはこの世界からの祝福のように温かく、アドルの内側に染みこんでいった。

感覚は研ぎ澄まされ、自分を取り巻く魔法の、ほんの僅かなそよぎまではっきりと感じ取ることが出来る。いままでずっと片耳で音を聞いていたのに、急に両耳が機能しはじめたかのような感覚。

オズが驚きの表情で、アドルの角の辺りを凝視していた。

「お前……角が……！」

オズの言葉で、切られた角が元に戻ったのだと気付いた。

身体の内側から溢れ出る力が、柔らかな衝撃波となって放たれた。周囲に漂う魔法粒子《マジカ》が震えている。まるで、アドルにひれ伏す時を待っているかのように。

二人はもう、落下しては居ない。地面の上を歩くほど容易《たやす》く、空中に静止していた。

オズは何度も辺りを見回してから、アドルの姿を改めて見つめ、途方に暮れたみたいに笑った。

「なんていうか……すごいな」

完全復活を遂げた魔族の王に対して、「なんていうか、すごい」はあまりに貧相な感想だが、アドルにとってはそれはそれで十分だった。

「お前のおかげだ」

アドルは言った。

「お前の力が、俺を呪いから解放した」

オズは眉を顰《ひそ》めた。

「俺の？　でも、俺に力なんか――」

アドルは首を振った。

「解呪《かいじゅ》の力だ。女神が与える加護の中でも、最も強大な威力を持つ」

お伽噺で語られるように――その能力は得てして、想いのこもった接吻によって効力を発揮する。

だが、それは言わずにおいた。今後、オズが口づけを躊躇うようになっては困る。

オズはまだ半信半疑といった顔をしている。アドルがいくら足掻いても破れなかった結界を破り、真名と結びついた強力な呪いをいとも簡単に打ち破った実感など、まるでないらしい。

「ルマルクが我が真名を使って、俺を爆弾に変えようとした。お前は、俺に新たな真名をさずけて、その呪いを打ち破ったのだ」

それだけではない。ただ呪いを解いただけでは説明がつかないほどの力が満ちあふれていた。真名返還の儀式で取り戻した以上の力だ。

「そんな――」

これ以上の反論を塞《ふさ》いでしまおうと、アドルはオズの顔を引き寄せ、啄《ついば》むようなキスをした。

「さあ、もう一仕事だ。オズウェル」

眼下には、いまだ侵食を続けるブリガドーンの門がある。無数の触手が裂け目をとり囲む丘や建物に巻き付き、手当たり次第に引き寄せている。住民の避難が済んでいなければ大惨事になっていただろう。

「今の俺ならば、門を閉じることも出来るはずだ」

「待て！」

オズはアドルの手を摑んだ。

「お前の身体には別の呪いも仕掛けられてる。一定以上の魔力を使ったら死ぬ——ネヴィルの仕業《しわざ》だ」

アドルはこれにも、余裕の笑みで返した。

「貴様、まだ自分の解呪の力を信じておらぬな」

「当たり前だろ！」

オズは、アドルの手を握る両手に力を込めた。

「俺は勇者なんかじゃない。たまたまレイニアの家に生まれただけの、ただの人間だ」

そんな自嘲など笑い飛ばすつもりで、アドルは言った。

「ならば、とくとみているがいい」

「アドル——！」

なおも食い下がるオズに、「しっかりつかまっていろ」と言ってから、アドルは両手を掲げた。

裂け目が及ぼす魔力の乱れを、今ならしっかりと感じ取ることが出来る。

切り裂かれた世界の膜——その縁に神経を集中させ、力を込める。渾身《こんしん》の力を。

指先が、身体が燃えるように熱くなる。双角が軋み、骨がたわむ。滾る血はもの凄い速さで体内を駆け巡り、心臓は破裂しそうなほど激しく鼓動していた。

「ぐ、う……っ！」

正直に言って、オズの言う呪いが解除されたのかどうか、自分ではわからない。もしかしたら、『オフ』のボタンを押したてれびのように、ブツンと事切れてしまうかも知れない。

だが、アドルはオズを信じた。オズが奇跡を望んだのなら、それは実現する。実現させてみせる。

なにしろ、魔王が勇者を愛するなどという一番の奇跡は、すでに起こっているのだから。

閉じようとする力に抵抗するように、門から無数の黒い影が飛び出してくる。

「クソ！」

オズが言い、無線の向こうにいる仲間にも警告を発した。

「ワイバーンの群れを確認、繰り返す――」

小さな翼竜《よくりゅう》の一団が塊となって旋回したと思ったら、数秒後にはアドルとオズの姿を捉え、向かってきた。

「ちょこざいな――」

「俺に任せろ」とオズは言い、アドルにしがみついていた手を放した。

「オズ！」

止める間もなく、オズは空中に飛び出していった。

落ちる、と思った次の瞬間、ウイングスーツに刻まれた魔法陣が目映く輝く。オズは滑空《かっくう》し、風を摑まえては上昇し、かと思えば鋭く降下しながら翼竜を翻弄した。まるで、生まれながらに翼を持つ生き物のように。

魔法仕掛けの小銃が火を噴き、翼竜を一匹、また一匹と仕留めてゆく。

彼が戦うところを見るのは、これが初めてだった。アドルは、その姿を目に焼き付けた。

これを、彼の最後の戦いにするために。

アドルは、力を込めて大気中の魔法粒子《マジカ》を引き寄せた。

角が発熱し、頭蓋骨が焼けるようだ。四肢の先から脊椎《せきつい》までがビリビリと痺れ、一瞬でも気を抜けば、肉体が粉々に四散しそうだった。

それでも、力を緩めなかった。

無数の触手が、アドルが浮かぶ場所に向かって突き出される。それを見たオズが急旋回をして、腰に帯びていたナイフを抜く。魔法で増幅された刃が、次々に伸びてくる触手を裁ち切ってゆく。

見事な戦いぶりだ。しかし、これではきりがない。

「ええい、煩わしい――」

苛立ちに呼応するように雲が厚みを増し、雷鳴が轟く。

その時、オズの注意をすり抜けた触手が一本、アドルに向かってきた。

「アドル！」

「けちな蚯蚓《みみず》どもが、この俺様を捕らえようなどと――」

オズの声が届くよりも早く、アドルは雷雲に手を伸ばした。

「片腹痛《かたはらいた》いわ!!!」

雷を束にしたような光の柱が黒雲から降り注ぎ、触手を直撃した。一撃のみならず、何千撃も。門から溢れ出ていた無数の触手は、青い炎に包まれうねりながら、力を失って地上に墜落していった。

驚いたオズの顔が、雷光の青白い余韻に照らされている。

得意になりたい気持ちを抑えて、アドルはふたたび、門を閉めることに注意を傾けた。翼竜を失い、触手を燃やし尽くされてもなお、門は抵抗をやめていない。これ以上手こずれば、せっかくの好機を無駄にしてしまう。

アドルは両手を宙に突き出し、爪の先にまで力を込めた。自分の中にある魔力の最後の一滴まで出し尽くすつもりで、歯を食いしばる。

「ここから、立ち去れ……！」

噛みしめた歯の間から獣じみた唸り声を上げつつ、裂け目の縁を閉じるべく意識を集中する。

身の内に滾る力は荒れ狂い、戦《おのの》く肌の表面には蛇のような紫電《しでん》がまとわりつく。瞬きをする度、目から細かな火花が散るのが見えた。身体が燃えるように熱い。今にも炎に包まれてしまいそうだ。

もう少しだけ持ってくれ。もう少しだけ——！

「アドル！」

オズが声を上げ、空中を巧みに泳ぎながらアドルのところに戻ってくる。

彼はアドルの肩に手を置き、わずかにたじろいだ。魔力の奔流《ほんりゅう》を感じたのだろう。オズの身体にも相当の痛みが伝わっているに違いないのに、彼はアドルから離れなかった。それどころか、アドルの肩を摑む手に一層力を込めた。

「頑張れ……俺がついてる！」

その声が、アドルにさらなる力を与えた。

身体の中で無秩序に暴れていた魔力が、不意に刃の切っ先のように研ぎ澄まされる。あとは、それを正しく振るいさえすればよかった。

アドルはひとつ、深呼吸をした。そして揺るぎない意志を込めて、全ての力を裂け目に注いだ。

すると……裂け目がゆっくりと動き出し、開口部を縮め始める。

うまく、いっている。

まるで傷が癒えてゆく様子を何倍もの速さでみているようだ。裂け目は徐々に狭まり、三日月のようにか細くなってゆく。

あと少しで門が閉じる。あと、ほんの少しで……！

その時、オズが叫んだ。

「何だ、あれは……！」

そして、アドルは見た。深淵《しんえん》の向こう側にいる何かを。

「あれは……」

目だった。

天体かと見紛うほどの巨大なひとつの眼球が、裂け目の向こうで狂ったようにキョロキョロと動き回っている。まるで何かを探しているようだ。漆黒の瞳孔《どうこう》が収縮を繰り返すたび、周囲の魔法粒子《マジカ》が脈打つようにざわめいた。

その存在感は、すさまじかった。

悪寒《おかん》が身体中を這い回り、膝が萎えそうになる。目を閉じ、身体を丸めて蹲り、あれの目の届かないところに逃げたい。今すぐに消えてしまいたいような恐怖に駆られる。

魔王だと。この世界の魔法を統べる者だと。そんなもの、ちっぽけな小役人にすぎない——あそこにいる、巨大な存在に比べたら。

だが……感じるのは本当に、恐怖だけだろうか？

アドルは、目に見えない糸が自分を引っ張るような感覚に気付いた。その感覚はまぎれもなく、あの目とつながっていた。

その時、オズの無線機が何かを受信した。漏れ聞こえる不明瞭《ふめいりょう》な音に、オズが答える。

「了解した」

オズはアドルの肩に手を置いて、言った。

「アドル！　仲間が貂熊《ガデオス》を確保した。裂け目は後続部隊に任せて、ここから離脱するぞ」

だが、アドルは返事をすることが出来なかった。

目が、自分を呼んでいる……。その不思議な感覚に囚われていた。

この感覚には馴染みがある。ルマルクと再会する直前にも感じたことのあるものだが、今感じている重力は、あの時の比ではない。

それは——自分を探している存在が、すぐそこにいるからだ。

「俺を、探していたのか……？」

アドルは、ドイシュの店で見つけた日誌のことを思い出した。

ブリガドーンの門を観察し続けた男の日誌。そこにはこう書かれていた。魔王が死んで以来、門が巨大化していった、と。あの時は理由がわからなかったが、今なら理解できる。

「そういう……ことなのか」

最初の裂け目が開いたとき、異界から魔力が流れ込み、裂け目をこじ開けた魔術師が最初の魔王となった。

魔王は、異界からこの世界に流れ込んだ魔法を統べるために選ばれた存在だったのだ。他ならぬ、あの日によって。

アドルはゆっくりと、門に近づいた。

「何してる⁉　よせ、おい！」

オズの制止を無視して、アドルはさらに降下した。門はほとんど閉じかけていて、あとほんの一押しで塞がってしまうほど小さくなっている。それでも、門に近づくほどに息苦しくなり、嫌な悪寒が身体中を苛む。

「アドル――！」

「静かに」

門の向こう側から、新たな触手が伸ばされる。それが、閉じかけた裂け目を再び拡げようと藻掻《もが》いている。

アドルは裂け目の真上に降りた。異界の目の網膜《もうまく》に映る自分と目が合うほど近くまで。

風になぶられる麦の穂のように、目を取り囲む触手がざわざわと靡《なび》いた。

アドルの肩を掴むオズの手に力がこもる。彼は逃げなかった。その覚悟が、信頼が、アドルに力を与えていた。

「ここだ」

たった一言そう告げた瞬間、ぎょろぎょろとせわしなく動いていた巨大な目がアドルを捉え、静止した。

火山の火口ほどもある瞳孔が開き、虹彩《こうさい》が、言葉では言い表せないほど複雑で奇妙な色に染まる。

「俺は、ここに居るぞ」

その視線に晒されるだけで、自分の矮小さを思い知らされる。ほんの僅かに隙を見せただけで、魂を奪い取られる――そんな気がする。

だが、アドルは退《ひ》かなかった。ここで屈して、この世界を壊させるわけにはいかない。魔族と人間の未来を、可能性を、こんな形で奪われるわけにはいかないのだ。

「この世界は俺が見守る。安心して異界に戻るが良い」

その言葉が本当に通じたのかどうかは、わからない。

掌に、背中に、汗が滲む。

一生にも感じられる数瞬の後――門は、まるで穏やかな眠りに落ちる瞼のように静かに閉じた。わずかな空間の歪みも薄れ、裂け目の痕跡さえわからなくなる。

一秒待ち、もう一秒待つ。

十秒待っても、何も起こらなかった。

周囲の魔法粒子《マジカ》は震えるのをやめて、いつものように静かに漂い流れて行った。身体を締め付けるような圧迫感も、息苦しさも消えて、ようやく普通に呼吸ができるようになる。

アドルもオズも、しばらくは無言でその場に浮かんでいた。

たったいま見たものに圧倒されていたし、自分の行動に、今更ながら恐れをなしてもいた。

「終わった……のか？」

「ああ」

アドルは頷いた。

「今のは、何だったんだ」

囁くようなオズの問いに、アドルが静かに答えた。

「あれは、おそらく異界の王だ。最初の魔王を任命した存在だろう――魔法そのものの管理者としてな」

「な……」

オズは言葉にならない声を漏らした。

「この五百年の間、ずっと俺を探していた。だから、年を経るごとに裂け目を拡げていったのだ。俺を見つけるために」

アドルの腰を抱くオズの手に、ぎゅっと力がこもる。

「じゃあ……お前がいることがわかったから、もう門は開かないのか？」

アドルは頷いた。

「少なくとも、これまでのような規模になることはないだろう」

深々とため息をつく。

「ブランウェルが、俺を石化するにとどめていてくれてよかった。殺していたら、門はもっと甚大な被害をもたらしていたはずだ」

数奇な運命に思いを馳《は》せながら、アドルは呟いた。

「いったいなぜ、彼奴が俺を殺さなかったのか……今となっても理由はわからんが」

すると、オズが言った。彼の声は、もう震えてはいなかった。

「俺は、わかる気がする」

「何だ？」

オズはまっすぐにアドルを見つめた。

「五百年後なら、きっと世界は変わっているはずだと信じたからだ。お前が、もう戦わなくてもいいと思える世界になってるはずだと」

胸を打たれて、アドルは言葉を失った。

オズはじっくりと言葉を選びながら、訥々《とつとつ》と――だが真摯に、こう言った。

「まだ十分じゃないのはわかってる。でも俺は……お前を受け入れられる世界の一員でありたい。世界が変化するための最初の一歩を踏み出したい。お前と一緒に」

鼓動が高まる。同時に、心臓が収まるべきところに収まったような安らぎを覚える。アドルは深く息をついた。

「オズ……」

その時、雲の切れ間から光が射した。

金色の陽光が、二人を祝福するように降り注ぐ。眼下に散らばる家々の窓が、木々の葉が、山あいの湖水が、光を受けてきらきらとさざめく。その様子は、耳には聞こえない喝采《かっさい》に思えた。

オズがアドルを抱き寄せ、囁いた。

「アドル、お前を愛してる」

二人は、空のただ中で見つめ合った。

世界を輝かせているのと同じ光が互いの目にも宿り、瞬いていた。

まるで魔法だ。

人間と魔族の両方が、等しく使える唯一の魔法。

「オズウェル・レイニア」

アドルは、自分の頬を濡らす涙があることに気付いた。だが、拭わずにおいた。

「俺も、お前を愛している」

二人は口づけをした。それは、運命を撚《よ》り合わせるような口づけだった。

物語を締めくくるのにふさわしい口づけだった。

歌に歌い、万人の記憶に残すにふさわしい口づけだった。

だが、あの瞬間のことを知るものは、アドルとオズの他にはいない。

時には、それで十分なこともある。


その日、世界中の魔族と人間が、魔法が歌うのを聞いたという。

どこからか……あの懐かしいラブソングにも似た旋律が、光のように降り注いだのを確かに聞いた、と。

†

全ての『めでたしめでたし』の続きが幸せな物語になるとは限らない。

どの物語にも長く苦しい『続き』があるとしたら、きっと大半は、誰も読みたがらないような出来事の連続だろう。でもオズにとっては『めでたしめでたし』の前より、その後の方が大切だった。

門の消滅後、貂熊《ガデオス》は裁判の末終身刑が言い渡され、アデルタでもっとも警備が厳重な刑務所に収監された。自由連盟は存在し続けているが、貂熊《ガデオス》を失って早くも内部分裂が始まろうとしている。国家安全情報局の分析では、彼らの脅威は以前の半分にも満たないところまで縮小するだろうということだった。

オズウェル・レイニアはチームαの仲間と共に勲章《くんしょう》を授与《じゅよ》された。軍への復帰が正式に認められたが、それは断ることにした。

なにせ、やるべきことが山積みなのだ。

アドルが始めた魔族の支援活動は軌道に乗り始め、ドイシュ古書店からほど近い場所に、人間と魔族のための支援センターが開かれることになった。オズはそこで、地域の平和を守る番犬として――そしてアドルのパートナーとして、忙しく働いている。銃を手にしていても、いなくても、出来ることはたくさんあるのだ。

情報局がシナリオを書いた、嘘にまみれたド派手な魔王復活劇にくらべれば幾分《いくぶん》地味ではある。だがアドルは確かに、人間と魔族の紛争を終わらせるための道を着実に進んでいる。

たまには、二人で穏やかな時間を過ごすこともある。盗聴器も魔力感知センサーもない部屋で、白黒の映画を観たり、曾祖父の時代に流行った懐メロを聴いたりする。

時には、またオープンカーをレンタルして、海辺をドライブすることもある。ビーチを歩けば、蟻《あり》にたかられる飴《あめ》のようにモテまくるアドルを眺めることも出来る。本人は迷惑そうだが、オズは彼らをおしやって『売約済み』と宣言するのを内心楽しんでいる。

政府から返却された勇者の書は、ドイシュ古書店に展示されることとなった。

本の最後に古魔族語で記された短い一節を見つけたのは、いろいろなことが落ち着いてしばらくした頃、展示のための準備を進めているときのことだ。

ドイシュ古書店のバックヤードで、その文字を見るなり、アドルは呟いた。

「ナイラ……？」

アドルは震える指先で、少しガタついた古魔族文字を何度もなぞっていた。

「これは、ナイラの字だ」

オズはアドルの背中越しに、本を覗き込んだ。

「なんて書いてあるんだ？」

アドルはしばらくの間黙り込んでいたが、やがて、こういった。

「優しい陛下へ。わたしは、自分の愛を捧げたいと思える相手に出会いました。彼はゆっくりと時間をかけ、わたしの頑なな心の窓を開いてくださいました。今、わたしは幸せです。これもすべて、あなたのおかげです。ですから――」

アドルの声が、微かに潤んで、震えた。

「陛下にも、こんな出会いが訪れることをお祈りしております。いつか、陛下にとっての勇者様が、あなたの魂をお救いくださいますよう……ああ、ナイラ……」

それ以上は、言葉にならなかった。

「ドイシュが教えてくれた」

オズは、静かな声で言った。

「ブランウェルは、ナイラ姫と共に沢山《たくさん》の本を書いたそうだ。魔族は決して危険な種族じゃないと、人間に証明しようとしていたらしい」

アドルは微かに潤んだ目で、オズを見た。

「ブランウェルが死んだ後、本のほとんどは、失われたり焼かれたりしてこの世から消えた。ブランウェルとナイラが守ろうとした真実は、後の世の人間にとっちゃ不都合だったからな」

オズは古びた書物の手触りを確かめるように、指でそっと縁をなぞった。

「その中で唯一残ったのが、勇者の書だ」

オズは小さなため息をついた。

「他の本が少しでも残ってれば……何かが変わったのかもな」

「そうかもしれんな」

アドルはオズの腕の中に身を寄せると、オズの肩に額を休めて、言った。

「これから先のことは……俺たち次第ということだ」

「ああ、そうだな」

それからしばらくの間、アドルとオズは黙ったまま、互いを抱きしめていた。

これが『めでたしめでたし』の、続きの結末だ。

その後のことは、まだどんな本にも記されていない。

誰にわかる？

いつかすべての争いが終わり、誰も苦しまずに生きていける世界が実現するかもしれない。魔族と人間が本当の意味で平等な社会を作れるかも。ひょっとしたら、いつの日か、世界ではじめて魔族の大統領が誕生するかも。

未来はわからない。閉じた本にどんな続きがあるのかわからないように。アドルの言ったとおり、これから先のことは全て俺たち次第なのだ。

一つだけ確実に言えることは……どんな未来が訪れても、アドルの隣に立っているのは、彼の愛する勇者だということだけだ。

そして、分かち合うこと

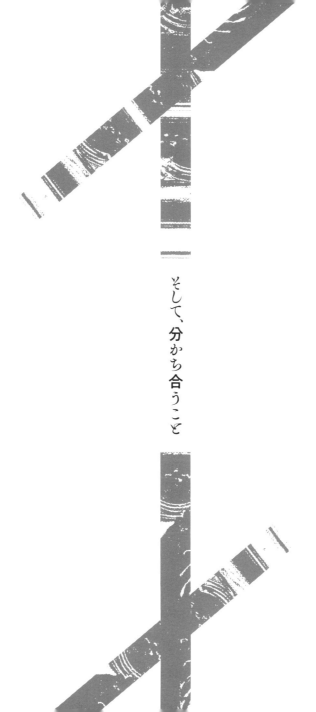

1　とある報《しら》せ

ぴったりと寄り添ったアドルの体温と荒い呼吸に急かされつつ、オズはアパートの鍵を開けた。ドアの隙間から、二人分の身体をねじ込むように部屋に入ると、アドルが閉じたドアにオズを押しつけ、性急な――そして、熱のこもったキスをしてきた。

「待て、アドル……鍵――」

手探りで鍵をかけると、もう遠慮は無用と判断したのか、アドルはさらに強く身体を押しつけてくる。シャツ越しでも、彼の体温が危ういほど高まっているのがわかる。

「オズ……」

のぼせきったようなアドルの吐息が、荒っぽいキスにひりひりしているオズの唇を撫でる。

「オズ、早く鎮《しず》めてくれ……」

アドルが、低く掠れた声で囁きながら、下半身をぴたりとくっつけ、艶めかしくゆらす。そして、シャツの裾から手を差し込み、我が物顔でオズの身体を弄《まさぐ》りはじめた。

「待て待て待て、ここでおっぱじめるのはマズい――」

「貴様がもたもたしているからだ」

アドルは、状況が状況なら、あっけなくその気にさせられそうな色っぽい声で、オズを詰《なじ》る。

片手でオズの身体を引き寄せ、もう片手で自分の服を脱ぎ、靴と一緒にスラックスを蹴飛ばした。

アドルが着替え一つ満足にできなかった頃もあったのに――そう思いながらも、オズはアドルの熱烈なキスによって、ドアに縫い止められてしまっていた。

アドルが勝手知ったる手際《てぎわ》のよさでオズのズボンの前を開き、下着の上からオズのものを撫でる。

「ああ、クソ……」

オズは思わず仰け反り、後頭部をドアにぶつけた。

それを降伏の証しととったのか、アドルはニヤリと笑ってみせた。

「抵抗しても無駄だ」

彼はそう言うと、その場にかがみ込んだ。それからオズの下着を下ろすと、露わになったものをいきなり咥え込んだ。

「あ、……っ」

小細工を好まないアドルらしいやりかただが……刺激が強すぎる。

アドルは小さな声を立てながら、オズの屹立を舌で愛撫《あいぶ》した。舌、粘膜、吐息――全てに熱がこもっていて、容赦なく絡みついてくる。アドルの口内で、それはあっという間に硬くなった。

アドルはオズのものを味わいながら、自分の唾液《だえき》で濡らした指で後ろを解しはじめた。その刺激に耐えるように微かに眉間《みけん》に皺《しわ》を寄せつつ、控えめな喘ぎ声を漏らしている。

熟《う》れた果物にかぶりつくようなフェラチオの音と、アドルの鼻に掛かった小さな声。薄暗い玄関で、準備が整いつつある後孔の、濡れた音が、妙に大きく響く。

だから、刺激が強すぎるんだって――。

オズは目を閉じ、深く長いため息をついた。

それからアドルを見下ろして、言った。

「どうなっても知らないからな」

アドルはオズを見上げて、目を眇めた。

「なんだそれは。脅しのつもりか？」

「いや。免責事項ってやつだ」

オズはそう言うとアドルを立たせ、尻の下に手を当てて身体ごと抱きかかえた。

「はっ！」

アドルは笑い、両脚をオズの腰に巻き付ける。アドルの長い髪がさらりと溢《こぼ》れて、オズの頰を擽った。同じ家に住み、同じものを食べているのに、自分とは違うアドルのにおい――酔わせるような甘い香りに包まれる。

「なかなか気の利いた趣向ではないか」

アドルはそう言い、褒美《ほうび》を与えるみたいに尊大に、ゆっくりと口づけをした。

だが、余裕ぶっていられたのもそこまでだった。キスが熱を帯びるほどに、アドルの身体はますます熱くなる。

「ン……」

彼はオズの腕に抱かれたまま身をくねらせ、先走りを溢すものをオズの腹に擦りつけた。感じているけれど、どこかもどかしげな呻き声に喉を震わせながら、片手でオズの屹立を探り当てる。

「ああ、これだ……」

彼は囁くと、それを摑んで、自分の中に導いた。

「あ……あぁ……っ」

アドルは恍惚としたため息を漏らしながら、いとも容易くオズを呑み込んでゆく。アドルの漆黒の強膜《しろめ》に浮かぶ金の瞳が陶酔に滲む。まるで、王水に融《と》ける黄金のように。

「は……っ」

根元まで収まりきると、アドルがぶるっと身を震わせ、角の先に小さな火花が散った。

アドルの中は、想像していた以上に熱い。火傷《やけど》してしまいそうなほど。

これが、アドルが魔力を取り戻した代償だ。

五百年もの間失っていた魔力が一気に流れ込んできたことに、アドルの肉体がまだ適応できていない。医者の話では、魔力の新陳代謝《しんちんたいしゃ》が上手くいっていないのだそうだ。そのせいで、アドルはときどき、熱暴走したような状態になる。

事態を収めるには、こうして熱を吐き出すしかない。

オズはふーっとため息をついた。

「まずい……すぐイっちまいそうだ……」

すると、アドルはフンと鼻を鳴らした。

「もうか？　まったく、情けのない奴め」

オズは笑いを堪えてアドルを見上げた。

「入れただけで軽くイったやつに言われたくないね」

「そんなことにはなっていない！」

アドルがわずかに身を引きかけたので、オズは腕に力を込めて、逆に抱き寄せた。

「そうか？」

そうは思えない。

アドルの中はひくひくと、ゆるい収縮を繰り返していた。息も荒いし、金の目はうっとりと潤んでいる。

「なら、もっと動いていいんだな」

オズはアドルの身体を持ち上げ、引き下ろすと同時に突き上げた。平手打ちのような音が響き、自身の先端が柔らかい場所を突いたのがわかる。

「あ……っ」

アドルは一瞬、身を強ばらせ、呼吸の仕方を忘れたようにぱくぱくと喘いだ。それから、ぐにゃりと身体が緩む。

「待て、オズウェル――」

「どうなっても知らないって言っただろ」

オズは囁き、それ以上の『待て』を封じてしまうために口づけをした。アドルを抱えたまま壁に押しつけ、何度も突き上げる。

「ン、あ……っ、オズ――」

アドルは壁とオズの間に挟まれ、オズに身を任せるしかない。自重《じじゅう》でずり落ちそうになる身体を容赦なく抉られて、オズにしがみつく腕までぶるぶると震えている。

「オズ……！　ア・ヴェイグン・スキアル――」

艶《つや》っぽい嬌声《きょうせい》の合間に、聞き慣れない言葉が混じる。

自分が古魔族語で話していることに気付いていないのか……それとも、思わず母語が出てしまうほど余裕がないのか。

「なんて言った……?」

根元まで埋め込んで、ぐりぐりと抉りながら尋ねてみる。動く度に、アドルの中がびくびくと震え、奥へ導くように締め付けてくる。

アドルはオズの唇を甘く噛みながら、意地の悪い声で答えた。

「こう、言ったのだ——『もっと激しく』と」

オズはフッと笑った。

「お望み通りに……!」

オズは、足元でわだかまったズボンを脱ぎ捨てると、アドルを抱きかかえたままリビングに向かった。アイランドキッチンのカウンターテーブルにアドルの身体を横たえる。

「ここでヤってみたかったんだ」

オズが言うと、アドルは片方の口角を上げた。

「育ちが悪いな」

「いまさら気付くなよ」

オズは、一度抜けたものをもう一度アドルに収めた。

彼の中は柔らかく濡れていて、オズが入るとすぐに吸い付いてきた。

「ハ……」

良すぎて、思わず笑いが零れる。

「ああ……」

奥まで入り込むと、アドルはふるふると身を震わせた。それから、足首をオズの肩に載せて、踵《かかと》で自分の方へ引き寄せた。

「どうやら、お前は育ちが悪いらしいが……物覚えは、そう悪くはない」

アドルは小首を傾げ、挑発するようにオズを見つめると、唇を舐めてこう言った。

「もっと激しく《ア・ヴェイグン・スキアル》だ、オズウェル」

オズはニヤリと笑い、アドルの腿を抱くと、思いきり突いた。

「あ……！」

逃れられないように、左手でアドルの腰を抱え、身体がガクガクと揺れるほど強く打ち付ける。右手にはアドルのものを握り、先走りを絡ませながら扱《しご》いた。

「あ、あっ、オズ――もうイく……！」

「イけよ、思いっきりイけ」

唆すように囁いて、唇を噛む。

アドルの、喘ぎ混じりの呼吸がどんどん激しくなってゆく。同時に、彼の体内の熱がこれ以上無いほど高まる。濡れた内壁が、きゅうきゅうとオズを締め付けてくる。

アドルの角が、ぼうっと光を帯び始めた。

「ああっ、オズウェル――」

縋るような声に引き寄せられて、オズはアドルの唇を塞いだ。荒い息とこみ上げる喘ぎ声のせいで、舌を絡ませることさえままならない。けれど、だからこそ、この不格好なキスがたまらなくいい。

「ん、んン、あ……っ！」

アドルが大きく呻き、ビクンと身を震わせる。彼の身体がぎゅっと締まり、オズのものを吸い寄せるように内壁がうねる。

同時に、双角から青白い火花が飛び散り、バチバチと音を立てながら消えてゆく。そして、オズの手に握られたアドルの屹立が跳ね、精液が迸った。汗ばみ、うっすらと紅潮《こうちょう》したアドルの肌の上に、白濁が滴る。

オズはアドルの中から自身を引き抜き、アドルに覆い被さったまま、そこで果てた。

「……っ」

脈動に合わせてどくどくと溢れるものが、アドルの肌を濡らす。アドルはその熱を感じて、また微かに喘いだ。

「は……あ……」

オズとアドルの精液が、臍のあたりに溜まって混ざり合う。呻き声混じりのため息をつくアドルの腹の上を、とろりとしたものが伝い落ちていく。オズはぜえぜえと息をしながらそれを見つめていた。

激しい欲望が満たされ、昇華して、空高くまで昇ってしまったような感覚だ。力尽きる直前まで全力疾走した後のように、頭の中が空っぽだった。

アドルがゆっくりと身を起こし、フーッと息をつきつつ、乱れた髪を掻き上げる。

その仕草が色っぽくて、欲望が再び燃え上がりそうになる。

だが、堪えた。

「あー……シャワー浴びて来いよ」

「先に行け」

アドルはもう一度、テーブルの上にぐったりと身を横たえた。彼はフフ、と笑いを溢して、艶めかしい声で言った。

「まだ、歩けそうにない……褒めてつかわすぞ、オズウェル」

「これはこれは。ありがたき幸せ、だな」

オズは微笑んで、アドルの額にキスをした。


ギルマゴグ自由連盟の首魁《しゅかい》ルマルクが、アドルをつかってブリガドーンの門を開こうとしたあの事件から、約半年が過ぎようとしていた。

女神の加護の力が目覚めたオズのキスと「アドル」という新たな真名のおかげで、アドルは完全復活を遂げた。かつて魔王だったときに折られた角も修復され、魔力を取り戻した。その量は膨大で、元魔王といえどもそう簡単には順応できないようだ。

アドルが魔力過剰に陥るたび、言うなれば発情に近い状態になる。それを収めるために、オズがこうして『対処』するようになったのだ。

魔法を使って、ほどよく魔力を消費できればいいのだが、魔法機器《マジテク》がほぼ全ての必要を満たしてしまう世の中では、そんな機会もそうそう訪れない。

アデルタの魔族全員に義務づけられている切角処置をすれば――つまり、アドルの角をもう一度切れば、状況は改善するはずだった。だが、オズに備わった力によって、キスをする度に角が修復されてしまう。

結局、できることと言えば、彼の角に魔力制御用のリングをつけることくらいだった。国家安全情報局から支給された特別製だ。おかげで多少はマシにはなったものの、解決策というほどのものでもない。

冬の間は、まだそこまで深刻な事態になってはいなかった。冬は本来、眠りの季節だ。自然の芽吹きや成長によって生成される魔法粒子《マジカ》の量が少ない。

だが春から夏にかけては、魔法粒子《マジカ》のシーズンと言っても過言ではない。思春期の魔族が初めて魔力の暴走を体験したり、人間の少年少女が魔術の才能に目覚めたりするのもたいていこの季節だ。

オズが『役得《やくとく》だ』とか暢気《のんき》なことを考えていられたのは最初のうちだけだった。

「ふー……」

オズはぬるいシャワーを浴びながら、ため息をついた。

役得であるのを否定するつもりはないのだが、楽しんでばかりもいられない。

心配なのはアドルの身体だ。何しろ前例がないから、この状態がいつまで続くのかもわからない。

医者は『一時的なもの』と言っていたが、一時とはどのくらいだ？　半年か、一年か？

とにかく、これがアドルにとって望ましい状態であるはずが無い。

幸い、今のところは手に負えない事態になる前に家までたどり着けている。だが、もし今後、人前で発情が起こりそうになったらどうする？　公衆便所に駆け込んでヤるのか？　まあ、それはそれでスリルがあって良いかもしれないが……。

そんなことを考えていると、バスルームのドアが開いた。シャワーブースと他のエリアを区切るガラス戸は曇っていて、アドルのシルエットしか見えない。

「悪い。長居しすぎた」

文句を言われるかと思ったが、そうではなかった。

アドルは無言でガラス戸を開け、オズが浴びているシャワーの下に滑り込んできた。

「おい……」

アドルは泡がついたままの身体に手を這わせ、抱き寄せ、首筋を甘噛みした。白い長髪から突き出た、尖《とが》った耳の先端がわずかに赤い。

「またか？」

「ああ……まただ」

アドルはため息をついた。熱い息が鎖骨《さこつ》を撫で、びりびりと戦慄《せんりつ》が走る。

「さっきあれほど発散したというのに、もう欲しくなっている……困ったものだ」

悩ましげな声で『欲しい』などと言うから、頭の後ろの毛がざわつく。

シャワーをまともに浴びられる位置を確保するために、抱きついたまま、アドルがオズを押しやる。ボディソープでぬめる肌が密着し合い、わずかに擦れた。

オズが感じた静電気のような感覚を、アドルも抱いたのだろう。彼はぱっと身を引いて、オズに背中を向けた。

「だがお前は、今日はもう充分に働いた。だから、さっさとひとりにしてくれ。あとは自分で何とか――」

「しーっ」

オズはアドルの背中に覆い被さり、脇から手を伸ばすとボディソープを手に取った。

「オズ――」

手の中で温まったボディソープをアドルの下腹になすりつけ、両手で撫で上げる。密着した身体で、アドルの背中がゾクゾクと震えるのを感じた。

「あ……」

胸元に手を這わせ、硬くなった乳首を擽ると、アドルが鋭く息を呑む。そのまま苛むと、のぼせたような声を漏らして肩を竦ませた。膝は微かにわななき、無意識に腰が揺れている。

尻の膨らみに挟まれたオズのものが、もう一度重くなる。それを感じたアドルが肩越しに振り向いた。からかうような笑みが、期待と陶酔にわずかに緩んでいる。

「先ほどのあれが……物足りなかったとは言ってくれるなよ」

オズは後ろから右手を回し、アドルの顎をそっと支えてキスをした。

左手で臍の下を撫で下ろすと、アドル自身もしっかりと芯を持っている。オズはアドルの耳朶を優しく噛んで、耳元に囁いた。

「盛り上げる気があるなら、せめて色気のあることを言ってくれ」

初めてベッドを共にした日にオズが言った言葉を、アドルも覚えていたらしい。彼はククッと笑った。

「では――」

アドルはオズの両手を導き、ボディソープにぬめる身体を愛撫させた。そして、オズの身体に寄りかかり、振り向いて、口元に囁いた。

「今度こそ、足腰が立たなくなるまで励《はげ》んでみせろ……」

それから二回――いや、三回だったか。四回だったかもしれない。場所を変え、体位を変えながら、最終的にベッドに行き着いた。

互いに出すものを出し切り、陸地に打ち上げられた二匹のクラゲのように伸びている間に、玄関の床の上に置き去りにされたズボンの中で、スマートフォンが何度も鳴っていた。

そんなことを知るよしもないオズは、ぐちゃぐちゃに乱れたベッドで、アドルと腑抜けたクスクス笑いを交換しつつ、こう考えていた。

もしかしたらこれで寿命が縮まるのかもしれないが、アドルを抱かずに長生きするくらいなら、その方がいくらかマシだ、と。


スマートフォンの画面に連なる数件の不在着信は、どれも違う番号からだった。

そのうちの一つにかけ直すと、思った通りの相手が出た。

「やっとか！」

ネヴィルは開口一番、心底うんざりした様子で言った。

「悪い。取り込み中だった」

オズが答えると、彼は皮肉たっぷりに「そうだろうとも」と返してきた。初対面でみせた過剰なまでの愛想の良さを、これ以上オズ相手に発揮するのは資源の無駄遣いだと判断したらしい。

「あんたから連絡があるってことは、何か問題が発生したのか」

「そうじゃないと言いたいところだが——そうだ」

その後聞かされた内容は、皮肉や冗談を交えて語るような内容ではなかったから、通話の声は自然と深刻になっていった。ソファに横たわっていたアドルが身を起こし、心配そうな顔でこちらを見ていた。

ネヴィルの言葉にため息をついて、オズは言った。

「今回ばっかりは『俺が他人の面倒を見るなんて無理に決まってる』とは、言えそうにないな」

「ああ。君は自分の能力を一度証明してしまっている」

「それは、お褒めの言葉として受け取っていいのか？」

オズの言葉に、ネヴィルは微かな笑いを含んだ声で言った。

「好きにしてくれ。委細《いさい》は改めてメールする」

通話を終えると、オズは、自分のためにソファの片側をあけてくれたアドルの隣に腰掛けた。

「何かあったのか？」

「それが……」

どう説明したら良いか、オズはほんの一瞬迷った。

これはオズとアドルのどちらにとっても、重い意味を持つ話だ。詳細をぼかし、うやむやにした方が、オズにとっても、アドルにとっても気が楽だろう。

しかし……。

多分――だからこそ、ありのままに話すべきだ。

オズはひとつ深呼吸をして、言った。

「実は、俺の姪っ子――リズに問題が起こったらしい」

2　再会

ネヴィルからの連絡を受けた数日後、オズとアドルは高速列車に乗り、アデルタ中西部のウェンヴィルに向かっていた。

魔法の力に目覚めた人間の子が通う学校はアデルタ国内にいくつかある。中でもウェンヴィル魔法学校は最も歴史が長く、格調高く、最高峰の教育レベルを誇る。

一年前の冬、オズの兄コンとその妻レベッカが魔族の自爆テロによって命を落とした。その場に居合わせた娘のリズは、コンが張った結界に守られ、無傷で生き延びた。だが、強烈な魔力に曝《さら》されたリズには魔法の能力が開花した。

証人保護プログラムによって名前を変えたリズは今、ウェンヴィル魔法学校の三年生として生活している。

リズウェル・レイニアという本当の名前も、勇者ブランウェルの血を引く、最後のふたりのうちのひとりだという事実も厳重に秘密にされ、肉親であるオズでさえ、二度と会うことは叶わない――はずだった。

だが、状況が変わった。

春先に、リズも女神の加護の力に目覚めたのだ。しかもそれは、周囲の魔力を無差別に吸い込んでしまうという、極めて扱いが難しい能力だった。

このままでは他の生徒の学業にも影響を及ぼしてしまうが、リズは能力を制御できていない。

リズの後見人から報告を受けた国家安全情報局は、事態を解決に導くには指導者《メンター》が必要だと判断した。

そうして選ばれたのが、もう一人の『勇者の末裔』であるオズと、無尽蔵《むじんぞう》に近い魔力を備えたアドルだった、というわけだ。

今はちょうど、学校が夏休みに入ったところだ。そこで、リズとオズとアドルの三人は、ウェンヴィル近郊のセーフハウスでしばらく一緒に生活をすることになった。

夏休みが終わるまでに、リズに能力の制御を習得させる。

もし失敗すれば、リズは魔法学校で学び続けることができなくなるかもしれない。再び居場所を失うなんて、小さな子供にとってはあまりにも酷だ。

ネヴィルの提案をアドルに話すと、彼は快《こころよ》く協力を受け入れてくれた。

ただ――。

列車がウェンヴィルに近づくにつれ、オズの中にある、そこはかとない不安が膨らんでゆく。

コンの葬式の前に言葉を交わして以来、リズとは会っていない。人きな喪失《そうしつ》を経たリズが、昔のままの無邪気で明るい少女で居られるとは思っていないが、それでも……リズの指導者《メンター》である以前に、仲のいい叔父と姪として話がしたい。かつてのように。

だが、アドルについてはどう説明すればいいのだろう。

アドルが元魔王であることは公《おおやけ》にされていない。それを知るのは、ごくごく一部の政府関係者に限られている。とは言え、魔族には違いがない。

そして、リズの両親を殺したのは魔族だ。

アドルを、どう紹介すればいい？　それだけじゃない。魔族と愛し合っているとありのままに告げられるのか？

オズは、隣に座るアドルを盗み見た。アドルはシートの手摺《てす》りに肘《ひじ》を預け、頬杖《ほおづえ》を突いて車窓からの風景を眺めている。

その時、列車がトンネルに入り、車窓の外が暗くなった。窓ガラスに映ったアドルの表情を見るに、彼もまた物思いに沈んでいるらしい。

オズの視線に気付いたアドルが、微笑んだ。

「何を心配している」

アドルは身じろぎしてオズと向き合った。

オズは言った。

「多分……お前と似たようなことだよ」

アドルを、心から大事に思っている。だからこそ……リズに嘘はつきたくない。だが、もしもそれが彼女を傷つけるのだとしたら——。

「一つ提案がある」

そう、アドルが切り出した。

「提案？」

「俺のことは、『友人』として紹介しろ」

オズは狼狽えた。考えを見破られたことよりも、アドルが自分からそう言い出したことに。

「けど……」

そんなオズを見て、アドルはそっと微笑んだ。

「お前は、姪と仲が良かったのだろう。今では唯一の肉親でもある」

オズは頷いた。

「両親に続いて叔父まで、魔族に奪われたと思って欲しくはない。少なくとも、互いに信頼関係を築けるまではな」

オズはしばらく、その提案について考えた。胸を張ってアドルのことを姪に紹介したい気持ちと、アドルが口にした懸念や、自分自身の中にあった不安とを天秤にかける。

結局、こう言うに留めるしかなかった。

「……考えておく」

†

ウェンヴィル魔法学校は、アドルが石化してから百年ほど後に創立された学校らしい。

魔族の国ガルシュクが滅び、アデルタの一部になってからの長い間、迫害を受けていたのは魔族だけではなかった。魔法を扱う人間も同じように迫害を受けていたことを、アドルは書物やてれびを通して学んでいた。

学校の最寄《もよ》り駅に着くと、アドルとオズは待っていた迎えの車に乗り込み、学校へと向かった。

アデルタ最古の魔法学校が、山と川に囲まれた内陸部の僻地《へきち》にあるのは、理解のない者たちから生徒を守るためだったのだろう。

丘の上に築かれた学校は見張り塔を備えた城壁に囲われ、鉄格子《てつごうし》付きの門まで備わっている。世が世なら、砦《とりで》として使われていたであろう造りの建物だ。

だが、それも昔の話だ。今、学校の門は来客を歓迎するように開け放たれている。

とは言え、招待状を持たない者が門をくぐろうとすれば結界に阻まれるというから、生徒の安全面にはしっかりと配慮が為されているらしい。

リズに再会する前に、まず彼女の保護者と話をすることになっている。アドルとオズは、使われていない教室に通された。

案内役は二人を椅子に座らせ、「こちらでお待ちください」と言い置いて部屋を出ていった。

ここは何を教える教室だろうか。魔獣の骨格標本や剝製《はくせい》が並んでいるところをみるに、生物についての学問をする部屋のようだ。

王族専任の教師がついていたアドルは、学校というものをよく知らない。初めて見る教室を興味深く眺めていると、オズが少しばかり居心地悪そうにしているのに気付いた。

「どうしたのだ。借りてきた猫のようにおとなしいではないか」

オズは口を歪めて、肩をすくめた。

「学校は苦手なんだ」

そういえば、オズは家族との折り合いが悪かった子供の頃、ろくに学校に通っていなかったと言っていた。

「ここと違うけど、それなりの名門校に入れられた。最悪だったよ、どいつもこいつも陰険《いんけん》で」

アドルはフフ、と笑った。

「お前が育ちの悪い風を装っているのはそのせいか。そうした連中と同じになりたくなかった、というわけだな」

「別に装ってなんかない。レイニアの中じゃ、俺が一番の不良だからな」

「そういうのを、『悪ぶっている』と言うのだ」

言い合っているうちに教室のドアが開き、リズの保護者が入ってきた。

「お待たせしてすみません。マーガレット・ワトキンスです。どうぞマギーと呼んでください」

「オズウェル・レイニアです。こちらは、アドル・バンクノン」

アドルとオズは立ち上がって、それぞれ握手を交わした。

「ええ、伺《うかが》ってます。どうぞよろしく」

それから、三人で椅子に座った。

ワトキンスは明るい表情をした、気風の良さそうな女性だった。癖《くせ》のない金髪を一つ結びにしていて、こざっぱりとした印象を与える。それほど歳《とし》をとっているようには見えないが、目尻には深い笑いじわがあった。

政府から任命された保護者だと聞いていたから、アドルは心の何処かで、もしかしたら女性版ネヴィルのような輩ではないかと心配していた。だが、彼女なら保護者としては適任だろう。

それから三人はリズの現状と、今後についての話をした。

リズは学校では、モイラ・ワトキンスとして生活している。けれどこの『修行』の間だけは、本当の名前で過ごすことを許可されている。

「夏休みが終わるまでに、リズに能力の制御について学んでもらう――というのが学校側と、政府の希望です」

ワトキンスは言った。

「とは言え、わたし個人としては、完全に制御できるようになるところまでは期待していません。あの子にも、あなた方にも無理はして欲しくないんです。糸口だけでも摑んでくれたら、今のところはそれで充分」

「でも、制御を学べなければ学校に残れないのでは？」

オズが不安げな表情で尋ねると、ワトキンスは安心させるように微笑んだ。

「課題が残るようなら、休学するという手もあります。そうなったとしても長くは掛からないでしょうね。あの子は学びの意欲が強いから、学校に戻るためなら、きっと努力を惜しまない」

それを聞いて、ここ最近ずっと強ばっていた、オズの肩の線が少し緩んだようだった。

「あの子は……元気なんですね」

「ええ。それはもう」とワトキンスは微笑んだ。

「よく食べて、よく学んで、休みなく動き回って。通常の倍の速さで大人になろうとしています。彼女のような経験をしたら、それは仕方のないことですけど……それ以外は、普通の九歳の子供ですよ」

「そうですか。よかった……」

オズは安堵のため息をついて、顔をほころばせた。

「他にご質問はありますか？」

それまで静かに話を聞いていたアドルは、そこで初めて声を上げた。

「あなたは……わたしのような魔族でも、彼女の指導者として適切だと思われるだろうか」

「アドル――」

オズが小さな声で呟く。だが、アドルは彼の方を向かなかった。気遣うような表情を見たら、彼に寄りかかりたくなってしまうような気がしたから。

リズのためにここに来ると決まった瞬間から、後ろめたさを感じ続けてきた。アドル本人は関知していなかったとは言え、リズの両親を奪ったテロは、他ならぬ自分の――魔王の名の下《もと》に行われたものだった。

元魔王の身分を明かさない以上、リズがそれを知ることはない。けれど、自分がテロリストと同じ魔族であるのは変えようがない。

自分の存在そのものがリズを傷つけるのではないかと、アドルはそれを恐れていた。

「ご心配はわかります、バンクノンさん」

ワトキンスは、思慮深い目をアドルに向けた。

「ですが、リズはこれからの子供です。人間と魔族が手を取り合うことが当たり前の未来を築いていく……そういう世代の子供なんです」

彼女はそこでわずかに躊躇い、こう続けた。

「確かに、リズはこれまで積極的に魔族と関わっては来ませんでした。しかし、どんな過去があっても、魔族と接することなく生きてはいけません。ですから、バンクノンさん。彼女が頼る最初の魔族が貴方であることは、リズにとっての幸運だとわたしは思います」

ワトキンスがリズについて語るとき、彼女の表情には信頼が滲む。それと同じものを、アドルも少しだけ受け取ったような気がした。

「ありがとう」

アドルは静かに言った。

「信頼を裏切らぬよう、力を尽くそう」

その時、ドアにノックの音があった。返事を待たず、くぐもった声が聞こえてくる。

「マギー？　入っていい？」

ワトキンスはオズとアドルに微笑んで見せてから、ドアに向かって呼びかけた。

「どうぞ、いらっしゃい」

ドアがガチャリと開き、少女の頭だけが隙間から突き出された。

大きな青い目がキョロキョロと動き、何かを探している。

「リズ……！」

隣でオズが立ち上がり、彼女に向かって歩き出す。

するとリズは目を輝かせて、オズに向けて駆け寄った。

「オズおじさん！」

オズは床に片膝を突いて両手を拡げ、飛び込んできた少女を抱きしめた。

「しばらく見ない間に、でかくなったなあ」

「成長したって言ってよ！」

その時アドルは、自分の中の魔力がわずかに吸い取られたのを感じた。全てを吸い尽くされるというわけではないけれど、確かに減っている。リズの能力が、今も発動しているのだ。

「あ……」

少女がアドルの存在に気付き、微かに身を強ばらせた。警戒するような目を向けたまま、オズの腕の中から後退《あとずさ》る。

オズはそんなリズの様子を見て、次にアドルを見る。

アドルは、小さく頷いた。

オズはほんの一瞬目を閉じてから、意を決したようにこう言った。

「リズ、このひとはアドル・バンクノン。俺の……友達だ」

リズは少しだけ躊躇《ちゅうちょ》したものの、ひとつ瞬きをすると一歩前へ踏み出し、挑《いど》むように右手を差し出した。

「リズウェル・レイニアです。わたしのために遠くからいらしてくださって、感謝します。どうぞよろしくお願いいします」

子供らしからぬ堅苦しい挨拶だ。『通常の倍の速さで大人になろうとしています』と言ったワトキンスの見立ては正しい。

大人びた振る舞いも、金の癖毛を短く切ったその姿も、アドルに過去の面影を思い起こさせた。

――ナイラ。

初めてオズに出会った日にも、アドルは、彼の中にブランウェルとナイラの血筋を見出した。ブランウェルの血が強く出ているオズと比べて、リズはナイラの雰囲気が濃い。

利発そうで、勝ち気で、こうと決めたらやり遂げる意志を持っている。

アドルはその手を取り、しっかりと握り返した。

「こちらこそよろしく。リズウェル」

3　修行

リズの能力は、眠っているときには発動しない。だから、セーフハウスへの移動はリズが寝ている夜の間に行われた。

オズたちがひと夏を過ごす場所は、ウェンヴィルから西に一時間ほど車を走らせた先にあった。森の中に立つ広々としたログハウスで、すぐ近くには川も流れている。

元々アウトドアが好きなオズだけでなく、アドルも、自然に近いこの環境を気に入ったようだった。

「夜になると、川の近くに蛍《ほたる》が舞うそうだ」

「へえ」

オズとアドルは、友人として同じ寝室を使うことになった。ものの一分で荷ほどきを済ませたオズはベッドに腰掛け、シャツを丁寧にハンガーに掛けているアドルに尋ねた。

「行ってみるか？」

何気なく尋ねてから、オズは、意味深な響きを持たせてしまっただろうかと考える。

リズの話を聞いてから、アドルは例の発情状態になっていない。おまけに準備で何かと忙しくて、一週間以上も『ご無沙汰《ぶさた》』だ。

だからといって、リズがすぐ傍にいる状況ではことに及べないし、そうしたいとも思えない。本当の関係を隠していようと、いまいと、恋人らしい振る舞いをリズの日に入れてしまいたくはなかった。

「つまりその、みんなで行ってもいいし……一人で見に行ってもいい。リズのことは俺が見てるし
――」

「オズ、落ち着け」

アドルが笑いを含んだ声で言う。

「三人で行けばいい」

「そっか、良かった」

オズはまだどこか緊張したまま、小さく笑った。そんなオズを見てアドルは荷ほどきを中断し、隣のベッドに、オズと向かい合わせになるように腰掛ける。

「あの子が傍にいると、調子が良いのだ。魔力の余剰分を吸収してくれているからなのか……以前のように熱くならない」

「本当に？」

アドルは安心させるように微笑み、オズの膝を軽く握った。

「ああ。この修行は、お互いにとって良い結果を生むかもしれん」

「そうなったらいいな。一石二鳥だ」

オズはホッとして笑った。

それが極めて楽観的な見通しだったと、すぐに思い知らされることになるのだが。

このセーフハウスは一見すると何の変哲もない別荘風の建物だが、厳重な警備が敷かれている。た

だし、リズの魔力吸収能力によって、魔力を原動力とした装置は使えない。そのため、リズの能力が及ぶ小屋の周囲では魔力を使わない設置罠《わな》や人の目による見張りに頼っている。

だが、最大の防御力を備えているのは他ならぬリズ自身だ。レイニアの抹殺《まっさつ》を目論《もくろ》む魔族が何か仕掛けてきたとしても、リズの能力の前にはいかなる魔力も消えてしまう。

能力が目覚めている間は無敵の状態でいられるリズだが、皮肉なことに、本人は少しも喜んでいなかった。彼女の能力が文明の恩恵とも言うべき魔法機器《マジテク》まで無効化してしまうせいだ。照明器具はもちろん、スマートフォンやテレビも使えない。

テレビはまだしも、スマートフォンが使えないのは少し堪えるようだ。離ればなれで過ごす友達と連絡が取り合えないせいで「夏休み明けに友達がひとりも残ってなかったらどうしよう」と嘆《なげ》いていた。

だが、修行が始まって半月が経つ今に至るまで、彼女が吐いた弱音《よわね》はそれだけだった。


「もう一回！」

リズの声が庭先に響く。

アドルがパチンと指を鳴らすと、彼の周囲に数匹の蝶が姿を現す。魔法によって生み出された幻影《げんえい》で、羽には一から十までの数字が書かれている。

能力を集中させ、数字の順番通りに消していく――というのが、リズが取り組んでいる修行の内容だった。

リズの魔力吸収能力は、通常、結界のように彼女を包んでしまっている。そのせいで、彼女の半径数メートル以内の魔力を無条件に吸い込んでしまう。これをなんとかするのが課題だ。

重要なのは、彼女が能力を及ぼす範囲を自分で決められるようになることだ。狙いを定めて蝶の幻影を消すのはそのための練習だった。感覚を掴むことさえできれば、ゆくゆくはどんな魔法機器《マジテク》でも使えるようになるはずだ。

今のところ、成功率は二十五％というところだ。だが、リズの熱意は底なしだった。せっかくの夏休みに楽しい場所に遊びに行くこともできず、陸の孤島のような森の中で修行三昧《ざんまい》の日々を送るはめになったというのに、リズは少しも不平を漏らさない。アドルには礼儀正しく接するし、オズにも落ち着いた受け答えをする。

彼女は最後に会ったときと変わらず、明るくて素直で、利発な子だ。深い悲しみから心を閉ざしてしまっているのではないかと心配していたオズは安心し、さすが兄貴の娘だと思いさえした。

だが、共に過ごせば過ごすほど、リズの内面が見えるようになった。

彼女は、大人が想像する、九歳の子供らしからぬやり方で心を閉ざしていた。聞き分けのいい生徒として礼儀正しく振る舞い、心配させる隙を見せないことで、周囲と距離を置いているのだ。

オズの目からは、リズが一刻も早く子供時代を脱出しようと焦っているように見えた。

両親に愛されて育った天真爛漫《てんしんらんまん》な一人娘を知っているだけに、胸が痛む。だがオズには、どうすればリズが『子供』に戻れるのかわからなかった。

オズ自身、子供時代を早々に捨て去って軍隊に入った。だから、ただ闇雲に『もっと甘えていいんだよ』なんて言葉をかけても意味が無いのはわかる。

きっと……今はただ、こうして見守るくらいしかできることはないのだろう。

「もう一回お願いします！」

「ちょっと待ってくれ」

朝からほぼ休みなく続いた修行に、アドルの方が先に音《ね》を上げた。

「少し休憩だ。いいな？」

「わかりました。バンクノン先生」

リズは相変わらず従順に頷くと、少しも疲れていないような顔でログハウスに向かう。能力を沢山使った今なら、スマートフォンを使えるかもしれないと思っているのだろう。夏休みの間、友達と頻《ひん》繁《ぱん》に連絡を取り合うことは少女にとって死活問題らしい。

「お疲れ、リズ。アイス食うか？」

冷凍庫から持ってきたアイスキャンディーを手渡すと、リズはパッと微笑んだ。

「ありがとう！」

足取り軽いリズとすれ違って、オズは庭先に出た。アドルは椅子代わりの切り株に腰掛け、おおきくため息をついた。

「おつかれ、先生」

「まったく……子供の体力は底なしだということをすっかり忘れていた」

アドルの魔力は膨大なので、多少吸い取られたくらいでは枯れない。だが、ここのところ魔法を使う機会がなかったのもあって、少しばかり堪えているようだ。

「五百歳越えの老人には重労働だよな」

オズはアドルの隣に立って、水の入ったコップを手渡した。アドルは笑いつつ、水を飲み干す。

「そう言うなら、貴様が相手をしてみろ」

言葉とは裏腹に、アドルの表情は明るい。オズもつられて微笑んだ。

「俺の役目はセコンドであって、サンドバッグじゃないからな」

「ああ……本当に、砂が詰まっているかのように身体が重い。だが、悪い気分ではない」

そう言うと、アドルは頭を仰け反らせて深呼吸をした。

アドルの呼吸の音と、森のざわめきと、遠くで聞こえている鳥のさえずりが一つになる。

目を閉じたアドルの顔に木漏れ日が落ちる。穏やかな表情の上で、柔らかな黄金色が揺れていた。

その瞬間、いつもの癖で、アドルに口づけたい気持ちがわき上がる。けれど、堪えた。

アドルが数秒間の瞑想《めいそう》から戻ってきた。彼はぱちぱちと瞬きしてから、周囲を見渡して言った。

「消耗はするが、この場所のおかげで回復も早い。俺が最初に運ばれたのも、こんな森の中だったな」

「ああ。お前がなかなか目を覚まさなくて、焦ったよ」

すると、アドルはじろりとオズを睨んだ。

「嘘を言うな。永遠に眠っていた方がいいと言いたげな顔をしていたぞ」

「そりゃまあ……最初だけな」

オズは弁解がましく言った。

「お前が目覚めてからは、目が離せなかった」

アドルは、オズに向ける視線を和らげた。

「それは……俺に魅了されたからか？」

「いいや。まるでデカい二歳児みたいだったからだ」

二人は肩を揺らして笑った。だが、温かな笑いは少しずつ萎《しぼ》んで、あっという間に消えた。

少しだけ躊躇った後で、オズはぽつりと言った。

「リズは、明日にでも大人になりたがってるみたいに見えるな」

「ああ、そうだな」

オズはため息をついた。

「それがいいことなのか、俺にはわからない。ただ……悲しいのは確かだ」

ネヴィルから、リズの能力がどんなものなのかを聞かされたとき、オズは思わず納得した。

魔力を吸収してしまう結界――それこそ、両親が死んでしまったあの時に、リズが求めたはずの力だった。

こんなことになってしまって悲しい。

コンやレベッカが生きていれば、能力に目覚めたリズを導くのは彼らの役割だった。能力だって、今とは異なっていたかもしれない。もっと夢のある――空を飛ぶとか、虹《にじ》を架けるとか……子供の夢が具現化したような力だったかもしれない。

リズが生まれた瞬間から、オズやコンやレベッカは願ってきた。やがて目覚める能力が幸せと平穏《へいおん》に満ちたものでありますように、と。

だが、現実は違う。

それが……とても悲しい。

「なら、その通り話してやれ」

「え？」

オズはアドルをまじまじと見た。アドルも、まっすぐにオズを見つめている。

「子供相手だと思って遠慮をしてばかりでは、かえって彼女を遠ざけ、傷つけることになる。だが、お前にはあるはずだ――リズウェルと共有できるものが」

アドルは励ますように、オズの背中に手を置いた。

「それは、俺にはできない役目だ。しっかりと果たすがいい――あの子のセコンドとしてな」

†

「やっぱり使えないか」

リズはため息をついて、スマートフォンをベッドの上に投げた。

本当は、壁に向かって叩きつけてしまいたいくらい苛立っていたけれど、それは子供のすることだと思って我慢した。代わりに、アイスキャンディーの棒をガリガリと噛んだ。

リズが使っている部屋は、いかにも子供部屋という感じの内装で、好きになれない。苺《いちご》の柄のベッドカバーとか、テディベアが描かれたカーテンとか。そのせいで、余計にイライラしてしまう。

リズはベッドの上に身を投げ出し、ぼんやりと天井を眺めた。

休憩って、どのくらい待てばいいの？　五分？　十分？

「はやく続きがやりたいのにな……」

ごろりと寝返りを打ち、リズは微かに痛むこめかみを揉《も》んだ。

女神の加護の能力が目覚めた時、最初に心に浮かんだのは『なんで今さら』という気持ちだった。パパとママが死んでしまったあの瞬間にこの力があれば、みんな生きていて、幸せに暮らしていられたのに。

けれど、『たら』とか『れば』にこだわるのは、子供のすることだ。

過去に戻れないなら、前に進むしかない。失敗したとき、父がそう言ってくれたのを、よく覚えている。

前に進んで、強くなる。大人になる。レイニア家の末裔として恥ずかしくない人間になる。

葬儀ではいろいろな人に声をかけられた。しっかりしていると褒められたし、両親はリズを誇りに思っているはずだとも言ってもらえた。勉強もがんばっているし、加護の力が目覚めてしまう前は、魔法だって平均以上に扱えていた。

あとは、この能力さえ使いこなせたら。

そうすれば、パパとママはきっと喜んでくれる。

「もう十分たったかな」

リズはがばっと身体を起こして、部屋の窓から庭を覗いた。

オズとアドルが、またふたりで何やら話をしている。難しい表情を浮かべているかと思えば、笑い合ったり、また真剣な顔になったり。

父には沢山の知り合いがいた。家に人を呼んでパーティーをすることもあれば、他の人の家に招待されることもある。だから幼い頃から、リズのまわりには沢山の大人がいた。

彼らが親密そうに交わす言葉は、子供には手の届かない世界についてのものだった。どれだけリズが大人びた顔で会話に混ざろうとしても、笑顔一つであしらわれてしまうのだ。

今、庭でオズおじさんとバンクノン先生がしているのも、きっとそういう会話なんだろう。

アドルがオズの背中にそっと触れると、オズも感謝するようにアドルの肩に手を置いた。

親密そうな空気。信頼し合っていて、対等に見える。

「いいなあ……」

リズは思わず呟いていた。

自分も、あの輪の中に入りたい。大人として。彼らの一員として。

でも、いま近づけばきっと、二人はわたしを気遣うような目で見る。守るべき子供として扱うはずだ。

だから、早く強くなりたい。大人になりたい。

リズはため息をついて、あと五分だけおとなしく『休憩』していることにした。


夕ご飯はオズとアドルが交互に作る。今日はオズが当番の日だった。オズの料理は、アドルの凝った料理と比べると大雑把《おおざっぱ》だけど、リズの母ならぜったい食べさせてくれなかったような豪快《ごうかい》なメニューだし、美味しい。

食事が済めば、リズとオズは食器を洗い、アドルがそれを拭《ふ》いて棚にしまう。夏休みの間に定番になった分担だ。

その夜の後片付けがほとんど終わろうとしている頃、オズに「三人で蛍でも見に行かないか」と誘われた。

「蛍……？」

「見たことあるか？」

「ううん。けど……」

オズが考えていることは、リズにもなんとなくわかった。修行ばかりじゃ退屈だろうと気遣ってくれているのだ。気持ちは嬉しいけれど、そんな気分にはなれなかった。

「見なくていい。それなら、もう一回練習したい」

リズの目が届かないところで、オズとアドルがちらりと視線を交わしたのを感じ取る。

また、『可哀相《かわいそう》なのけ者』にされているような気分で、いたたまれない。

はやく部屋に行って、ひとりになりたい——そう思いつつタオルで手を拭いていると、オズが言った。

「まあまあ、アドルはああ見えて年寄りなんだ。ちょっと休ませてやろう」

「嘘でしょ？　ぜんぜん若く見えるよ」

まじまじとアドルを見つめつつリズが言うと、アドルは穏やかに微笑んで軽くお辞儀をしてみせた。

「君はよい目の持ち主だな。叔父と違って」

アドルが自分と接する時の距離感は……少し心地いい。近すぎず、遠すぎず——気を使いすぎないところがいい。

でも、仲良く蛍を見に行きたいと思えるほどではない。多分。今はまだ。

「練習が無理なら、部屋で学校の勉強するよ」

リズが言うと、オズはショックを受けたように胸に手を当てた。

「リズ！　そんなにがんばりすぎるな。病気になるぞ」

「ならないよ」

オズの、こういうふざけたところは好きだ。父とそっくりな顔をしているのに、中身が全然違うのが面白い。昔から、オズおじさんが大好きだった。だからこそ、オズの中で自分が『可哀相なリズ』になってしまうのが辛かった。

「お前はよくやってるよ、リズ。能力の使い方だって、最初に比べたらずっと上手くなってる」

「一回も完璧に成功してないのに？」

「ああ。見てればわかるよ。ちゃんと上達してる」

オズはそこで少しだけ躊躇ってから、こう切り出した。

「実は……蛍ってのは単なる口実でさ。ちょっと聞いてほしい話があるんだ」

「話って？」

リズが食いつくと、オズはホッとしたような顔をした。彼は、ここに来てから一度も使っていない、庭先の焚き火台《ファイヤーピット》を見てから、誘うように首を傾げた。

「付き合ってくれるか？　お前にしか頼めないことなんだ」

「それなら……いいよ」

オズは、ついさっきまで空っぽだった焚き火台《ファイヤーピット》に、あっという間に火を熾《おこ》した。

「これでよし」

パチパチと音を立てながら大きく育っていく炎に、リズは魅せられた。小さな火の粉が予測不能な軌道で舞い上がって、溶けるように消えていく様子にも。

「アウトドアの経験はあんまりないみたいだな、お嬢《じょう》」

オズがからかうように言う。お嬢と呼ばれるのは久々だった。そう呼ばれるのが好きだったことを思い出して、リズは微笑んだ。

「アウトドアは……したことない。パパは虫とか嫌いだったし」

「ああ。コンは生粋のインドア派だったよな」

「パパがよく言ってた。天国で生まれる順番待ちをしている間に、僕が受け継ぐはずだった冒険心は全部オズにとられたって」

「コンがそんなことを？」

二人は穏やかな笑いを交換した。

何だか、良い感じ。

ここに来てからはじめて、何かに焦る気持ちを少しだけ忘れられた気がする。

「お前のママ——レベッカは、コンのそういうとこに惚れたんだ」

「冒険心がないところに、ってこと？」

「ある意味ではな」

オズは微笑み、リズにマグカップを手渡した。マシュマロが浮かんだココアだ。

「レベッカは、コンがどこにも行かないのがいいんだって言ってた。下手に冒険心があると、俺みたいに世界の果てまで飛んでいっちまうからな」

「なら、あたしもよかった。パパは忙しかったけど、ちゃんと傍にいてくれたから」

「な？　俺もそう思ったから、冒険心って奴を全部かっ攫っておいたんだ。代わりに分別《ぶんべつ》は残しといてやったから、おあいこだ」

「じゃあ、ママにも見る目があったたってことだね」

「そうとも」

リズは笑って、ココアを一口啜《すす》った。温かくて、甘くて、とても美味しい。

その時、リズはあれから初めて、オズと両親の話をしたことに気付いた。

オズも、それをわかっていたのだろうか。彼は相変わらず微笑んでいたけれど、どこか悲しそうでもあった。

「お前は、そんなコンとレベッカの娘なんだ、リズ」

オズはしんみりと言い、ため息をついた。

「だから、どんなことがあっても、お前は大丈夫だよ。俺にはわかる」

「でも……」

心が、ぎゅっと押しつぶされそうな感覚に襲われる。

「でも、『大丈夫』だけじゃ足りないんだよ、オズおじさん」

両手の中に包んだマグカップが、嫌なぬるさになってゆく。

「何が足りないと思うんだ？」

「マギーはいい人だし、好きだし、尊敬もしてる。けど、わたしはワトキンスじゃなくて、レイニアだから」

リズは、これまで堪えていたものを一つずつ、胸の奥底から取り出していった。

「はやく自立して、また『レイニア』を名乗りたいの。さすがコンとレベッカの娘だって言われたいの。でなきゃ、父さんと母さんが生きてたってことも忘れられちゃう」

オズは、静かにリズを見つめていた。でも、葬式で話しかけてきた名前も知らない弔問客《ちょうもんきゃく》みたいに、悲しい表情をつくってあやすように抱きしめてこようとはしない。

だから、リズは話し続けた。

「悪い奴らに狙われたっていい。わたしは負けない。そのためにも強くなるんだから」

「そうだな……お前が望むなら、きっと実現する」

「そう思う？　あたしにできると思う？」

オズは頷いた。

「ああ。リズは俺の何倍もしっかり者だからな」

微かに涙に滲む視界の向こう側で、オズが身じろぎしたのを感じる。隣に来て、抱きしめようとしてくれている。けれど、それは欲しくない。今この瞬間だけは。

だから、リズは顔を上げてオズを見つめた。

「あのね、大人になって、強くなれば……いろいろ、楽になるでしょ？　オズおじさんみたいに――強くなれば平気になるよね？」

オズは少し躊躇った。それから、ゆっくりと深呼吸をして、言った。

「どうかな……いや。あまり楽にならない。俺は、ずっと苦しいままだ」

「そうなの？」

思ってもみなかった答えだった。

「でも、大丈夫そうに見えるのに」

リズが言うと、オズは寂しげに微笑んだ。

「きっと……一人で抱えてるわけじゃないから、そう見えるんだろう」

オズの視線が、ログハウスの方へとわずかに揺れる。リズが振り向くと、窓辺に置かれたソファに、アドルが座っているのが見えた。

オズは穏やかに、言葉を継いだ。

「俺が思うに……悲しみを和らげるにはな、リズ——誰かと関わって、分かち合うしかないんだ」

小さく肩をすくめて、オズは続けた。

「問題は、それが怒りや憎しみに変わっちまいやすいってことだ。悲しみをありのままにさらけ出すのは難しい。だから時々、悲しい奴は他人を攻撃したりする。そのせいで、魔族と人間もずっと仲が悪かった。でも、そうじゃなくたっていいんだ」

自分の両親を奪った、あの怖ろしい事件の原因が『悲しみ』にあったのだと——そんな風に聞かされても、今は納得できない。けれど、オズの言いたいことはわかる気がした。

「ひとりじゃ、楽にならないの？」

「俺の経験じゃ、そうだ」

「分かち合う相手って……誰でもいいの？　友達でもいい？　おじさんとバンクノン先生みたいに」

「ああ、もちろん」

オズは微笑んだ。

「なあ、リズ……悲しいのは辛いけど、悪いことじゃない。それだけ幸せだったってことなんだから」

オズは懐かしむようにため息をついた。オズとの子供時代について話しているときに、父がよくそうしていたように。

「だから、無理に乗り越えなくたっていい。多分、悲しいときには悲しんだ方がいいんだ」

ちょっとした父の面影をオズの中に見たことが、何よりもリズの心を揺さぶった。目の奥に、また涙がにじみそうになる。

「そう、かな」

「そうさ」

オズが両手を拡げて、誘うように肩を揺らす。

「ほら。来いよ、お嬢」

一瞬、躊躇いそうになる。けれど何故だか、リズと同じくらい、オズもそれを必要としている気がした。

「もう……しょうがないなあ」

リズは言い、オズの腕に飛び込んだ。懐かしいにおいに、リズの中で固く結ばれていたものが、ほんの少し緩んだ。

抱きしめる腕にぎゅっと力を込めてから、オズが言う。

「ちょっとは、分かち合ってもいい気分になったか？」

「ちょっとだけね」

「俺も今、ちょっとだけそんな気分だ」

「いいよ、聞いてあげる」

「ありがとな、お嬢」

オズはクスクスと笑いながら腕の力を緩め、静かに燃える炎に目を向けた。リズはすぐ近くで、オズの顔を見上げた。

慣れ親しんだ、『面白くて、ちょっとワル』な叔父の横顔から、余計な表情が消えたように見えた。親密な相手にしか見せない、剥き出しのオズ自身を見せてくれているような気がした。

「お前の両親が死んだと聞かされたとき」

オズが静かに言った。

「世界がゆっくりと回転しだして、意味を成さないドロドロの何かになったように思えた。しゃがみ込んで身体を丸めても、哀しみだけが土砂降りの雨のように降り注いで……なにも出来なかった。辛かった――足を失ったときの何千倍も」

「うん」

「二人がこれからの人生を失ったことも……お前のこれからを見届けることなく逝《い》かなきゃならなくなったことも、悲しかった。コンとレベッカがどれだけお前のことを愛していたか、俺はよく知ってるから。あんなに辛いことは、他にはない」

オズは深く、長いため息をついた。

「お前は、それよりもずっと辛い思いをしたよな」

「うん……」

オズのようには上手く言葉にできないけれど、病院のベッドの上でその知らせを聞いたとき、リズは世界の終わりだと思った。自分の命を、いきなり半分ちぎられたような気がした。

「もう二度と、あんな気持ちになりたくない。でも、今も……時々そうなるんだ」

リズは言った。

「赤ちゃんの頃のあたしがどんなだったか、パパとママに話してもらうのが好きだった。だって、自分じゃ覚えてないでしょ？　よく泣く子だったとか、ミルクをいっぱい飲む子だったとか」

オズは頷いた。

「ああ」

「でも……もう聞けないんだよね」

声が震える。本当はこれ以上話したくない。けれど、苦しくても吐き出すことに、何かの意味があるような気がした。だから、リズは最後まで口にした。

「あたしのことを、あたしより知っていてくれる人が、いなくなっちゃった。あたしが生まれた時にどんな気分だったか――どんなに幸せだったか、もう聞けないんだ」

涙が溢れて、上手く話せない。それでもなんとか、リズは分かち合った。怒りでも憎しみでもない、悲しみそのものを。

「すごく寂しい」

「そうだな」

オズは言い、ため息をついた。

「俺も、すごく寂しいよ」

そして彼は、泣いているリズをそっと抱きしめた。

ふたりはしばらく、そうして抱き合ったまま過ごした。

やがて涙が収まってみると、嵐の海みたいな心が落ち着いてみると、不思議と、少し心が軽くなったような気がした。

リズとオズは見つめ合って、すこし間の抜けたへへへという笑いを交わした。

「鼻水を拭けよ、お嬢」

オズは微笑んで、リズの鼻を指でつまんだ。

「おじさんだって、目が真っ赤だし」

まじかよ、と焦った振りをしてみせるのが面白くて、リズは久しぶりに、心から笑った。

そんなリズを見て、オズが言う。

「なあ、俺は両親の代わりにはなれないけど、お前の味方だ。だから、たまにはわがままをぶつけてこい」

「うん……」

ワトキンスからも、たまにそんなことを言われる。けれど実は、そう言われるのが一番苦手だ。どうしたらいいかわからなくなる。

迷っているリズの鼻を、オズは指先でそっとつついた。

「言っとくけどな、わがままが許されるのは子供のうちだけだぞ。だから、今のうちに得しておけ」

オズおじさんらしいな、とリズは思う。

パパに似てるのに、パパとは全然違う。そこが好きだったし、今はもっと好きだ。パパを感じられるけれど、それほど悲しくはならないから。

リズはため息をついて、言った。

「じゃあ、お出かけしたい。蛍とかじゃなくて、もっと遠くに」

「それは……」

オズの言葉をさえぎって、リズは言った。

「無理でしょ？　この能力をコントロールできないうちは、どこにも――」

「いや」

リズがびっくりしてオズを見る。彼は、とっておきの誕生日プレゼントを隠しているときのような顔をしていた。両親ならぜったいに買うのを許してくれないけど、密かに欲しがっていたプレゼントを、オズはどういうわけか嗅ぎ当てて持ってきてくれるのだ。

「できるの？」

オズはニヤリと笑った。

「まあ、どうにかなるだろ」

4　お出かけ

「制御リング？」

「そうだ」

アドルは、訝しげなリズの手に金属の輪を乗せた。

シンプルな金の輪に、無数の細かなルーンが刻まれている。それは、自身の魔力を封じるためにアドルが角につけているリングの予備だった。

制御リングは、アドルの症状を緩和するために国家安全情報局主導で開発され、支給されたものだ。リズの能力が発現した時、これが彼女にも正しく安全に作用するかどうかの検証が始まった。

その返事が、昨日の夜に届いた。結果は『使用可能』とのことだった。

リングはアドルの角に合うように作られているけれど、リズの手首にちょうどよくはまりそうなサイズだ。

「これを身につけておけば、能力を外に出さないようにできる」

リズの顔がパッと明るくなる。

「本当に？」

「つけてみな」

オズが促すと、リズは恐る恐る、右手に金の輪をはめた。

すると、そばに置いてあったリズのスマートフォンが息を吹き返し、溜《た》まっていたメッセージの通知音が連続して鳴り始める。リズはスマートフォンに飛びついて、信じられないような顔でそれを見つめた。

「すごい……！　力が消えてる！」

リズは振り向き、オズを見た。

「これで、お出かけできる？」

「ああ、ちゃんと外出許可をもらっておいた」

リズは歓声を上げて飛び跳ねた。

「ありがとう、オズおじさん！　バンクノン先生！」

リズの素直な喜びように、少しだけ面映ゆく感じながらも、アドルは言った。

「そろそろ、アドルと呼んでくれ。オズの姪なら、俺にとっても他人ではないからな」

リズはこくりと頷いて、改めて言った。

「じゃあ、えーと……あの、ありがとう、アドル……すごく嬉しい！」

オズが咳払いをして重々しく告げる。

「あー、いいか、リズ。これは一時的な処置だからな。言わば自転車の補助――」

「オズ」

アドルは、明らかに『補助輪』と言いかけたオズの脇腹をつついた。せっかく信頼関係を構築したのに、ここで子供扱いしては台無しだ。

「いいよ。わかってるから」

リズは、諦めきったようなため息をついた。

「今は未熟で……子供だから、こういうものが必要なんだよね」

思うように能力を扱えないもどかしさについては、アドルにもよく理解できる。だから、アドルはリズの前に膝をついて、同じ目線で話しかけた。

「よいか、リズウェル。どれほど優れた騎手《のりて》も、はじめから馬を御せたわけではない。誰しも、その時の技量に応じた馬に乗り、馬具を使いながら上達してゆくものだ」

昔、魔族語が読めずに癇癪《かんしゃく》を起こしたナイラにも、似たような話を言って聞かせた気がする。

アドルは懐かしさにひたりながらも、目の前にいるリズウェルの目をしっかりと見た。

「今のお前には、これが必要だ。だが、いずれは裸馬だって乗りこなせよう。俺の見立ては確かだ」

リズの目がキラキラと輝く。彼女は、言葉にならない感情を持て余すように顔中で微笑み、オズを見て、もう一度アドルを見た。

「ありがとう……！」

それから彼女はオズの服の裾を引っ張って、少し小さな声でこう囁いていた。

「ねえねえ。やっぱり、アドルは『先生』って呼んだ方が似合うみたい」


外出先は、車で一時間ほどの街にある動物園に決まった。自然公園の中に併設《へいせつ》された小規模な動物園だが、普通の動物だけでなく、馴致《じゅんち》された魔獣も居るという。

護衛《ごえい》がつくのは仕方がないが、なるべく離れたところから見守ってくれるように頼んだ。監視されていては、せっかくの外出に水を差された気分になってしまう。

駐車場に着いた瞬間から、リズは興奮に目を輝かせていた。入場ゲートをくぐると、リズはオズの手を引いて先を急いだ。

「マンティコアが居るんだって！　早く行こ！」

「待て待て、引っ張るなって……！」

ウェンヴィル魔法学校で対面してから初めて、アドルはリズの子供らしい様子を見ることができた。

焚《た》き火の傍でリズと交わした話の内容を、オズは後日、アドルにも教えてくれた。リズウェルが押し殺してきた悲しみや、抱えてきた責任感を思えば、たった一日の外出がどれほどの気晴らしになるだろうかとも思う。

両親の死から一年。見知らぬ大人との共同生活や、魔法学校での日々に、能力の開花と、心が安まるときはほとんど無かっただろう。

周りに目を向ければ、穏やかな表情の家族連れが大勢居る。もしかしたら、リズは心の何処かで両親の不在を痛感しているかもしれない。

それでも、アドルの目から見たリズは輝いていた。オズやアドルとここに居ることを、本気で楽しんでいるようだった。

「悲しみを和らげるには、誰かと関わって、分かち合うしかない……か」

きっと、オズの経験からでた言葉なのだろう。

それを思うと、胸が温かくなる。

「アドル、早く！」

リズとオズとが手をあげて、アドルを手招きする。その仕草があまりにもそっくりで、アドルは笑いながら、二人の元へ急いだ。


それから半日ほどかけて、園内をゆっくり見て回った。

リズが用を足したいというので、二人の従者は公衆トイレの出入り口が見えるベンチに陣取って、『お嬢』の用が済むのを待つことにした。随分並んでいるから、戻ってくるまでにはしばらく掛かるだろう。

私服を着た護衛がリズのすぐ傍についていてくれるから、目が届かない場所でも危険はないはずだ。

「思っていたより興味深い場所だな」

アドルがしみじみと呟くと、オズはからかうように片眉をあげた。

「そうか？　俺にしてみたら、いきなりバイコーンとお喋《しゃべ》りを始めるお前の方が興味深かったけどな」

アドルは小さく肩をすくめた。

「昔の知り合いに似ていたから、ついな」

冗談なのか本気なのかはかりかねている、という顔で、オズがアドルを見る。

「昔は、城の傍に大きな森があった。子供の頃は、よくそこで魔獣と遊んだのだ。バイコーンは良い遊び相手だった」

「バイコーンってのは、処女好きのユニコーンと違って不純な存在が好きなんだろ。だったらお前も――」

「迷信だ。たかが角の数で、生物の嗜好《しこう》が変わるものか」

アドルが断言すると、オズはアドルの角をしげしげと見つめた。

「そうは言うけど、お前は角が増えてどうなった？」

「やかましい」

笑いながら肩で小突《こづ》くと、オズはわざとらしく痛がって見せた。

その時アドルは、すぐ近くのベンチに座る二人組がこちらを見ているのに気付いた。頬を染めて、恥ずかしげな視線を投げてきている。どうやら、オズに秋波《しゅうは》を送ろうとしているようだ。当の本人は、リズの戻りを待ちつつ、紙コップに刺さったストローを噛むのに忙しそうだが。

アドルはふと、他人の視点でオズを眺めてみることにした。

確かに、最初に出会った頃と比べれば、オズの見栄《みば》えは随分良くなった。あの時は、長く続けた不《ふ》摂生《せっせい》の名残が表情や立ち姿に影を落としていたが、今のオズは健康状態も良く、自信に満ちた雰囲気を醸《かも》し出している。

視線に気付いたオズが、アドルを見た。

「なんだよ」

アドルは、オズを見つめていた客にちらりと視線を投げた。向こうもそれに気付き、少し気まずそうな顔をする。それを見計らって、アドルは指先でオズの顎をクイと上げた。

明らかな誘いに、オズがニヤリと笑う。

「見せつけてやろうってか?」

アドルは目を丸くした。

「気付いていたのか」

「前の職業柄、自分に向けられる視線には敏感でね」

オズはいたずらっぽく目を輝かせて、誘うように半分だけ瞼を閉じた。

「それで……どうする、アドル先生?」

術中にはまってしまったような気分だが、何故か悪い気はしない。

「先生はよせ」

アドルはくつくつと笑って、オズの唇に軽いキスをした。

顔を離したとき、オズの顔にはまだニヤけ笑いが残っていたが、一瞬の後には、それが跡形もなく消えた。

「……リズ」

振り向くと、そこにはリズが立ち尽くしていた。麻痺《まひ》の魔法にかけられたかのように硬直している。

オズが立ち上がり、宥めるように話しかけた。

「これはその……お前にも説明しようと思ってたんだけど、つまり――」

オズの言葉を最後まで聞かず、リズは踵を返すと一目散《いちもくさん》に逃げだした。

「リズ‼」

アドルとオズは駆けだして、人混みの中に飛び込んでいったリズの後を追った。

5　土壇場《どたんば》で

リズが、アドルとオズの元を逃げ出す、少し前のこと。

リズはトイレを出て、右腕につけた制御リングを光にかざしてみた。

アドルの角に合うように作られたものだと聞いたけれど、リズの手首にはちょっとだけゆるい。けれど、細身のシンプルなデザインで、とても大人っぽい。

それに何より、アドルとおそろいだ！

正直に認めると、アドルに会うまでは、魔族のことを少し怖がっていた。あの事件の時、車に近寄ってきた魔族の姿は目に焼き付いている。それに魔族は、角とか牙とか眼の色とか……自分とは違う部分が多すぎる。

リズはこれまで、あまり魔族と接してこなかったから、よけいに彼らの異質さに敏感だった。

けれど、アドルはいいひとだ。いい先生だし、いい友人にもなれると思う。

アドルがいると、動物園の魔獣がすぐ近くまで寄ってくるのには驚いた。

どんな魔法を使ったのか、バイコーンもマンティコアもグリフィンも、みんなアドルに近づいて、挨拶するみたいに甘えた鳴き声を上げるのだ。そしてアドルも、魔族の言葉で彼らに話しかけていた。

そのおかげなのかどうかはわからないけれど、魔獣たちはリズにも近づいてきてくれた。

その後、オープンテラスで昼ご飯を食べていたときの、アドルとオズの会話も面白かった。

食事のおこぼれを狙うカラスがテラスの近くの木にとまっているのを見て、アドルがリズにこう言った。

「その腕輪は、カラスからは隠しておいた方がいい。奴らは、魔法の匂いがする光り物に目がないのだ」

「カラスにも言って聞かせればいいだろ。奴らに話が通じるなら」

皮肉っぽく言うオズに、アドルは呆れたようにため息をついて、言った。

「まあ、お前よりは通じるだろう」

「ふふっ」

思い出すと、笑いがこみ上げる。

あの後で、「わたしも、アドルみたいな友達が欲しい」とこっそりオズに言ってみた。するとオズはにっこり笑って言った。

「これから、沢山できるよ。絶対だ」

本当かな。

そうだったらいいな。

そんなことを思いながら、待ち合わせの場所まで歩いていくと、アドルとオズの姿を見つけた。

彼らは相変わらず仲が良さそうにお喋りをしていた。まるで親友同士、二人だけの世界に居るみたいに。

リズが声をかけようとしたちょうどそのとき、アドルがオズの顎に手を添えて、それから——。

「うそ……」

頭が真っ白になったのは、二人がキスをしたから——それだけじゃない。

リズを見つけたオズの顔に、『しまった』という表情がはっきりと浮かんでいたからだ。

あれは間違いなく、秘密がバレたときの表情だ。

二人は友人なんかじゃなかったのに、あたしにはそれを隠してた。

ずっと、隠してたんだ。

「これはその……お前にも説明しようと思ってたんだけど、つまり——」

申し訳なさそうに、気遣うように言い訳しようとしているオズ。なぜだか、そんなオズを見ていられなくて、自分が恥ずかしくて、リズはその場から逃げ出した。

「リズ!!」

こんなことはすべきじゃないとわかっていたけれど、自分を止められなかった。

人混みの隙間を縫って、リズは二人の目の届かない場所に逃げ込もうとした。頭の中には、いろいろな考えが渦を捲いていた。

勇者の末裔なのに、魔族と恋人って、ありなの？

いや、そんなのどうだってかまわない。一番嫌なのは、あたしに秘密にしてたこと。あたしを、のけ者にしたことだ。

それが、悲しくて悔しい。何も知らずに居たのが恥ずかしい。バカみたい。

「だから、子供でいるのはいやなんだ……！」

その時、リズは真正面から他の客にぶつかってしまった。

「ごめんなさ――あ！」

よろめいた拍子に、腕輪が腕から外れた。

腕輪は地面の上で跳ねると、ころころと転がり始めた。

「ま、待って！」

金の輪は、人混みの足下をすり抜けながら、どんどん遠ざかる。

あれがないと、能力を抑えられないのに！

焦りが焦りを呼び、まわりがほとんど見えなくなる。リズは腕輪を追いかけつつ、他の客を押しのけて前に進んだ。

「すみません、通してください！」

もし、もう少し周囲に気を配っていたら、その人混みが何を目当てに集まっていたのか気付いただろうし、自分の能力が暴走して、周囲の魔法機器《マジテク》だけでなく、動物園の設備にまで影響を及ぼしはじめていることにも気付けただろう。

腕輪はリズの必死の追跡をあざ笑うかのように転がり続け、魔獣の檻と、見物客用の安全柵の隙間に行き着いた。

ホッとしたのも束《つか》の間《ま》。何とも間《ま》の悪いことに、檻の近くにはカラスが居た。光り物に目がないカラスは、すぐさま地面に降り立ち、嘴《くちばし》で腕輪をつまみ上げる。

「駄目！」

リズは、今まさに飛び立とうとしたカラスに向かって手を伸ばした。驚いたカラスは不満げに鳴き、腕輪を放して飛び去る。

「あ……！」

その瞬間、リズの頭には腕輪を取り返すことしかなかった。

人混みを掻き分けて飛び出した勢いのままに、安全柵にぶつかり、バランスを崩して前につんのめる。

「うわあっ！」

世界がもの凄い速さで回転した――と思ったら、リズは急な斜面を転がり落ちていた。

どしん、という衝撃の後、時間が止まったような感覚に陥る。

そのままじっとしていると、痛みが少しずつ引いていった。

「いてて……」

なんとか身体を起こして周囲を見回すと、さっき居た場所と景色が違うことに気付いた。まわりはコンクリートの高い壁に囲まれていて、地面には丸太やタイヤが置かれている。動物園にこんな場所があっただろうかと考えてから、ハッとする。

何かがおかしい。

気配を感じて、リズはゆっくりと振り向いた。

そこには、金の腕輪を拾い上げ、しげしげと眺めている魔獣が居た。真っ白の毛を生やした、巨大な猿のような生き物。小さな目はゾッとするほど赤く、毛のない顔と手足の先は凍《こご》えきったみたいな青色をしている。

遠くて近いところで、沢山の人のざわめきが聞こえた。声がした方を振り向くと、さっきまで自分がいた場所が、遙か上の方にあることに気付いた。

腕輪を追いかけるのに夢中になるあまり、リズは魔獣の檻に転がり落ちてしまったのだ。

彼らは口々にこう叫んでいた。

「子供がイエティの檻に落ちたぞ！」

†

「おいおいおい嘘だろ！」

オズは、全ての事態が悪い方に転がっていくのを見ながら、必死で人混みを掻き分け、たったいまリズが転落した檻に駆け寄った。

そこは、深さのある檻を上から覗き込むタイプの展示だった。檻の底までは五メートルほど。途中で段になっているとはいえ、打ち所が悪ければ最悪の結末になったかもしれない。だが、リズは生きていた。それは大きな救いだ。

ただ、能力制御用の腕輪を奪われ、イエティと見つめ合っている状況は最悪中の最悪だ。

「オズ！　あの子の能力が暴走している！」

「ああ……！」

何処かの時点で、リズは腕輪を紛失してしまったに違いない。それを取り返そうとしているうちに、どういうわけかここに辿り着いたのだろう。

本来なら、結界で守られた檻の中に客が落ちるなんてことは起こらない。だが、リズは動揺するあまり能力を暴走させた。動力源である魔力を奪われた安全装置は全て無効化されてしまった。リズが檻に転落してしまったのも、そのせいだろう。

「俺の魔力が……消えている。全て吸い尽くされた」

アドルの声には驚愕《きょうがく》が滲んでいる。当然だ。アドルの中にあった魔力はほとんど無尽蔵だったのだから。

周囲一帯から魔力が消えてしまっている状況で、警報は鳴らず、安全装置も働かない。職員が駆けつけたところで、イエティを鎮静化させる魔法も使えない。

つまり、リズをこの状況から救い出す手は一つしか残されていないということだ。

オズは、隣に立つアドルを見た。

「アドル……！」

「魔法は使えず、興奮している魔獣相手では話も通じない。だが、このまま見ているわけにはゆくまい」

「ああ、だから俺――」

アドルは最後まで言わせなかった。

「わかっている。行くぞ！」

二人はそれ以上時間を無駄にすることなく、柵を乗り越えて檻の中に飛び込んだ。

檻は、すり鉢《ばち》状になるように段差が設けられていた。オズとアドルはそこを伝って、檻の底に辿り着く。

檻には、イエティの行動展示用の櫓《やぐら》が設えてあった。アドルがその陰に身を隠したのを見計らって、オズは大きな声を出してイエティの注意を引いた。

「おい！」

真っ青の顔に赤い目をしたイエティが、苛立ちを込めてオズを振り向く。

邪魔者が増えたのを見たイエティは、身体中の毛を逆立てて大声で吼えた。オズはリズから視線を逸らさせるため、シャツをばたつかせて威嚇するように叫んだ。

「ほら！　こっちだデカブツ！」

イエティはデカブツと呼ばれるのが好きじゃないか、あるいはただ単に騒がしいのが嫌いなようだ。頭蓋骨などひと噛みで粉砕《ふんさい》してしまえそうな強靭《きょうじん》な歯をむき出して、鼓膜が痺れるほどの咆哮を浴びせてきた。と同時に、強い冷気を感じた。

イエティの怒りが更に高まれば、浴びせられるのはただの冷気だけじゃ済まなくなる。

視界の端で、アドルが物陰を伝い、リズのところに辿り着く。

アドルがリズを抱きかかえ、檻の隅にある通用口に向かう。そこにはすでに動物園の職員が待機していた。

アドルが職員にリズを引き渡し、オズを振り向いて『もう大丈夫だ』という合図を送ってくる。

ああ、よかった——。

そこで、つい気が緩んだのがマズかった。

オズが立っていた場所のすぐ近くに、イエティの握りこぶしが振り下ろされる。その風圧でよろめいていなかったら、残った右足まで義足の世話になるところだった。

「やっべ……」

これまでの従軍経験の中で、魔獣とは何度も戦った。ただし、当時は特殊部隊の最新装備に身を包んでいたし、丸腰でもなかった。だが、どんな状況だろうと、魔獣と対峙《たいじ》したときにどうなるかは予想がつく。

お互いにらみ合っているうちは、膠着《こうちゃく》した状態が続く。だが、どちらかが動き出したら、あっという間に勝敗が決する。そして、敗北者が生き残ることはまずない。獣の世界では、敗北とはすなわち死だ。

幸い、リズとアドルは安全圏に居る。もし女神が微笑んでくれなかったとしても、マズいことになるのは自分ひとりで済む。

オズはふう、と息をつくと、拳を掲げてファイティングポーズを取った。

「お手柔らかに頼むぜ、デカブツ……！」

†

「何をしているのだ、あの愚か者は！」

リズは、アドルがそう悪態をつくのを聞いた。彼は今まさに、リズを檻の裏側の安全地帯に預けようとしている。待機していた飼育員が、イエティの注意を引かないよう、静かに、迅速《じんそく》にリズを引き取る。

リズは、アドルも自分と一緒に安全地帯に来るのだと思っていた。

けれど、彼はリズの背中をそっと押しやると、分厚《ぶあつ》く重たい金属扉の向こうへと戻って行こうとした。

「ここに居ろ、よいな」

「何をする気ですか！」

飼育員が鋭い囁き声で尋ねると、アドルは言った。

「あやつを助けに行く」

「あ、待って……！」

リズはアドルの背中を追うように手を伸ばす。けれど、アドルを引き留めることを諦めた飼育員によって、ドアの手動ロックがかけられた。

「貴方はここにいて！　いい？　絶対に動いちゃ駄目よ！」

飼育員が緊迫した囁き声で言う。

「本部は何をしてるの!?　インターコムが通じないなら、大至急誰かを行かせて！」

リズはのぞき穴に張り付いて、オズとアドルの姿を追った。

どうしてアドルは、戻ってしまったんだろう。魔法も使えないのに、あんな危険な場所に――。

そこまで考えて、リズはハッとする。

二人はただの友達じゃない。パパとママみたいに愛し合ってるんだ。だからもし、ふたりのうちのどちらかが危ない目に遭《あ》ったら、命をかけてでも守ろうとする。

パパが結界を張って守ってくれたみたいに。

ママが最後まで、わたしを抱きしめていてくれたみたいに。

二人を失った悲しみと、情けない自分自身への怒りが同時に湧き上がる。

「嫌だ……」

あたしのせいで、二人は死んでしまうかもしれない。また、目の前で大事な人を喪《うしな》うかもしれない。

そんなのは、絶対に嫌だ。もう二度と、あんな思いはしたくない。

心臓がバクバクと鼓動して、身体中、冷や汗でびしょびしょだ。けれど不思議と、混乱してはいなかった。

自分が何をすべきか、これ以上無いほどはっきりと見えていたから。

いま、あたしがするべきことは、大人になることでも、強くなることでも、パパとママを喜ばせることでもない。

オズとアドルを助けることだ。

自分の周囲をぼんやり漂っている、力の膜のようなものの存在を感じる。つかみ所がなかったその力が、クルクルと縒《よ》り合わさって、糸のようになる。

リズはそれを、自分の芯に巻き付けるようにたぐり寄せていった。

はじめのうち、力は抵抗した。けれど、リズはそれを宥めて、信頼させ、言うことを聞かせた。まるで、人に慣れていない馬を手懐けるみたいに。

やがて、それはおとなしくなって、素直にリズの中心によりそってきた。そこが居心地のいい場所だと納得してくれたようだった。

イエティの咆哮が響いて、魔獣の口から吹雪《ふぶき》が吐き出される。オズとアドルはすんでの所で躱《かわ》したけれど、そこら中に鋭く尖った氷柱《つらら》が聳《そび》え立った。

たった今、リズが能力を制御したから、魔獣にも力が戻ってしまったのだ。

助けになりたい。でも、あたしみたいな子供が、あんなに怖ろしい魔獣を止められるんだろうか。

無理かもしれない。もし失敗したら――。

自信の揺らぎを感じ取ったのか、自分の中に収まった力が落ち着かなげにモゾモゾする。

「ううん。そんなことない」

子供だろうとなんだろうと、あたしなら二人を助けられる。

リズは深く息を吸い込み、一度巻き付けた糸をもう一度伸ばした。

はじめのうちはたどたどしかった。けれどやがて、糸は自信を得たようにイエティの身体に巻き付き、荒れ狂う魔力を吸収しはじめた。

魔獣に宿っていた冷たい魔力がリズの中に流れ込んで、身体の奥で解けてゆくのを感じる。

ふーっとため息をつくと、冬の朝のように、息が白く煙った。

心臓は、相変わらずドキドキしている。でも、上手くいったという自信があった。

「二人とも、今だよ……！」

リズの囁きに返事をするかのように、金属扉の向こう側で眩《まぶ》しい光が弾けた。

「ちょっと、今度は何なのよ!?」

動物園の飼育員が、目を覆ったまままそう叫ぶ。

リズも光に目を細めていたけれど、何が起こっているのかはよくわかった。

アドルが魔法を使ったのだ。閃光《せんこう》でイエティの目くらましをしている間に、飛んで檻から脱出した
……その力の痕跡が、リズにもはっきりと読み取れた。

「やった……」

リズは小さな声で言った。身体中が、喜びと興奮で震えていた。

「あたし、やったんだ……!」


当然のことだけれど、動物園は大騒ぎになった。

オズやアドルと合流した後、リズは二人と一緒に飼育員に謝った。けれど、リズの能力などの詳しい事情は説明できない。だから、あちらの頭の上には『?』が浮かびっぱなしだった。

厳重に張られていたはずの結界が無効化されてしまった原因がわからない以上、あちらもリズばかりを責めるわけにはいかない。

結局、一番怒られたのは、自分から檻に飛び込んだオズとアドルの二人だった。それでも、リズが奇跡的に無傷だったことや、他に怪我人が出なかったこと、緊急事態だったことを考慮して、大事にはならずに済むそうだ。

イエティの状態も、あの後しばらくして落ち着いたらしい。それを聞いて、リズは心からホッとした。

事態が収拾してから、セーフハウスへの道を、車で戻る。

オズがハンドルを握り、アドルが助手席に座っている。

オズとアドルは自分たちの関係を隠していたことをリズに謝ってくれた。けれど、リズは首を横に振った。

「いいよ。あたしを気遣って、守ろうとしてくれてたんでしょ」

たぶん……そういう気遣いに気づいて、素直に受け入れるのが、大人になるってことなのかもしれない。

それから、少し俯いてこう言った。

「あたしこそ、大騒ぎしてごめんなさい」

「それは……気にするな」

オズはルームミラー越しにリズに笑いかけた。

「あのデカブツには悪いが、おかげで能力を制御できるようになったんだから」

アドルも小さく笑った。

「きっと、レイニアの伝統なのだろうな。土壇場で能力を操れるようになるのは」

リズは目をぱちくりさせた。それから、フロントシートの間から身を乗り出して、アドルとオズの顔を見比べた。

「そうなの？　オズおじさんも？」

「あー……まあ、かもな。ほらリズ、ちゃんと座ってシートベルトをつけとけよ」

オズの頬にわずかな赤みが差したのを、リズは見逃さなかった。

「そういえば、聞いたこと無かったけど、おじさんの能力って何なの？」

オズに尋ねても答えてもらえなさそうだと思ったリズは、標的をアドルに定めた。

「おしえてよ、先生！」

アドルはオズをみて、いたずらっぽくニヤリと笑った。

「それが、まるでお伽噺のような話でな――」

言いかけたアドルを制して、オズが慌てて口を挟む。

「その話は後で、俺の居ないとこでやってくれ！」

それから、オズはわざとらしく話題を変えた。

「せっかく能力をコントロールできるようになったんだから、パーッとお祝いしようぜ、リズ。どこか行きたいところはないのか？」

もちろん動物園以外でな、と重々しく言い添えたオズに、リズは笑った。

「そうだなあ」

能力を制御できるようになったら、やりたいことが山ほどあった。能力のせいで上手くいかなかった魔法実習のおさらいをしたいし、宿題だって最後まで終わらせてしまいたい。友達とスマホで長話をしたり、眠くなるまでテレビを観たりしたい。

けれど、それはゆっくり叶えていけばいい。

本当の大人になるまで、時間はまだたっぷりあるんだから。

リズはにっこりと笑って、言った。

「それじゃあ、今度はね――」

6　夜明けへと続く道

リズとの夏休みは、修行の終わりと共に幕を閉じることになった。

リズと別れ、今回の出来事を決して口外しないという宣誓書《せんせいしょ》にサインをしたら、つぎにまた会えるのはいつかもわからない。

そうなってしまう前に、最後の一日は思い切り楽しい思い出をつくることにした。

こういうとっておきの外出には、政府支給の辛気《しんき》くさいセダンや無骨《ぶこつ》なバンに用はない。オズは国家安全情報局に無理を言って、目の覚めるような空色のオープンカーをレンタルした。

「うわ～！　なにこれ、映画みたい！」

リズは大喜びで後部座席に飛び乗った。

「やっぱり、こうでなくちゃな」

オズは呟き、白い革張りのハンドルを撫でる。アドルも、助手席に乗り込んでしみじみと言った。

「貴様にしては趣味がいいではないか」

「誰かさんのおかげで、オープンカーの魅力に気付いたからな――準備はいいか？」

「もちろん！」

「よっしゃ！」

リズの元気な返事に微笑んで、オズはアクセルを踏み込んだ。

オズが遊園地に来るのは、実は初めてだった。親族はこうした『俗《ぞく》っぽい』ところで子供を遊ばせるのを好まなかったし、なんなら嫌悪《けんお》までしていたかもしれない。

オズはオズで大人ぶるのに必死だったし、きちんとしたデートに出かけるような恋人を作ったこともなかった。

『この年で初めての遊園地なんて』と考えていたオズは、保護者役に徹《てっ》するつもりでいた。

けれど、蓋を開けてみたら、オズもリズと同じくらい楽しんだ。目新しいものに目がないアドルは、ひょっとしたら二人以上に楽しんでいたかもしれない。

まずは三人でキャラクターの形をしたサングラスをかけ、朝食代わりにチュロスの刺さったソフトクリームを食べた。

いつの間にか、アドルはリズのおねだりに押し切られ、キャラクターの耳まで装着させられていた。

これが案外似合っていたので、オズはアドルの見ていない隙に、一、二枚写真を隠し撮りしたほどだ。

ひやりとすることがなかったわけではない。メリーゴーランドの『偽物』の馬に不満げなアドルが、一瞬だけ魔法で馬を動かしてみせた時には、オズも思わず辺りを見回した。幸い誰にも見とがめられなかったけれど、ネヴィルの耳に入ったら罰金の請求書が届くかもしれない。

リズの笑顔が見られたのだから、喜んで払ってやるけれど。

アドルは、ジェットコースターだけはどうしてもお気に召さないようだった。棺桶《かんおけ》に縛り付けられて滝の上から突き落とされた気分だと言うのだ。けれど、リズはすっかりはまって五周もした。

最後の一回を一人で乗ると言い張ったリズを、オズとアドルは地上から見守った。

アドルは、急降下するジェットコースターの先頭で、心から楽しそうに笑っているリズを見つめて言った。

「あの子は、お前のように危なっかしい娘になりそうだな」

「なら、将来安泰《あんたい》だ。だろ?」

アドルは反論しなかったが、笑みのこもったため息をついて、やれやれと首を横に振った。

その後も、三人は目についた楽しみを余すところなく味わっていった。お菓子の屋台を見れば飛びつき、アトラクションがあれば乗り込み、ゲームがあれば挑み、遊園地の隅々まで遊び尽くした。最後の花火があがる頃には、さすがのリズも疲れ果て、瞼が重そうだった。

リズはアドルの肩にもたれて、しみじみと言った。

「あたし、今日のことは絶対に忘れないよ……」

「ああ。俺たちもだ」

三人は微笑みを交わした。

「リズウェル」

アドルが、低く深い声でそっと言った。

「お前が喜ぶとき、悲しむとき、心に思い浮かべれば、彼らはそこに居る」

その声があまりに優しいので、何故か、オズの目に涙がにじみそうになる。

「うん……」

リズはこくりと頷いた。

「お前の喜びと悲しみを心の中で分かち合えば、彼らは死なない。ずっとお前の傍に居る。お前を支えてくれる。だから、今日のような思い出を、これからも沢山作るといい」

「うん。そうする」

リズはアドルの身体に腕を回して、ぎゅっと抱きしめた。

「そうするよ、アドル」

そうして、三人で過ごす最後の一日が終わった。


閉園時間も間際に迫った頃、遊園地のゲートを出て待ち合わせ場所に向かった。

広大な駐車場の隅、帰途《きと》につく客の目につきにくい暗がりで、ワトキンスが数人の護衛と共に、リズを待っていた。

「マギー！」

リズは歓声を上げて駆け寄り、ワトキンスに抱きついた。

「楽しかった？」

「うん、すっごく！」

リズを包み込むように抱擁するワトキンスの目には、うっすらと涙が浮かんでいた。リズがこの夏休みの間にしたことや、話したことを、オズからの報告で知っているのだ。

「ねえねえマギー、古魔族語で『イルナ！』ってなんて意味か知ってる？」

「いいえ。どういう意味？」

リズはクスクスと笑いながら言った。

「『クソッ』って意味だって！」

アドルがジロリとオズを睨む。

「俺は教えていないぞ」

「いやあ……お前がたまに言うからそうなんだろうなと思って」

笑ってみたが、アドルは誤魔化されなかった。

「間違ってはいないが、お前が子供の相手をするのに向いていないのはよくわかった」

「そんなことはありませんよ」

ワトキンスが立ち上がり、オズとアドルに笑顔を向けた。

「とても、有意義な夏休みだったようですね」

「ええ」

頷いたオズに、ワトキンスは右手を差し出した。オズとアドルは、それぞれ心のこもった握手をした。

「お二人に、心から感謝します」

「こちらこそ」

アドルが言い、リズと視線を交わした。

「俺にとっても、大きな意味を持つ経験になった……ありがとう。リズウェル」

リズはくるりと振り向くと、アドルとオズの二人に駆け寄って、抱きついた。

「あたしも、ありがとう」

リズの声はくぐもっていたけれど、微かに、涙に震えていた。

オズとアドルはそっと膝をついて、リズを優しく、強く抱きしめた。

リズがぱっと身を引いたとき、彼女の目に涙はなかった。

「あのね！　あたし、今度は本当に大人になるよ。そしたら、また二人に会いに行くね——正真正銘《しょうしんしょうめい》の、リズウェル・レイニアとして」

「ああ」

オズは微笑み、勇気づけるようにリズの肩を握った。

「お前ならできる。待ってるよ、俺たち二人で」

「達者《たっしゃ》でな、リズウェル——また会おう」

それから、リズはヘリに乗って、彼女の居場所へと戻っていった。ドアが閉まるまで——おそらくは閉まった後も、リズは二人に手を振り続けていた。


オズとアドルは近くにある丘まで車を走らせた。道の舗装が途切れた先、誰も立ち入らないような雑木林を抜けると、ひらけた高台に出た。

ここからなら、煌《きら》びやかな遊園地と、遠ざかるヘリの航空灯とを一緒に見ることができる。

感傷《かんしょう》じみていると言われても構わない。ただ、あの灯りが消えるまで見届けることが、リズや、コンやレベッカに対する祈りと同じくらい、大切な儀式であるような気がしたのだ。

オズはアドルと二人、車のボンネットに寄りかかって、赤い燈火が——ある意味では星よりも遠い——彼方《かなた》へと去ってゆくのを眺めた。

「またな、リズ」

その言葉の微かな残響《ざんきょう》さえ消えてしまうと、ヘリの灯りは夜の闇に消えた。

夜風がそよぐ。

ついこの間まで夏真っ盛りだったはずなのに、風の中には確かに秋の匂いがした。鈴の音のような虫の声が、穏やかな空気を優しく震わせていた。

「寂しいか？」

そっと、アドルが尋ねてくる。

そんなことない、と強がって見せても良かったかもしれない。けれど、オズは素直に頷いた。

「思ってた以上に」

アドルは小さく微笑み、言った。

「あの子はいい子だ。いい父と母に恵まれていたのだろう」

「ああ、そうだ」

「必要なときには、いい叔父も力になれる」

オズはアドルを見つめて、笑った。

「――そのパートナーもな、先生《せんせい》」

アドルが優しげに目を細めて、オズの背中に手を当てる。

「ああ、そうとも。だから心配するな。あの子は大丈夫だ」

オズは、ムズムズとした喜びに頬を緩めた。

「慰めてくれてるのか？」

微笑みながらも目を眇めて、アドルが小首を傾げる。

「悪いか？」

「いや……」

オズは身じろぎして身体をずらし、アドルとの隙間を埋めた。シャツ越しの体温に、何故だかひどく、心を揺さぶられた。

誰かと寄り添い、温もりに触れて初めて、自分が寒さを感じていたことに気付く——そんなことを繰り返して、自分はここまで生きて来たのだと思った。

願わくばリズにも、そんな瞬間が訪れて欲しい。

今はこうして遠くから、それを祈ることしかできないが。

「ありがとな」

オズは言った。

視線がかち合い、絡まり合う。オズはアドルとの距離を詰めて、そっとキスをした。

「ん……」

柔らかい唇が、オズを受け入れるように開く。

オズは右手を背中に回し、アドルを静かに抱き寄せた。どちらともなく、ため息が漏れる。手や、腿や……触れあった場所が熱を帯びる。磁石に吸い付く砂鉄のように、その磁力の虜《とりこ》になって、彼を包み込んでしまいたいと思った。

身体の向きを変えて、アドルと正面から向かい合う。彼を抱き上げてボンネットの上に座らせ、膝の間に収まる。キスを深めると、アドルは喉の奥からうっとりとした呻き声を漏らした。

「家につくまで、待てないのか？」

「ああ」

オズは小さく笑ったものの、自分で思っていたよりも余裕を欠いた声しか出なかった。

「待てない。お前は？」

「俺の発情を言い訳にしようとしているなら……当てが外れたと言っておこう。だが――」

アドルはオズの服の襟《えり》に指を引っかけ、ぐいと引き寄せた。バランスを崩したオズは、アドルに覆い被さるようにボンネットに手をつく。

アドルはオズと額を合わせ、吐息のかかる距離でこう言った。

「俺も、もうこれ以上は待てそうにない」


古き良き時代を彷彿《ほうふつ》とさせる、クラシックなシルエットのオープンカー。そのボンネットに、シャツの前を開いたしどけない姿で寝そべる恋人。フロント硝子越しに届く車内灯の、控えめな光を受け、アドルの瞳が微かに輝いている。

オズはアドルの腹に、腰に手を這わせながら、もう片手でアドルのズボンのボタンを外した。

高まる期待に、アドルの呼吸は荒くなり、胸が大きくせり上がる。だが、オズが下着に手を掛けると、彼は思い出したように言った。

「待て、このままでは車を汚してしまう」

「別にいいだろ」

思わぬタイミングで突きつけられた『待て』も意に介さず、オズは身をかがめて、下着の上からアドルのものを甘く噛んだ。

「しかし……っ、た、体液まみれの車を、何食わぬ顔で返却するのか？」

「体液まみれってのはいいアイデアだな」

オズはクスクスと笑いつつ、芯を持ち始めたアドルの輪郭を鼻先でなぞる。

「まあ、汚れちまったら買い取るさ」

アドルがわずかに身を起こす。

「どこにそんな金があるのだ」

オズはため息をついてアドルの腿に頭をもたせかけた。

「忘れてるかもしれないけど、俺は現状、レイニア家最後の相続人だ」

すると、アドルは「そういえば」という顔をした。

「リズのために預けてる分もあるし、寄付もした……だから、全額自由にできるわけじゃないが、多少は余裕があるんだよ」

アドルはフッと笑みを浮かべて、当てつけるように言った。

「何故か、お前が名家の出だということを、度々忘れてしまうな」

「俺にとっちゃその方が好都合だ」

オズもニヤリと笑った。

「しばらくは無駄遣いするあてもない——お前が遊園地付きの城でも建てたいとか言い出さない限りはな」

アドルがムッとしてみせる。

「そんなものは要らん」

「だったら」

オズはアドルの腿に両手を這わせて立ち上がると、這い寄る蛇のようにゆっくりと、アドルに覆い被さった。

「もう、お喋りはいいだろ？」

†

熱に浮かされているわけでもなく、必要に迫られているわけでもない。こんな交わりは久しぶりだった。

身体の中で暴れる魔力に引きずられている間は、溺れかけた者が空気を求めるようにオズを求めた。けれど今、アドルの魔力は安定している。海のように重く、底知れぬ力を秘めながらも、泰然《たいぜん》と凪いでいる。

だから今なら、オズの全てを感じることができた。愛おしげに触れてくる指先も、こちらを掻き立てる熱を帯びた視線も。

オズはアドルのものを呑み込み、味わうように舌を這わせた。アドルが大きく息をついて仰け反ると、彼は満足げに喉を鳴らして、更に深く受け入れた。

温かく濡れた粘膜の感触に、身体中が甘く痺れ、力が抜けてしまう。

「あ、あ……オズ……」

うまく、言葉を紡《つむ》げない。

オズはアドルのものを咥えつつ、喉で笑った。それから、先端に唇をつけたまま、いたずらっぽく囁いた。

「もっと激しく《ア・ヴェイグン・スキアル》？」

彼は言い、返事を待たずにもういちどそれを飲み込んだ。喉の奥に当たるほど深く。

肯定か、否定か。答えを口に出したかどうか、自分でも定かではなかった。きっと、どう答えても行き着く先は同じだっただろう。

「あ……ああ……」

息が抜け、体が仰け反る。

自分の意志とは無関係に引けそうになる腰を掴んだまま、オズは優しくアドルを苛んだ。

皮肉を楽しみ、ともすればひとをおちょくるようなことばかり言うオズの舌が、いまは剝き出しの献身を込めて、自分のものを包み込んでいる。

追い詰められ、駆り立てられ、まともに考えるのが難しい。それでも、官能の霧に包まれた頭の奥で、ひとつの望みが強く輝いていた。

「オズ……」

そっと、オズの頬に手を添え、望みをわからせる。彼は屈んでいた体を伸ばしてアドルに覆いかぶさると、もう一度キスをした。アドルが望んだとおりに。

荒い吐息を混ぜ合わせ、夢中で口づけを交わしながら、アドルはオズのズボンの前を開く。手探りで下着から引き出した彼のものは、すでにずっしりと重かった。

オズの腰を足で抱き寄せ、剝き出しのものをこすり合わせる。オズが低く呻いて、熱っぽいキスが貪るような切迫を帯びてゆく。

「は……ン……」

身体が、心が、もっと欲しろと唆す。切望が血の中に満ちて、全身を駆け巡っているかのようだ。

キスの合間、唇を触れあわせたまま、オズが言った。

「アドル……お前の中に入りたい」

「ああ……」

できることなら、その熱く掠れた吐息まで味わいたい。けれど、どれだけの情熱をもってしても、叶う望みには限界がある。だから、こう言った。

「一番深いところで、お前を感じさせてくれ」


革張りのベンチシートに、向かい合って座る。アドルはオズの膝の上に乗り、彼の肩に腕を回していた。息は上がり、肌は上気して、頭の中は早く一つになりたいという望みでいっぱいだった。

「あっ……あ……」

吐息とも、喘ぎ声ともつかない小さな声をあげて、アドルはゆっくりと腰を下ろした。熱く、力強いオズの手が、アドルの身体を支えてくれていた。

オレンジ色の車内灯がオズの碧眼に映り、揺らめいている。まるで、目映いものを見るような——この世に存在する全ての恵みを一時《いちどき》に見つめるような瞳。彼は言葉以外の方法で、アドルへの想いを伝えていた。

彼の眼差しを噛みしめるように、アドルは目を閉じた。そして、こみ上げる声を押し殺すために唇を噛んだ。

オズのものをすべておさめると、深い満足のため息をつく。

アドルはそっと目を開けて、オズを見た。

「狭くはないか……？」

「もっと狭くたっていいくらいだ」

オズは身じろぎをして、アドルを更に近くに抱き寄せた。彼の唇が胸の強ばりをつまんで、熱い舌で包み込むように撫でる。

「あ……」

吐息が漏れ、身体の奥が震えながら締まる。オズの形をはっきりと感じて、もどかしい気持ちがこみ上げた。

「我を忘れて交わっていたときとは……違うな」

オズはすこし心配するような顔で、アドルを見上げた。

「それは……悪い意味でってことか？」

「いいや、そうではない」

アドルは言いながら、胸や腰、下腹に両手を這わせた。ゾクゾクと戦慄がおこり、もどかしさがはっきりとした疼きに変わってゆく。

「これは、あれよりも……ずっと悦い」

ため息交じりにそう囁くと、オズの青い目が欲望に冴える。

「俺もだ」

彼は言い、アドルの腰を支えたまま、ゆっくりと動き始めた。

「あ」

こみ上げる快感に、アドルは小さな声を漏らして身をすくませる。だが、躊躇いは一瞬で消え去った。

「ん……」

漏れる吐息を唇ごと噛みしめながら、アドルも腰を揺らし始める。

「アドル……」

噛みしめられた下唇を甘やかすように、オズがアドルに口づける。吐息が漏れて緩んだ唇に、オズの熱い舌が滑り込んできた。

「あ……は……」

吐息と、口づけと、本能のままに呼応するような二つの律動。世界中で、ここ以外のどこにも存在しない、二人だけのリズムを分かち合う。

汗と潤滑剤で濡れた肌が触れあうたびに淫《みだ》らな音が響く。柔らかくて激しい振動に揺さぶられて、羞恥心《しゅうちしん》も理性も、跡形もなく崩れ去る。

アドルはオズにしがみつき、感じるままに動いた。

「アドル」

オズが囁き、アドルの鎖骨や、胸元に口づけをする。嵐の前触れが木立を乱すように、ざわざわとした快感が渦を捲く。

「あっ、あ……オズ……」

腰をしならせ、オズのものが自分の良いところを擦るように動く。

背中に、脇腹に、腰に、オズの掌の熱を感じる。彼のざらついた吐息が肌を愛撫し、悩ましい呻き声が肌に染みこむ。

「アドル……」

オズがアドルを見上げ、ねだるように首を傾げる。あけすけな要求に胸が締め付けられ、同時に、熱いものが血管の中を駆け巡る。

アドルは身をかがめて、口づけをし、オズの望みを満たした。

オズがアドルの腰を掴み、ゆっくりと――深く、突き上げる。まるで大きな波に揺さぶられるような抽挿に、アドルは息を呑んだ。

「あ……!!」

声にならない声で喘ぐ。目の奥に星が散って、爪先から角の先まで、切なく甘美な戦慄が駆け上った。

「は、ぁ……っ……！」

自分の体内が、オズに与えられる快感によって変容していくのが、手に取るようにわかる。

たったいま迎えた小さな絶頂の余韻に、繋がった場所が温かく濡れ、痙攣しながら蕩ける。

オズはその中に、何度も自身を突き入れた。敏感になったアドルの身体に、自分自身を覚え込ませるかのように。

「あ、ああっ、オズ、オズ……!!」

アドルは感じ、更に感じて、オズの頭を掻き抱くように引き寄せ、キスをした。

唇をあわせ、舌を絡ませながら、止《や》まない律動に身を委ねる。

「は、ああ……！」

濡れた音。それから、ふたりの呼吸。軋むシートの音。互いの喘ぎと、心臓の鼓動。素知《そし》らぬ顔で歌っている虫たちの声。そうしたものが一つになって、意識を包み込み甘く溶かしてゆく。

「ん、あ……オズ――リウ・アマル……」

思わず溢れた古魔族語の睦言《むつごと》は、オズには通じなかったはずだ。だが、オズは余裕の無い声で小さく笑うと、言った。

「俺も愛《い》してる……」

耳元に掠れた声をねじ込まれ、肌がざわめく。

「あ」

アドルの肉体を駆け抜けた震えを、オズも感じ取ったのだろうか。彼は請うように――祈るように、自分が与えた名前を囁いた。

「アドル……アドル」

突き上げられる度に高まり、膨れ上がり、煮え立つものが、限界を迎えつつあった。

「オズ、もう……」

意識が燃え上がり、重さを失ってゆく。灰のように宙を舞って、空高くのぼっていこうとしている。

あとは、手放してやるだけでいい。

「ああ、俺も……」

「あ……！」

時間が収縮するような、あるいは伸びてゆくような一瞬の中で、アドルはオズを、オズはアドルを、強く抱きしめた。

オズのものが、ふっと膨らんだのが分かった。

解放に至る一瞬の昂《たか》ぶりをつぶさに感じて、アドルはまた身震いをした。自分の言葉、仕草と身体、そして熱が彼を追い詰めたのだと、はっきりと理解できた。

「ん……っ」

喉の奥でかみ殺したような声を、触れ合った部分から直接聞く。

彼は最後に、深く突き込んでから、アドルの一番奥で果てた。

その瞬間――。

「あ……」

絶頂が雷のように身を打ち、快感が雨のように全身に降り注ぐ。彼とこの瞬間を迎える度、それが忘我の――と表現されているわけを新たに思い知る。

眼の奥で光が炸裂《さくれつ》し、自分を縛り付けていたすべての戒めが解かれる。五感が蕩け、快感と、それをもたらした男の熱しか感じなくなる。呼吸を忘れ、心臓の鼓動すら忘れてしまう。

「あ……は……っ」

永遠に収まらないのではないかと思うほど、何度も何度も、全身が震えた。

アドルとオズの腹に挟まれたものが脈打ち、熱い雫が迸る。快感を伴いながら、心臓が鼓動するたびに溢れて、臍の下へと滴り落ちていった。

「あ……オズ……」

オズのものは尚も硬さを留めたままだった。絶頂の残響を追いかけるような抽挿が、再び熱を帯びる。

もうこれ以上感じるなんて不可能だと思うのに、ただ呼吸するだけで――あられも無い声をあげるだけで、感じてしまう。

「オズ……！」

彼が動くたび、精液が掻き出されて溢れた。それが互いの肌を濡らし、糸を引き、飛び散り、滴る。

生々しい音が、喘ぎと一つになったかのような荒い呼吸と混ざり合う。二人が繋がるその場所は、快感を与え、与えられるための一対となった。

「あっ……あ……！」

身体ごと揺らす律動に、何度でも震える。まるで、体中の至る所で小さな絶頂を迎えているようだった。

オズの呼吸が深く、ざらつく。もう一度、彼は高みに登ろうとしていた。

「アドル……また、イキそうだ……」

オズは言った。

「俺、も……」

アドルは、息も絶え絶えになりながら頷いた。

「オズ……お前の、最後の一滴まで、俺の中に注いでくれ……」

「ああ……喜んで」

オズは掠れた笑いを溢して、再びペースを速めた。

「あ、ああ……っ」

ひと突きごとに、高みに登る。揺さぶられ、突き上げられる度、際限なく感じる。アドルの腰を強く抱いたオズに、奥深くを抉られて——それがとどめだった。

「あ……！」

二度目の絶頂は深く、穏やかだった。自分の身体がとろりとした液体に変わり、どこまでもひろがってゆくような感覚。

「あ、ああ……」

えも言われぬ甘い戦慄が身体を支配して、力が抜ける。小さな身震いを一つすると、蛇のような青い電光が肌の表面に現れた。ぞわりとした感覚を伴って、その光は触れあったオズにまで移り、彼の身体を舐め尽くしてから消えていった。

オズは、アドルの魔法の愛撫に笑い混じりの呻き声を漏らすと、アドルの最奥に自らを解放した。迸る熱の、その最後の一滴まで。

「ん……」

「あ……」

全てを受け止めたアドルは、陶酔に仰け反って、オズに喉元をさらした。オズは首筋に、喉仏に、顎の下の窪《くぼ》みに、想いを捧げるようなキスをした。

お返しに、アドルはオズの頭を優しく抱きしめ、熱のこもった髪に口づけた。そして、目には見えない言葉の冠をかぶせるように、そっと呟いた。

「愛している《リウ・アマル》……オズウェル」

それから少し後。夜の冷え込みにくしゃみをしつつ身繕いをして、アドルとオズは丘を下った。

今や二人のものとなったオープンカーで、灯りの落ちた遊園地の傍を通り、家路を辿る。帰宅する頃には空が白んでいるかもしれないが、それでも構わなかった。この夜をあっけなく終わらせてしまうより、夜明けまで味わい尽くすほうがいい。

「愛している《リウ・アマル》、か」

ハンドルを握ったまま、オズがしみじみと呟いた。

「今度リズにあったときには、それも教えてやろう」

アドルは笑った。

「確かに、悪態を教えるよりはずっとマシだな」

オズが古魔族語の習得に興味を持っていたとは知らなかった。これからは、口にする言葉に気をつけなければ……そう思っていると、オズが言った。

「次に会うときには、リズにもそんな相手が居るかもな」

あまりにもあっさりとそんなことを言うので、アドルは内心意外に思いつつ尋ねた。

「その『相手』とやらを、簡単に認めるつもりなのか？」

「まさか！　あの手この手で厳しくジャッジしてやるさ」

アドルは声を上げて笑った。

「元魔王を恋人にする男がどんな判定を下すのか、見物《みもの》だな」

すると、オズは道路から目を離して、アドルを見た。

ほんの一瞬だったけれど、それで充分だった。彼の目に宿った想いが——疑いようのない愛情が、はっきりと伝わってきたから。

道路に視線を戻したオズは、穏やかな、そして温かい声で言った。

「俺の見る目は、確かだよ」

アドルは微笑んだ。微笑まずにはいられない。

「では……その言葉を信じよう」

アドルが言うと、オズの横顔に大きな笑みが浮かんだ。

カーラジオからは、耳慣れない歌が聞こえてきていた。オズは笑みを浮かべたままゆったりと口ずさんでいる。慣れ親しんだ曲なのだろう。

アドルは、重なる二つの旋律を味わいながら目を閉じた。

きっとこの曲も、二人にとっての思い出になる。たとえそれが悲しみを歌っていたとしても、かまわない。分かち合うことに意味があるのだから。

そして、もう一曲。

さらに、もう一曲。

思い出を一つずつ増やし、繋げながら、二人の日々は連なってゆくのだろう。

それから二人は、夜明けへと続く道を駆け抜けていった。

あとがき

こんにちは、そしてはじめまして。あかつき雨垂と申します。本作『敗北魔王、勇者の末裔と500年後の社会復帰』をお手に取ってくださり、本当にありがとうございます。

わたしがはじめて書いた物語は、一冊の自由帳の中で、漫画と絵本と文字がごちゃまぜになった、子供らしいファンタジーでした。それから歳を重ね、創作というものにどっぷり浸かってゆく中で、自分にとって『よいファンタジー』とは何だろうという問いを追求して来たように思います。

どうやら私にとっての『よいファンタジー』の条件のひとつは、魔法が普《あまね》く世界にあっても、決して逃れられない社会の問題や人間的な葛藤を描いている……ということのようです。

一朝一夕には解決し得ない課題の渦中で、より良い未来のためにもがく人間の生き様を描いたお話――それは、『めでたしめでたし』のラブストーリーと同じくらい、普遍的なんじゃないかな、と思います。どちらも、わたしが大好きな物語です。

ということは、その二つを同じ鍋で煮込めば、わたしにとって最高の物語を生み出せるのでは!?

『敗北魔王、勇者の末裔と500年後の社会復帰』は、そんな理想を目指して書き始めたお話でした。アドルもオズも（そしてリズも）重たい事情を背負いながら、未来に向かっての一歩を踏み出しました。これからも多くの困難が待ち受けているでしょうけれど、きっと手を取り合って乗り越えてくれるだろうと思っています。

本作は、リブレ× pixiv 第三回ビーボーイ創作BL大賞にて大賞を頂いた作品です。

コンテストのために新作を書くにあたって、自分を出し切らないと書けないようなプロットで勝負することにしました。趣味丸出しで、性癖山盛りで、やりたいことはすべてやりきったお話です。まさか大賞に選んでいただけるとは思っておらず、受賞後は何度も結果発表のページを確認しに行きました。

講評をくださった三浦しをん先生や、編集部の皆様からのあたたかいアドバイスを受け、心を込めて改稿し、相葉キョウコ先生の素晴らしいイラストによって息を吹き込まれ、さらに後日談となる書き下ろしを加えました。今では、胸を張ってお届けできる本になった！　と思っております。お力添えをくださった全ての皆様に感謝いたします。

多くの方の支えがあって生まれた物語です。少しでもお楽しみ頂けたら、光栄の至りです！

二〇二四年　夏　あかつき雨垂

初出一覧

敗北魔王、勇者の末裔と500年後の社会復帰

※上記の作品は「pixiv」(https://www.pixiv.net/)掲載の「いつか、勇者様が　～敗北魔王、勇者の末裔と500年後の社会復帰～」を加筆修正したものです。

そして、分かち合うこと　書き下ろし

弊社ノベルズをお買い上げいただきありがとうございます。
この本を読んでのご意見、ご感想など下記住所「編集部」宛までお寄せください。

リブレ公式サイトで、本書のアンケートを受け付けております。
サイトにアクセスし、TOPページの「アンケート」から
該当アンケートを選択してください。
ご協力お待ちしております。

「リブレ公式サイト」
https://libre-inc.co.jp

敗北魔王、勇者の末裔と500年後の社会復帰

著者名　あかつき雨垂

発行日　2024年9月19日　第1刷発行

発行者　太田歳子

発行所　株式会社リブレ

〒162-0825 東京都新宿区神楽坂6-46
ローベル神楽坂ビル
電話03-3235-7405（営業）　03-3235-0317（編集）
FAX 03-3235-0342（営業）

印刷所　株式会社光邦

装丁・本文デザイン　arcoinc

Printed in Japan
ISBN978-4-7997-6882-2